VERBORGEN GENADE

CHRISTINE DILLON

LINKS IN THE CHAIN PRESS

Vol dankbaarheid draag ik dit boek op aan mijn Redder en Koning. Jaren geleden gaf Uw woord mij leven en leidde het mij op een nieuwe weg. Nu heeft U mij - ondanks mijn tegenstribbelen - op de weg van schrijven geleid. Dank U dat U mij kracht gaf voor elke nieuwe fase.
Dit boek is het offer van mijn eerste opbrengst. Gebruik het tot Uw eer.

AAN DE LEZER

- Ons wereldbeeld bepaalt hoe we de wereld zien. Het is als
een bril waardoor we de wereld bekijken en - nog
belangrijker- interpreteren. Ons wereldbeeld wordt
gevormd door ons verleden, door de dingen die we
geleerd hebben van onze ouders, school en het leven in
het algemeen. Het wordt ook sterk bepaald door onze
cultuur en de tijd waarin we leven.
- Het werk van een romanschrijver is het wereldbeeld van
de personages in het boek laten zien, of dat nu
humanistisch, hindoeïstisch, communistisch of - zoals in
dit boek - christelijk is. Als je zelf geen christen bent,
komen de denkbeelden van de personages misschien
vreemd op je over, maar zie het als een kans! Waarom?
Omdat Esthers verhaal je de mogelijkheid biedt om, als je
nog geen volgeling van Jezus bent, de zaken eens vanuit
een heel nieuw perspectief te bekijken. Je kunt Esthers
wereldbeeld gedurende het verhaal zien veranderen. Is
haar nieuwe wereldbeeld consistent en helpt het haar de
uitdagingen in haar leven te begrijpen?

- Dit verhaal speelt zich af in 1995. Mobiele telefoons werden nog niet veel gebruikt. In het ziekenhuis gebruikte men daarom vaste telefoons en piepers. Ook schreef men meer brieven en kleine briefjes, in plaats van e-mail of andere elektronische berichtjes.

"*H*et is kanker."

Esthers maag draaide om. *Nee, nee, nee, nee, nee.* Onmogelijk. William Macdonalds dochter kon geen kanker hebben. Esther sloeg haar armen om haar buik. De misselijkheid herinnerde haar aan die verschrikkelijke dag waarop ze, als 8-jarige, haar eerste ritje in de achtbaan maakte. Het karretje tufte langzaam, langzaam, langzaam naar het hoogste punt en stortte toen snel, snel, snel naar beneden. Het was onmogelijk geweest om te ontsnappen, onmogelijk om iets anders te doen dan je met witte knokkels vastklampen en proberen om niet over te geven.

De dokter was nog steeds aan het praten, maar Esthers gedachten waren blijven hangen bij die 3 woorden. 11 fatale letters. Op zichzelf zonder betekenis, maar aan elkaar geregen. Kanonsko-gels. Kanonskogels die rafelige gaten in haar leven boorden.

Ze was pas 28. Hoe kon het kanker zijn? Dit was niet wat haar beloofd was. Of wat ze geleerd had te verwachten. Had haar vader niet altijd gepreekt dat degenen die geloof hadden, beschermd zouden worden tegen problemen waarmee andere mensen geplaagd werden?

Tien dagen geleden had ze de testen ondergaan die de dokter haar opgelegd had, maar alleen omdat dat van haar verwacht werd. Ze had niet verwacht dat er iets mis zou zijn. Niet zo mis. En als er al iets mis zou zijn, zou God haar toch zeker wel genezen? Was dat niet Zijn taak?

Het is kanker.

Drie schrille woorden.

Geen fantasieën over gezondheid meer. Niet meer verstoppen. Geen valse hoop meer.

Kanker.

Er is geen ontsnappen aan. Geen uitweg. Net als in de achtbaan. De enige optie was; je vastklampen tijdens de rit en hopen dat je het zou overleven.

HOOFDSTUK 1

8 maanden eerder
November, 1994
Sydney, Australië

*E*sther liep de hele ochtend al achter de feiten aan. Geen tijd om te treuzelen of te dagdromen voordat de wekelijkse stafvergadering zou beginnen. Ze parkeerde haar auto voor het groepje witte huisjes waarin de afdeling fysiotherapie gehuisvest was. Een sterk contrast met de moderne gebouwen met spiegelramen die om het ziekenhuis heen stonden.

Esther sloot haar auto af en haastte zich naar haar werkplek, hopend dat ze haar agenda niet zou laten vallen of haar lunch vergeten was.

Ze stopte voor de deur, schikte haar blouse recht en depte het zweet van haar bovenlip.

Het gebouw was te rustig. Te stil. Geen gemoedelijk gestommel van fysiotherapeuten die zich voorbereidden op de dag, geen lades die open of dicht gingen, geen gordijnen die opengetrokken werden, geen stemmen die elkaar begroetten.

Had ze zich vergist en was ze juist te vroeg gekomen? Ze keek op haar horloge. Nee, de tijd en de datum klopten. Voorzichtig duwde ze tegen de deur. De deur zwaaide open met een zacht gekraak. Stilte.

Vreemd. Bijzonder vreemd.

Esther zette vijf stappen de kamer in, haar schoenen klikten op de gepolijste houten vloer. Misschien moest ze op haar tenen lopen. Stoppen met ademhalen.

"Verrassing!"

Schoenen stampten, feest trompetjes toeterden, confetti werd gestrooid. Een kakofonie van gejuich, geklap en felicitaties. Aan het einde van de kamer hing een spandoek met goud gedrukte letters op een blauwe achtergrond. Dicht bij het spandoek stond een onbekende met een indrukwekkende camera. Vanwaar dit feestje? Ze was niet jarig.

Haar baas, Sue, liep hartelijk op haar af met uitgestrekte armen. "Je zou je gezicht moeten zien."

"Sue, wat is er aan de hand?" Esthers wangen kleurden rood. Ondanks een leven in de schijnwerpers vond ze het nog steeds niet prettig om in het middelpunt van de belangstelling te staan.

"Ik heb je voorgedragen, voor 'Ziekenhuismedewerker van het jaar'. En je hebt gewonnen! Het is de eerste keer dat een fysiotherapeut gewonnen heeft!"

Nu begreep Esther het. Ze was niet alleen de eerste persoon in, wat was het – 10 jaar, die geen dokter was en deze prijs won, maar met de prijs werd ook een cheque uitgeloofd van 100.000 dollar aan de winnende afdeling. Sue was waarschijnlijk al bezig met het bedenken van een plan hoe ze het geld zou gaan uitgeven.

Sue klapte in haar handen om de aandacht te trekken. "Sorry als ik jullie opjaag, maar over een paar minuten begint onze gewoonlijke stafvergadering."

Esthers knieën knikten maar ze moest blijven glimlachen. Dit was belangrijk voor Sue.

"Esther is al sinds ze is afgestudeerd, werkzaam in dit ziekenhuis. Haar cliënten zijn gek op haar en wij ook."

Andere fysiotherapeuten knikten.

"Ze is een teamspeler. Ze springt altijd bij als het nodig is. Ze bemoedigt anderen. Ze is altijd bereid om de minder leuke klusjes op te knappen die gedaan moeten worden om het werk op deze afdeling soepel te laten verlopen."

Esther voelde zich ongemakkelijk worden onder deze stroom van complimenten. Ze vermeed het om haar collega's aan te kijken zodat ze niet zou blozen terwijl iedereen haar gadesloeg.

"Daarbij komt ook nog dat Esther een praktisch onderzoek is gestart waar deze afdeling heel trots op is. Haar voorbeeld inspireert anderen."

Sue focuste op de beroepsmatige aspecten, maar Esther vermoedde dat het organiseren van het jaarlijkse feest voor alle medewerkers van het ziekenhuis de bepalende factor was. Niemand anders wilde deze vrijwillige taak, die zoveel tijd opslokte. Het feest van afgelopen jaar had meer geld opgebracht dan ooit daarvoor. De cynische kant in haar vermoedde dat het ziekenhuis deze prijs aan haar uitreikte zodat ze zich verplicht zou voelen de komende jaren het evenement te blijven organiseren. Zou ze met vijf jaar haar schuld hebben afbetaald?

"We zijn vereerd met de aanwezigheid van Dhr. Ron Scott, directeur van het ziekenhuis, die de cheque zal overhandigen", zei Sue. "En geluksvogel Esther wint een weekend voor twee personen in het historische vier-sterren-hotel The Hydro Majestic Hotel in de Blue Mountains."

Onder applaus van collega's liep Esther naar voren, schudde de hand van Ron Scott en ontving de reusachtige cadeauenvelop. Ze kon een gevoel van triomf niet onderdrukken terwijl ze samen poseerden voor de foto's. Wat zou pa zeggen? Hij was tegen haar keuze geweest om fysiotherapeut te worden. Hij had een "echte" medische carrière aangemoedigd, maar Esther had de druk van zo'n carrière niet gewild. Ze wilde tijd hebben om vrijwilligerswerk in de kerk te doen en daarvoor moest ze regelmatige uren werken. Misschien stemde deze prijs hem wat milder; hij leek deze eerste rebellie van haar nog steeds niet te kunnen verkroppen.

"Speech, speech", riepen haar collega's.

Ze hadden geen behoefte aan gezwets. "Als eerste wil ik Sue graag bedanken voor haar lef om een fysiotherapeut te nomineren voor deze prijs." Esther was populair op haar werk, maar het was toch bemoedigend om te zien dat haar collega's lachten en knikten. "En ik wil jullie allemaal bedanken. Ik hou van mijn werk hier met zulke competente en enthousiaste collega's. Deze prijs behoort ons allen toe. Bedankt dat ik deel mag uitmaken van dit team."

Haar collega's klapten en Sue keek haar dankbaar aan. De directeur van het ziekenhuis schudde nogmaals haar hand, vertrok toen, Sue greep zijn vertrek aan om te starten met de vergadering.

Er waren niet veel mededelingen, dus de vergadering was snel voorbij en iedereen kon aan de slag. Esther draaide zich om om te vertrekken.

"Esther." Het was Sue. "Kun je met mij mee lopen naar mijn kantoor? Ik wil graag iets met je bespreken."

Een scheut van bezorgdheid trok door Esthers maag, dezelfde bezorgdheid die ze op school voelde als ze bij de rector moest komen. Niet dat ze ooit reden voor bezorgdheid had gehad, toch raakte ze dat gevoel nooit kwijt. Was het de angst om te mislukken? Angst voor afwijzing? Of simpelweg de angst om iemand niet tevreden te stellen? Natuurlijk was er geen reden om nerveus te zijn.

De twee vrouwen stapten het zonnige kantoor binnen en Sue wees Esther een stoel aan.

"Dit duurt maar eventjes. Ik ben zo blij dat je gewonnen hebt. Ik heb alleen één probleem –"

Daar was die bezorgdheid weer, samen met opkomende misselijkheid. Had ze iets verkeerds gedaan?

" - je staat niet toe dat ik je promotie geef."

Esthers schouders ontspanden zich en ze ademde wat beverig uit. Ze had de twinkeling in Sue's ogen moeten opmerken. Dit gesprek hadden ze al meerdere malen gevoerd. Als ze promotie zou krijgen, betekende dat dat ze meer administratief werk moest doen en minder direct cliëntencontact zou hebben, terwijl ze daar juist het meeste van hield.

"Maar ik denk dat ik een oplossing gevonden heb waarbij het cliëntencontact niet in het geding komt. Ik heb met het bestuur gesproken en zij stelden voor je een positie in een hogere schaal aan te bieden, onder de voorwaarde dat je ook optreedt als mentor voor de nieuwe medewerkers. Dit doe je eigenlijk al, dus het zal niet drukker voor je worden. Wat zeg je ervan? Accepteer je deze positie in schaal 60, met de bijbehorende salarisverhoging?"

"Hoe kan ik dat, met deze voorwaarden, nu weigeren?"

Door het raam achter Sue was een prachtige dag zichtbaar, glorieus en goudkleurig. En nu dit. Een prijs, een betaalde vakantie en promotie. Esther had zin om rond te dartelen als een klein kind, stuiterend en vol verlangen om haar vader en haar vriend Nick te vertellen over haar dag. Zij zouden dit beiden zien als duidelijke tekens van Gods overvloedige zegeningen.

HOOFDSTUK 2

De wekker rukte Esther zaterdagochtend uit haar slaap. Esther gromde, rolde naar haar andere zij en drukte de wekker uit.

Vijf uur in de ochtend.

Haar lichaam verlangde naar meer slaap, maar vandaag was het waard om vroeg op te staan. Zij en Nick hadden bijna nooit een hele zaterdag samen, maar vandaag wel. Ze gingen naar het Blue Mountains gebergte. Ze zwaaide haar benen uit bed en trok haar wandelkleding van topkwaliteit aan, die ze gisteravond over haar stoel had gehangen.

Ze nam een snel ontbijt van granola met banaan en yoghurt. De lunch had ze gisteren al bereid – gerookte kip, zelfgemaakt brood, avocado salade, crackertjes, kaasjes en fruit en nog allerlei kleine hapjes. Ze stopte de lunch in haar wandelrugzak, met voldoende water en een heleboel andere benodigdheden voor de tocht en stapte toen naar buiten in de bedauwde ochtendschemer om op Nick te wachten.

Esther wreef over haar koude armen en jogde op haar plaats, ze voelde een licht gefladder in haar maag. Het had iets bijzonders om wakker te zijn voordat alle anderen dat waren. Grote platanen stonden in rijen aan beide kanten van de weg, waardoor er een tunnel van bewegende schaduwplekken was ontstaan. De gevlekte basten glansden in het licht van de straatlantaarns. Tussen hun spichtige takken door waren de laatste sterren te zien, die als diamantjes schitterden in de lucht.

Achter de indrukwekkende poorten en hekken huisden de landhuizen van de rijken. Huizen waar elektrische zitgrasmaaiers en tuinmannen niet ongewoon waren. Sommige van haar vrienden vonden het vreemd dat Esther nog thuis woonde. Maar leefgeld betalen aan haar ouders won het van huur betalen en zorgde ervoor dat ze geld kon sparen voor haar eigen huis.

Nick kwam op tijd, wat ongewoon was voor hem. Hij stapte met zijn lange benen uit de auto en liep eromheen om haar op haar wang te kussen. "Ik hoop dat je niet te lang hebt staan wachten." Hij opende het portier en nam de tijd om Esther in te laten stappen. Deze ouderwetse manieren waren één van de redenen waarom Esther van Nick hield.

Vanwege hun vroege vertrek zouden ze binnen een paar uur op het startpunt van hun wandeltocht arriveren. Terwijl ze ernaartoe reden veranderde de lucht naar parelmoer en verdwenen de sterren en de lichten van de straatlantaarns. Achter hen bracht de gouden gloed van de zonsopkomst kleur in de wachtende grijze lucht. Binnen afzienbare tijd reden ze de snelweg op die hen naar de voet van het gebergte zou brengen.

"Eindelijk – fatsoenlijk weer," zei hij. "Ongelofelijk dat de regen afgelopen maand elke zaterdag verpest heeft."

"De weersvoorspelling beloofde een prachtige dag vandaag. De weerman vermeldde zelfs dat het perfect weer om te kamperen zou worden. Zoals tijdens het weekend dat we elkaar voor het eerst ontmoetten."

"Je gaat daar toch niet weer over beginnen?" Nick keek opzij en grijnsde naar haar.

"Je bedoelt de manier waarop jij over de scheerlijn van mijn tent struikelde, waardoor de tent bovenop mij instortte, terwijl onze jeugdgroepen aan het toekijken waren?" Esther lachte ondeugend. "Je hebt ze in ieder geval een lesje geleerd in hoe ze de aandacht van een dame moeten trekken."

Nick bewoog zijn wenkbrauwen op en neer, een trucje waardoor Esther altijd in de lach schoot. "Indrukwekkend hè?"

Esther snoof. "Ik was meer onder de indruk van de snelheid waarmee je mijn naam en nummer had opgespoord."

"En hier zijn we dan, twee jaar later."

"Yep, nadat pa je ontmoet had, leek hij wel meer gecharmeerd van jou dan ik was. Ik kan nog steeds niet geloven dat hij je een maand daarna in dienst nam."

"Misschien heeft hij goede smaak", Nick bewoog zijn wenkbrauwen opnieuw op en neer. "Je kunt het me niet kwalijk nemen dat ik me gevleid voelde. Het gebeurt niet elke dag dat een onbeduidend iemand benaderd wordt door de voorganger van de op één na grootste kerk in Sydney."

"En het duurt niet lang meer voordat het de grootste wordt. Pa ziet voor jou een hoofdrol in zijn strategie om van Victory de grootste kerk van Sydney te maken." Esther sprak alsof ze reclame aan het maken was "de kolossale kerk in de stad, zijn geweldige megakerk".

Nick grinnikte. "Als iemand een megakerk gaat starten, dan is hij het."

Esther had geweten dat haar vader Nick aardig zou vinden, maar ze had niet kunnen voorspellen hoe zeer hij op hem gesteld zou zijn. Haar vader had het er constant over dat de dood van zijn vader, toen Nick 17 jaar oud was, hem niet had belet om dingen te ondernemen. Waarom drong haar vader Nick zo bij haar op? Wist hij niet dat koppelen een achterhaalde gewoonte was? Het enige positieve was, dat ze tenminste een vriendje had die door haar vader werd goedgekeurd. Meer dan goedgekeurd. Nick woonde zo ongeveer bij hen in.

Esther leunde naar voren en legde haar hand op Nicks schouder. Ze hadden een heleboel gemeen. Ze hielden van wandelen en paardrijden. Fietsen en kamperen. Zwemmen en stijldansen. Actief in de kerk – waarschijnlijk een beetje té actief. Een model koppel.

Soms wilde ze dat ze gewoon Nick en Esther konden zijn. Fysiotherapeut en jongerenwerker, of zelfs bedrijfsleider. Zoals hij eerst was. Gewoon.

"Een kwartje voor je gedachten", zei Nick.

"Zou je soms niet willen dat je in je oude kerk was gebleven, waar je in je vrije tijd jongerenwerker was?"

Nick wreef over de zijkant van zijn neus. "Het was destijds misschien eenvoudiger, maar het was ook meer een strijd. Als ik nu iets wil doen, dan zijn er bij Victory altijd de middelen voorhanden. Er zijn leiders en vrijwilligers voor alles wat ik wil ondernemen." Hij wierp een blik op haar. "Victory is voor een jongerenwerker een droom die werkelijkheid wordt."

Esther keek uit het raam. De huizen waren verdwenen, er waren slechts bomen te zien. "Dat begrijp ik, maar er zit ook een keerzijde aan."

"Wat bedoel je precies?"

"Vind jij het niet moeilijk dat je altijd in de spotlights staat? Of dat het altijd zo druk is? Dat er zoveel van je gevraagd wordt?" Nick trommelde met zijn vingers op het stuur, een gewoonte die verried dat hij van onderwerp wilde veranderen.

"Tot nu toe heb ik daar geen problemen mee." Hij haalde zijn schouders op. "Ik bedoel, dit is wat ik wilde en ik studeer theologie, wat ik echt geweldig vind. Het is zinvol, begrijp je?" Hij stopte met praten en leek verder te mijmeren over zijn laatste woorden. "Wereldveranderend. Tenminste, meer dan eerst toen ik werkte om mijn moeder en broertjes te onderhouden."

Esther werd niet blij van het feit dat Nick het zwaar had gehad, maar als hij zijn familie niet had onderhouden was hij waarschijnlijk jaren geleden al getrouwd.

Nick klopte op het dashboard van de auto. "Ik rijd in ieder geval niet meer in een aftandse auto. Deze auto was het eerste voordeel van mijn nieuwe baan."

De weg voor hen draaide en kronkelde. Na elke bocht ving Esther een glimp op van eilandjes van bergtoppen die zweefden boven een deinende zee van mist. Of die van gedaanten veranderden in vage, bolle beesten.

Ze reden door kleine dorpjes en bereikten eindelijk hun bestemming. Het laatste dorpje was gevuld met de zaterdagse bedrijvigheid. Nick sloeg af. Er was een nieuw café op de hoek en een vrouw in een kraakwit schort zette het menubord op de stoep. Na twee minuten reden ze voorbij een oudere man die schuifelend terug zijn huis in liep, gekleed in een ochtendjas, lopend op pantoffels en met een krant onder zijn arm. Rook steeg op uit de schoorstenen en dreef de koude lucht in.

Ze lieten de huizen achter zich en vervolgden het laatste stukje van hun rit naar het Nationale Park. De bomen hingen over de weg en krijsende papegaaien fladderden door het bladerdek. Nick reed het verlaten parkeerterrein op. Esther strekte haar stijve ledematen en trok een extra laagje kleren aan. Samen liepen ze naar één van de bekendste uitzichtpunten over het Blue Mountains gebergte. De bergkom was tot de rand toe gevuld met mist, waardoor de grond in het dal onzichtbaar was.

Esther huiverde en trok haar jas strakker om zich heen. Zij en Nick vonden een plek aan de rand van het platform van het uitzichtpunt en zaten naast elkaar, in gebroederlijke stilte, terwijl ze hete thee dronken uit één van de twee thermosflessen die Esther meegenomen had. Ze wachtten op de op handen zijnde transformatie.

Toen de zon op kracht kwam, begon de mist op te stijgen. Een koele bries stak op, die slierten mist heen en weer blies en hun kleren doortrok met vocht. Kortstondige openingen in het witte dons boden een vluchtige blik op de vallei, ver beneden hen. De mist trok op en vervloog sneller en sneller, waardoor alleen nog boven een aantal vochtige plekken wat laatste mistflarden bleven hangen. De vallei die uit drie gedeelten bestond, was tevoorschijn gekomen, als een grijsgroene kraag omcirkelde het de stijgende kliffen. Het zandgesteente had een licht gelige kleur.

Ze lieten de stilte op zich inwerken, slechts onderbroken door het vocht dat van de bomen droop en het gezang van de verborgen vogels.

Twintig minuten later stond Nick op en strekte zich uit. "We kunnen maar beter op pad gaan. Als we nog langer wachten, wordt het te heet als we straks terugkeren."

Esther kreunde. "Ik wou dat we de wandeling andersom konden doen. Het klopt gewoon niet om eerst het makkelijke gedeelte te doen en pas op het laatst het moeilijke gedeelte."

"Kom op, luiwammes." Nick trok haar omhoog. "We zijn fit, dus het zal geen enkel probleem zijn."

Terwijl ze naar beneden liepen over de houten en stenen treden, stopten ze regelmatig om de fladderende vleugels van de vogels te volgen of om planten te bekijken. Bosjes crèmekleurige Australische flanelbloemen met olijfkleurige harten stonden verspreid langs het pad, ze voelden zo zacht aan dat Esther het niet kon laten om steeds haar hand uit te steken en ze te aaien. Hun laarzen maakten zompige geluiden op natte plekken op het pad en kraakten tijdens de droge zanderige stukken.

Het zandsteen kleurde van geel naar oranje.

Halverwege de klif zette Nick zijn handen rond zijn mond. "Echoooo..." De echo weerkaatste. " "Echooo... Echooooooo..." Esther deed mee en hun echo's vermengden zich en smolten samen, wat een harmonie van alt en bas opleverde.

"Zo weet iedereen dat wij eraan komen", zei Nick. Na een korte drinkpauze vervolgden ze hun weg naar beneden, stap voor stap, de klif afdalend, recht naar het dal waar ze een plekje vonden om hun lunch op te eten.

Nick was stiller dan normaal, maar de prachtige omgeving leidde Esther af, waardoor ze hem niet vroeg wat hem bezighield. De waterval kwam samen in een smal lint, van waar het van grote hoogte naar beneden stortte in de onderliggende poel. Mos en varens nestelden zich in de rotsspleten. De wind woei achter de waterval langs, Esther klom omhoog naar een platte steen, waar een nevel van water als een koele deken op haar neerviel. Ze had dit al sinds de eerste keer dat ze deze plek bezochten willen doen. Nu ze alleen waren, durfde ze het ook daadwerkelijk te doen. Er was nu niemand die zou denken dat ze gek was. Ze strekte haar armen uit en draaide rond, terwijl ze uitbundig lachte, iets was ze bijna nooit deed.

"Je-bent-een-gekke-dame-maar-ik-houd-van-je-wil-je-met-me-trouwen?"

Nicks roepende stem verbrak het besloten moment. Zijn woorden regen aan één, alsof hij ze als een waterval uitgestort had.

Esther stopte midden in haar draai en richtte haar blik op Nick. Hij keek haar aan met een angstige, onzekere uitdrukking aan. Had ze hem goed gehoord?

"Wat zei je?"

Nick ontspande een beetje. "Je hebt me wel gehoord. Je wilt alleen dat ik het nog een keer vraag. Okay, Esther Macdonald." Hij viel op een knie en hief zijn gevouwen handen smekend naar haar op. "Alsjeblieft, alsjeblieft trouw met me."

"Ik dacht al dat je dat vroeg, maar ik was er niet zeker van." Ze werd licht in haar hoofd van vreugde. "Ja. Honderd keer, ja."

"Wiehoe!" Met luid gejuich pompte Nick zijn gesloten vuisten de lucht in. Nog voordat Esther om zijn capriolen kon lachen, sprong Nick van zijn rots af. Vanaf haar hoger gelegen rots gluurde Esther over het randje, hopend dat Nick niets gebroken had in zijn haast. Hij struikelde een of twee keer voordat hij weer omhoog klauterde. Zijn gezicht vol verlangen verscheen en ze trok hem omhoog naar de top van de rots. Hij hijgde zo erg dat het tien tellen duurde voordat hij haar kuste.

Minuten gingen voorbij, totdat de spray van de waterval niet meer verkoelend was maar gewoon koud. Esther huiverde. Ze wilde niet dat het moment voorbij ging, maar uiteindelijk trok ze zich los en klom de rots af naar beneden om de spullen van hun lunch te verzamelen. Nick stopte alle zware spullen in zijn tas en ze slenterden terug naar het pad.

De treden leken niet zo steil vandaag. Ze had altijd gelachen om wat ze afgezaagde romantische clichés noemde en hier was ze, zwevend op een roze wolk, een meter boven de grond, ademloos en met hartkloppingen, elke keer dat Nick haar aanraakte. Het was belachelijk maar waar. Esther was al aan het dagdromen over een fantastische, sprookjesachtige toekomst.

HOOFDSTUK 3

De volgende ochtend sprong Esther uit haar bed om vervolgens zingend onder de douche te stappen. Met meer zorg dan normaal kleedde ze zich voor de kerk. Haar vader drong er altijd op aan dat zij en haar moeder, Blanche, eruit zagen om door een ringetje te halen. Als tiener verlangde ze er vaak naar om op slippers rond te sloffen of zich comfortabeler te kleden, maar dat durfde ze nooit.

In Victory Church gonsde het van de gebruikelijke zondagse drukte. Buiten informeerden grote borden de bezoekers over de 4 diensten die op zondag gehouden werden en over het programma dat door de week te volgen was. Een parkeergarage van een aantal verdiepingen bood plek aan de vele auto's van de bezoekers en mensen van het welkomstteam leidden de bezoekers langs de mooi geschikte bloembakken, door de dubbele deuren van de grote kerkzaal.

Victory rook naar verf, nieuw tapijt en dure geurverstuivers. Niets dan het beste voor William Macdonald, voor Victory.

Langs de zijwanden was haar moeders trots tentoongesteld; een verzameling enorme gequilte banieren, die op glas-in-lood ramen leken, gemaakt van exclusieve materialen van smaragd, robijn, saffier en goud. Haar vader had in eerste instantie getwijfeld over het idee van 'handgemaakte banieren', maar door de reeks prijzen die de banieren hadden gewonnen tijdens de 'Sydney's Royal Easter Show', een jaarlijks terugkerende show in Sydney rond de paasperiode, waren ze verzekerd van een prominente plaats.

Esther ging op een opklapstoeltje zitten aan het einde van de op één na laatste rij. Normaal zat ze naast haar moeder op de eerste rij, maar vanochtend had haar vader haar gevraagd om achterin te gaan zitten. Wat was hij van plan? Ze hoopte niet dat hij hun verloving zou aankondigen. Ze wilde het nog even voor zichzelf houden, dit had ze ook tegen haar vader gezegd toen ze hem afgelopen avond het nieuws had verteld.

Verloofd zijn was iets waar ze al vanaf haar tienertijd van droomde. Er waren genoeg jongemannen geweest die interesse hadden gehad om haar beter te leren kennen, maar iets had haar altijd tegen gehouden om verder te gaan. Misschien omdat ze zoveel tijd kwijt was met het vrijwilligerswerk in de kerk of omdat de meeste jongens het niet aandurfden om de dochter van een voorganger te daten. De drie die het hadden geprobeerd, hadden niet aan haar vaders hoge standaard voldaan. Van twee vond ze dat niet zo'n probleem, maar om de derde was ze wel verdrietig geweest. Wat een opluchting dat Nick het groene vinkje ter goedkeuring had gekregen.

Ze ontspande en genoot van de sfeer, zorgvuldig afgestemd om mensen mee te krijgen in de opzwepende muziek en gevoel te leggen in bepaalde onderdelen van het programma. De muziek verstomde en één van de oudsten liep naar het midden van het podium.

"Laten we voorganger Doctor William MacDonald welkom heten om Gods woord met ons te delen."

Haar vader schreed over het podium, zijn staalgrijze haar perfect gekapt en strak in pak, onberispelijk. Hij plaatste zijn zware bijbel op de katheder, keek op naar zijn publiek en glimlachte. Hoe kreeg hij het voor elkaar om direct een band te hebben met elk aanwezig persoon? Wat zijn geheim ook was, de mensen waren binnen een paar seconden bereid om alles te doen wat hij zei.

Fondsenwerving was een makkie in Victory.

Hij pauzeerde een moment, dat precies lang genoeg duurde. "Laten we bidden. Koning van de wereld. Dank voor Uw zegen op ons, Uw kerk. Maak ons ontvankelijk voor Uw boodschap. In de krachtige naam van Uw Zoon. Amen."

Haar vader had lang geschaafd aan zijn communicatievaardigheden en had ze geperfectioneerd. Elke dag was hij bezig geweest om zijn vaardigheden bij te schaven, laagje voor laagje. Hij polijstte elk woord van elke preek. Verfijnde elke lettergreep van elke radio opname.

"Ik heb de Heer gevraagd wat het volgende verhaal van onze prekenserie moest worden. Hij zei me dat ik het verhaal van de bloedvloeiende vrouw moest delen."

Dus haar vader zou over één van zijn favoriete thema's gaan preken. Geloof.

Hij was een begenadigd verhalenverteller en Esther leefde mee met de wanhoop van de vrouw, haar schaamte en angst. Ze hoorde zelfs de trilling in de stem van de vrouw, toen ze zich uitstrekte naar Jezus.

Esther was er al lang geleden mee opgehouden om de bijbelverzen die haar vader aanhaalde op te zoeken in haar bijbel – hij sprong van hot naar her. In plaats daarvan liet ze zich onderdompelen door zijn woorden.

Haar vaders stem was geschikt om te spreken voor een groot publiek, langzaam en welluidend. Mensen vertrouwden hem. Zijn preekstijl was simpel, hij haalde iets uit de bijbel, ging verder naar de relevante toepassing ervan en schetste een visioen van levens die totaal veranderden. Door de jaren heen waren er mensen geweest die het niet eens waren met zijn manier van preken, maar die waren niet lang gebleven. Heimelijk verwees haar vader naar hen als 'de ongelovigen'. Esther had hen nooit goed genoeg gekend om daar een oordeel over te vellen. Met de omvang van een kerk als Victory was het onmogelijk om iedereen te kennen en naar de zin te maken.

"Geloof dat resulteerde in genezing. Dat is wat we hier willen zien. Amen?"

"Amen." Het publiek antwoordde in goed geoefende harmonie.

Waar zeiden ze eigenlijk 'Amen' op? Ze moest zich concentreren. Hoewel, als ze erover nadacht, dwaalden haar gedachten vaak af tijdens pa's preken. En als ze zo om zich heen keek, was ze niet de enige. Misschien worstelden anderen ook wel met de stortvloed aan woorden.

"Al deze mensen werden geprezen om en genezen door hun geloof. En hoe zit dat met jou? Ontvang jij weinig? Of veel? Is jouw geloof piepklein of reusachtig groot? Groot geloof leidt tot grote resultaten."

Haar vader stopte en keek het publiek aan. "Dus wat doe jij om je geloof te versterken?" Esther herkende de vraag als de start van een reeks bekende uitspraken. Mensen schoven op hun stoel alsof ze ontwaakten uit hun winterslaap. "We moeten de wortels van ongeloof uitrukken. Angst uitrukken. Uitrukken wat anderen tegen je zeggen en wat je aan het twijfelen brengt. Negeer hen. Focus je op geloof. Wij zullen mensen zijn met een standvastig geloof."

Twijfelde zij? Had zij angst? Ze dacht niet dat ze een enorme twijfelaar was, maar angst en onzekerheid maakte wel deel uit van haar leven. Waarom? Haar vader was nog steeds aan het praten, dus er was geen ruimte om daarover na te denken.

"Standvastig in geloof, als anderen twijfelen. Standvastig in geloof, als anderen lachen. Standvastig in geloof, zelfs als we de enigen zijn die standvastig zijn." Haar vader keek op en iedereen in de zaal ging op het puntje van zijn stoel zitten, klaar om in actie te komen.

"Ga staan en zeg mij na."

Er klonk geschuifel en geritsel in de zaal terwijl iedereen ging staan.

"Standvastig in geloof. Pakken jullie dat? En nu allemaal samen." Hij dirigeerde het publiek en zwaaide zijn armen heen en weer terwijl hij telde. "Eén, twee drie."

"Standvastig in geloof," herhaalde zijn publiek.

"Harder. Standvastig in geloof."

Esther had in het verleden wel eens geprobeerd om geen gehoor te geven aan haar vaders opdracht, maar het was onmogelijk. Een deel van haar keek bewonderend toe, terwijl een ander deel zich verzette om onafhankelijk te blijven.

"We schreeuwen het dak eraf."

Honderden stemmen donderden in harmonie. "Standvastig in geloof."

In een lang geleden ontwikkeld patroon herhaalde het publiek de zin vijf keer, terwijl de zaal gehuld werd in een geregisseerde duisternis. Haar vader zou tevreden zijn, dus waarom kreeg zij toch een ongemakkelijk gevoel? Voordat ze er verder over na kon denken, zwol de muziek aan en de gedachte verdween als een kiezelsteentje dat in een diepe put gegooid werd.

"Vandaag hebben we nog een extra mededeling. Het is iets waarvoor Blanche en ik standvastig in geloof hebben gestaan." Haar vader was ongelofelijk, zelfs de mededelingen sloten aan bij zijn preek.

"We hebben nooit getwijfeld dat God slechts het beste met onze familie voor heeft."

Hij was toch niet van plan… Ze dacht dat ze haar verlangen naar privacy heel duidelijk had gemaakt.

"Ik ben verheugd om mee te delen dat God gehoord en voorzien heeft. Esther en Nick hebben hun verloving aangekondigd. Ga alsjeblieft even staan, zodat we jullie beiden kunnen zien."

Esther knarsetandde. Was ze niet duidelijk geweest? Of had

haar vader er bewust voor gekozen om haar te negeren? Nu begreep ze waarom haar vader had gewild dat Esther achterin zou gaan zitten. Het zag er natuurlijk prachtig uit dat Nick van het muziekpodium afsprong, het gangpad door liep en haar hand vastpakte.

Hij grijnsde verontschuldigend naar haar, maar ondertussen hield hij hun handen boven hun hoofd alsof ze gehuldigd werden voor een uiterst bijzondere sportprestatie. Dus hij was ook onder druk gezet. Ze waren beiden slechts pionnen in het spel van haar vader. En nu moest ze natuurlijk glimlachen. Ze was een pop en er werd aan haar koordjes getrokken.

HOOFDSTUK 4

Januari 1995

*H*et was twee maanden later. Esther stond in haar moeders naaiatelier, in haar half afgewerkte trouwjurk. Ze hief haar rechterarm in de lucht zodat haar moeder de mouw kon vastspelden; de zijden stof golfde in ogenschijnlijk vloeibare plooien tot op de grond. Buiten was het dertig graden Celsius. Binnen stroomde er koele lucht uit de airconditioning, zodat er geen zweetplekken in de dure witte stof zouden ontstaan. Esther zag dat het puntje van haar moeders tong uit haar mond stak. Blanche speldde de mouw vast, speld voor speld, zo precies mogelijk, zodat er geen zichtbare gaatjes in de stof zouden komen. Esther wist dat ze haar moeder nu niet moest afleiden. Zijde liet fouten maken niet toe.

"Goed. Buig nu een beetje door je knieën."

Esther boog.

"Perfect, hef je arm nu nog wat hoger – zo is het goed."

Esther stond zo stil mogelijk, alsof ze een spelletje speelde waarbij ze als een standbeeld stil moest staan totdat iemand weer het sein gaf dat ze mocht bewegen. Haar armen en benen gehoorzaamden, maar haar gedachten dwaalden af.

Het kiezen van het juiste patroon voor haar jurk uit de duizenden opties had ruim een maand in beslag genomen. Haar moeder was een legendarische naaister en haar ervaring had Esther door alle keuzemogelijkheden geleid. Esther had geleerd over mousseline, chiffon, satijn en zijde.

Deze bruiloft zou niet de knusse en informele bruiloft worden waarvan ze altijd had gedroomd. Niet zolang ze de enige dochter van de voorganger was. Niet zolang ze ging trouwen met Nick, eveneens een buitengewoon lid van een megakerk. Hun bruiloft zou iets groots worden, waarvoor niets dan het beste goed genoeg was. Er zou een coördinator nodig zijn om het leger aan vrijwilligers te organiseren.

Ze had gehoopt dat ze geen lange sleep zou hoeven dragen maar haar vader had gezegd dat haar jurk de kerkzaal goed moest vullen. Gezien de enorme omvang van de ruimte was het een kunst geweest om de lengte van de sleep nog enigszins te beperken. Wat haar vader ook mocht denken, het zou geen koninklijke bruiloft worden, er waren grenzen! Uiteindelijk hadden ze een compromis kunnen sluiten en had de jurk een flinke maar geen absurd lange sleep. Nick hield zich tijdens dit soort discussies wijselijk afzijdig.

Haar moeder deed een stap naar achteren. "Laat me de mouw eens bekijken. Beweeg je arm eens voorzichtig op en neer. Trekt hij ergens?"

Esther bewoog haar arm op en neer en van links naar rechts. De zijde gleed sensueel over Esthers huid en bezorgde haar kippenvel. "Volgens mij zit het prima." Ze bleef stilstaan terwijl haar moeder om haar heen cirkelde en hier en daar aan de stof trok.

"Deze mouw zit goed. Kun je je omdraaien zodat ik ook de andere mouw kan doen? Het licht aan deze kant is beter."

Esther draaide zich gehoorzaam, maar voorzichtig, om zodat ze niet door een speld werd geprikt. "Ik hoop dat dit niet teveel voor je is, mam."

"Ik zou het voor geen goud willen missen." Haar moeders ogen bleven gefixeerd op de jurk, terwijl Esther weer in positie ging staan. "Maak je om mij maar niet druk. Ik ben gek op naaien. Ik wilde dat ik er meer tijd voor had." Ze trok de jurk voorzichtig recht.

Esther deelde haar moeders passie voor naaien niet. Het creatieve gen leek een generatie te hebben overgeslagen. Ze bezat ook nog geen tiende van haar moeders gevoel voor mode.

"Mam, ik waardeer het echt wat je allemaal voor me doet. Ik had geen idee wat voor rompslomp er allemaal bij zou komen kijken. Het lijkt net alsof ik in een voortrazende trein zit, hij dendert maar door en ik heb geen idee wat ik allemaal aan het doen ben."

"Daarom hebben meisjes moeders." Haar moeders stem klonk luchtig, terwijl ze de linkermouw vastspeldde en haar werk vervolgens nauwkeurig inspecteerde. "En hoe voelt dit?"

Esther hief haar arm omhoog. "Au!"

"Wat nou 'au'?"

Esther bleef stijf stilstaan om te voorkomen dat ze zichzelf nog een keer pijn zou doen. "Ik denk dat ik geprikt werd door een speld."

"Dat betwijfel ik. Waar deed het pijn?"

"Hier ergens." Esther wees in de richting van haar oksel.

Blanche drukte voorzichtig op de stof om te inspecteren of er ergens een speld uit stak. "Ik voel niets. Misschien heb je een rare draai gemaakt. Je kunt de jurk nu uittrekken, dan kan ik de mouwen er aan vast naaien." Ze hielp Esther om voorzichtig uit de jurk te stappen en Esther trok haar gewone kleren weer aan.

Haar moeder reikte haar de bijna afgewerkte sluier aan en wees op de dichtstbijzijnde stoel bij het raam. "Als jij nu daar gaat zitten en aan de zoom gaat werken. Ik vind het prettig om gezelschap te hebben."

"Oké." Ze werkten eigenlijk nooit aan een gezamenlijk project. Misschien hielp het samenwerken om haar moeder beter te leren kennen. Ze had geen flauw benul van haar moeders meningen en dromen en wist niets van van haar achtergrond.

Haar moeder nam plaats achter haar luxe uitgevoerde naaimachine en neuriede mee met het zoemende geluid van de machine. Ze leek echt te genieten van haar werk. Esther begreep niet wat er zo aantrekkelijk aan was. Waarom zou je binnen gaan zitten naaien als je ook naar buiten kon om te genieten van de frisse lucht en iets actiefs doen?

Iemand klopte op de deur. Haar vader keek om de hoek van de deur, kwam toen de kamer binnen en keek die rond. "Ik zou het jammer vinden als ik alle pret miste. Jullie lijken goed op te schieten." Hij klopte Blanche op haar schouder. "Zoals verwacht, met mijn vrouw aan de leiding. Hoeveel bruidsmeisjes heb je gekozen, Esther?"

Natuurlijk. Hij was hier om zijn mening over iets te geven. Waarom kreeg ze het gevoel dat ze op het punt stond om een nieuw discussiepunt te verliezen?

"Twee leek mij meer dan genoeg. De bruiloft zal een vermogen gaan kosten."

"Twee?" Haar vaders stem steeg een octaaf. "Die zullen in de zee aan ruimte verdwijnen. Je kunt er beter vier of vijf kiezen." Niemand kon haar vader van gierigheid beschuldigen.

"Pa, mam redt het nooit om al die jurken te maken."

Haar vader hief zijn hand op alsof hij dat idee verwierp. "Je moeder vindt al dat gedoe heerlijk." Hij bukte en plukte wat losse draadjes van de grond. "Niets dan het beste is goed genoeg voor onze enige dochter."

Er gleed een uitdrukking over haar moeders gezicht, Esther had deze blik nog nooit eerder gezien. Was het pijn? Boosheid? Iets anders? Wat het ook was, het maakte dat Esther haar moeder wilde beschermen en steunen. "Gaat het, mam?"

"Natuurlijk en ik heb meer dan genoeg tijd om die extra jurken te maken." Gaf haar moeder bewust antwoord op de verkeerde vraag?

"Moeten het er echt vijf zijn, pa? Ik had twee bruidsmeisjes in gedachten – als ik er vijf moet kiezen? Nick heeft ook maar twee bruidsjonkers."

"Zorg dat je je knapste vriendinnen kiest."

"Dit is geen schoonheidswedstrijd!" Esther sprak zonder na te denken. Iets in haar kwam in opstand tegen de verborgen boodschap in haar vaders opmerking.

Er gleed een kortstondige blik over haar vaders gezicht, ze kon de betekenis ervan niet precies interpreteren. Schaamte? Of irritatie, die hij snel weer verborg, over het feit dat zij hem tegensprak?

"Ik wil niets dan het beste voor jou – en nu je het over wedstrijden hebt, heb jij de kruiswoordpuzzel al afgemaakt? Ik heb de mijne bijna af." Het gezin Macdonald ontving twee exemplaren van de krant en Esther en haar vader hadden al drie jaar lang dagelijks een wedstrijdje wie als eerste de kruiswoordpuzzel af kon maken. Haar vader won meestal. Hij nam het nogal serieus.

"Leid Esther alsjeblieft niet af." Blanche wapperde met haar handen om aan te geven dat haar vader het vertrek moest verlaten. "We hebben nog genoeg te doen en je weet hoe moeilijk het voor Esther is om eens even rustig te zitten en te naaien."

Haar vader verliet het vertrek, ongetwijfeld om te zorgen dat hij de kruiswoordpuzzel af zou maken nog voordat Esther tijd had om eraan te beginnen.

Esther zat stil en beet op haar lip terwijl ze naaide. Had haar vader een vermoeden dat ze Gina zou kiezen als haar bruidsmeisje? Gina ging al een tijdje naar hun kerk, maar pas toen ze hobo ging spelen tijdens de avonddiensten had Esther haar leren kennen. Gina was behoorlijk gezet, maar was dat zo'n groot probleem? Jezus vroeg hen niet om op een supermodel te lijken. Jezus keek naar het hart en Gina had een hart van goud.

"Ik hoop dat geen van jullie tweeën van mening zal veranderen." De woorden van haar moeder verbraken Esthers gepieker.

"Wat bedoel je?"

Blanche keek snel naar de deur en richtte zich toen weer op haar naaiwerk. "Niets bijzonders."

Het was zo ongewoon voor haar moeder om zich te uiten over wat dan ook, dat Esther vastbesloten was om duidelijk te krijgen wat ze bedoeld had. "Kom op, mam, wat wil je nou precies zeggen?"

"Trouwen met iemand zoals Nick – je weet wel."

Er was hier iets gaande. Gaf haar moeder soms op een bedekte manier huwelijksadvies? "Ik begrijp niet wat je bedoelt mam, wees eens duidelijker."

Haar moeder hief haar hoofd omhoog en keek Esther aan. "Het is niet makkelijk om getrouwd te zijn met iemand die voorganger is van zo'n grote kerk."

"Het duurt nog jaren voordat hij de voorganger kan worden. En misschien gebeurt dat ook wel nooit. Misschien gaan we wel naar een kleinere kerk."

"Ik denk niet dat je vader Nick zal laten gaan. Hij ziet Nick als zijn opvolger en bereidt hem daar op voor."

"Nou, daar moeten Nick en ik anders eerst nog over praten. Ik wil niet continue in de spotlights staan – veel te veel druk." Ze wist dat het een mogelijkheid was dat Nick pa zou opvolgen, maar was het normaal dat haar ouders daar nu al over spraken?

Haar moeder keek op. "Vordert het naaien een beetje?"

Waarom veranderde haar moeder altijd van onderwerp, net als ze iets belangrijks wilde gaan zeggen?

HOOFDSTUK 5

Esther opende de deur van de praktijk en een golf aan geluid rolde naar buiten. Baby's, peuters en afgeleide ouders zaten in de propvolle kamer die haast uit haar voegen barstte. Elke stoel was gevuld en diverse mensen stonden tegen de muur geleund. Een luchtverfrisser gaf een doordringende citroengeur af, in een niet-toereikende poging om andere, minder frisse geuren te maskeren.

Esther twijfelde in de deuropening. Misschien moest ze hier toch van afzien en gewoon teruggaan naar haar auto. Maar haar hand tintelde en de pijn leek niet vanzelf te verminderen.

Ze liep de kamer in, het rondslingerende speelgoed en kleine handjes en voetjes zorgvuldig vermijdend. Ze zat niet te wachten op een woedende ouder, een schreeuwende baby of een verstuikte enkel. De receptioniste handelde diverse telefoontjes af en probeerde ondertussen orde aan te brengen in een indrukwekkende stapel dossiers. Toen ze eindelijk de telefoon neer kon leggen verontschuldigde ze zich – "Sorry hiervoor, normaal gesproken gaat het er hier gestructureerd en ordelijk aan toe, maar vandaag moest één van de dokters vroeg naar huis –"

"Zal ik mijn afspraak verplaatsen?" vroeg Esther.

"Nee, dokter Arnold kan je straks spreken, als je tenminste bereid bent om wat langer dan normaal te wachten. Hij loopt achter op schema omdat hij de afspraken van zijn collega ook overneemt."

Esther schoof op een kleine, lege plek die een oudere man haar aanbood, bladerde in een beduimeld tijdschrift en probeerde de drukte om zich heen te negeren. Weinig kans.

De moeders en baby's verlieten de praktijk, nu waren de volwassenen aan de beurt.

"Esther, de dokter heeft nu tijd voor jou." Esther keek op haar horloge – 90 minuten. Wat zou Sue zeggen als de fysiotherapie-praktijk hun patiënten zo lang zou laten wachten?

Esther stopte het tijdschrift terug in het rek en verzamelde haar tas en paraplu. Toen ze de kamer binnenkwam, zat de dokter voor-overgebogen in zijn stoel iets te noteren. Hij keek op over het randje van zijn bril.

"Ah, Esther. Ik heb jou al jaren niet meer gezien. Hoe gaat het met je ouders? Zijn ze nog steeds zo gezond als een vis? Mooie reclame voor hun kerk..." Esther glimlachte. Hij maakte al zo lang als zij zich kon herinneren hetzelfde grapje.

"Hoe kan ik je helpen?"

"Nou..."

De intercom piepte. "Dokter Claude op lijn 1."

Dokter Arnold pakte de telefoon. "Sorry, deze moet ik even nemen."

Zou ze nog tijd over hebben om haar jurk te passen? Esther zat stil en probeerde niet mee te luisteren met het eenzijdige gesprek. Vijf minuten later rondde hij het gesprek af.

"Sorry voor de onderbreking. Normaal neem ik de telefoon niet aan tijdens een afspraak maar ik probeerde al de hele dag om deze dokter te pakken te krijgen." Hij wierp nogmaals een blik op haar dossier. "Goed, waar waren we?"

Esther stak haar opgezette hand naar hem uit.

"Oei, dat ziet er pijnlijk uit. Wat is er gebeurd?"

"Ik heb afgelopen weekend gewandeld en ik heb mijn hand in een wespennest gestoken."

Dokter Arnold stond op en gebaarde naar de behandeltafel.

"Ga daar even zitten zodat ik ernaar kan kijken." Zijn hand voelde koel aan op haar verhitte hand. "Niets bijzonders. Ik zal je wat antihistamine pillen voorschrijven en een crème." Hij schreef iets op het receptenblokje en scheurde het papiertje af. "Als het met drie dagen niet verbetert, maak dan even een nieuwe afspraak. Als dat alles is –"

"Ik heb ook af en toe wat steken in mijn linkeroksel." De intercom piepte opnieuw. Esther onderdrukte een zucht. Nog meer wachten. Er volgden nog twee telefoontjes, voordat dokter Arnold meer vragen kon stellen.

"Hoe lang heb je deze pijn al?"

"De eerste keer dat ik het voelde, was toen ik mijn trouwjurk paste – dus ongeveer een maand geleden? Daarna heb ik af en toe wat steken gevoeld als ik mijn arm boven mijn hoofd hef of naar de zijkant strek."

Dokter Arnold keek op de klok achter haar. "Het klinkt alsof je een spiertje hebt verrekt, ik adviseer je er elke avond iets warms op te leggen. Als je er over een maand nog last van hebt, kom dan terug."

Hij was vergeten dat hij het tegen een fysiotherapeut had en probeerde haar af te wimpelen zodat hij door kon naar de volgende patiënt. Nu ze eindelijk zijn aandacht had, was ze niet van plan om te vertrekken.

"Het klinkt misschien wat overdreven, maar ik vroeg me toch af of het niet iets ergers zou kunnen zijn."

"Laat me eens kijken, hoe oud ben je?" Hij keek naar de voorpagina van haar dossier, tuitte zijn lippen en zei, "Zevenentwintig, bijna achtentwintig. Het is onwaarschijnlijk dat het iets ernstigs is, op jouw leeftijd."

Piep. Als die intercom nog een keer ging piepen was Esther in staat om hem buiten op het parkeerterrein aan gruzelementen te trappen. Hij rondde het telefoongesprek af, maar voordat dokter Arnold zijn mond open kon doen, piepte de intercom opnieuw. En opnieuw.

Genoeg was genoeg. Esther stond op, draaide zich om en pakte haar spullen. Ze wilde niet dat hij haar ergernis zou zien. Ze wuifde vluchtig naar hem en verliet de kamer. Wat een verspilling van haar tijd.

HOOFDSTUK 6

*D*e bruiloft was al over vier maanden. Nick en Esther hadden elke minuut van hun verloving, die negen maanden duurde, hard nodig.

Als eerste hadden ze zich door de grote beslissingen, zoals een datum en locatie, geploeterd. Een geschikte datum vinden bleek haast onmogelijk, haar vader was achttien maanden van te voren al volgeboekt. Hij had tegen elke locatie die zij in overweging namen voor de receptie geageerd, totdat hij een ingeving kreeg en voorstelde om de bijruimtes van de kerk te gebruiken. Er waren maar weinig locaties die konden tippen aan deze entourage. Het nemen van die beslissing nam wat druk van de ketel en de takenlijst werd wat meer behapbaar. Nu restte hen nog het vinden van een cateraar en het nemen van de leukere beslissingen, zoals welke bloemen en muziek.

Esther had dan wel geen broers of zussen die al getrouwd waren, haar ouders hadden wel al tig bruiloften georganiseerd. Ze vormden een geweldig team samen en ze leerde een nieuwe kant van hen kennen die ze waardeerde.

Zondagmiddag was één van de weinige momenten dat ze tijd

konden vinden voor de voorbereidingen. Elke week nodigden haar ouders Nick uit voor een late lunch, tijdens de korte rustpauze voordat de drukte weer aanbrak van de twee avonddiensten. Haar vader ging naar de eerste dienst, Nick en Esther hielpen tijdens de tweede dienst. Het plan voor vandaag was om te werken aan de definitieve gastenlijst en de uitnodigingen.

Nick legde een handdoek op het tafelblad van hun glanzende cederhouten eettafel. Hij plantte Esthers laptop erop, klapte hem open, opende een nieuw bestand en noemde het 'Bruiloftsgasten'. Esther streek naast hem neer op een bijpassende gestoffeerde stoel, haar hand rustte op Nicks schouder.

Arme Nick was maandenlang nerveus geweest, voordat hij gewend was aan hun gedistingeerde eethoek en woonkamer, met het hoogpolige tapijt en de Perzische kleden. Inmiddels kon hij zich gelukkig in bedwang houden en wiebelde hij niet meer als hij op een eetkamerstoel zat en was het gevaar dat de antieke poten af zouden breken, geweken.

Haar vader zat achter hen in zijn leren comfortabele stoel en werkte aan zijn kruiswoordpuzzel. Haar moeder naaide de zoom aan haar 'moeder-van-de-bruid'-jurk in het hoekje van de erker. Waarom konden haar ouders niet even weggaan, zodat ze haar armen om Nick kon slaan? Haar ouders toonden in het openbaar geen affectie voor elkaar en dat maakte dat Esther zich ook niet vrij voelde om dat te doen.

Had Nick haar gedachten geraden? Hij draaide zijn hoofd, glimlachte mysterieus en knipoogde voordat hij weer verder ging met het typen van de titels van alle kolommen in zijn bestand. "Oké, ik heb diverse kolommen gemaakt zodat we bij kunnen houden wie de uitnodiging accepteert en wie afzegt. Ik heb al nagedacht over mijn belangrijkste gasten, dus die zal ik als eerste invullen."

Hij mompelde terwijl hij typte. "Ma.... oma en opa één... oma twee.... broer één en zijn vrouw... broer twee en zijn vriendin... zes ooms en zes tantes en tien neefjes en nichtjes. Ik vul hun namen later wel in."

Esther schreef haar eigen lijst met namen op in haar leren aantekeningenboekje, ze had hem gekocht om al haar herinneringen aan de bruiloft in te bewaren. Deze voorbereidingsdagen vloeiden soms allemaal samen, maar op een dag, als ze oud en grijs was, wilde ze door de bladzijden kunnen bladeren en haar herinneringen koesteren. Misschien zou ze dat ook wel met haar eigen dochter doen.

Nick typte zijn laatste naam. "Ik heb een grote familie, maar niet zoveel collega's en vrienden. De meesten van hen zitten al bij Victory. Hij keek naar haar vader. "En door het harde werken is het contact met mijn oude vrienden verwaterd."

"Dat is normaal, Nick," zei haar vader. "En hoe zit het bij jou, Esther? Hoeveel collega's en vrienden ben je van plan te vragen?"

"In ieder geval mijn baas, Sue, maar ik denk dat ik beter de hele afdeling kan vragen. Als ik er maar één of twee vraag, dan weet ik zeker dat ik iemand zal beledigen." Ze keek in haar notitieboekje. "Ik heb ook nog vijf vrienden van de universiteit die ik wil vragen, maar twee van hen zijn al bruidsmeisjes."

"Kun je me om te beginnen de namen van je collega's geven?" vroeg Nick.

Esther stond op en keek over Nicks schouder en legde kort haar hand op die van Nick. "Probeer je me af te leiden?" fluisterde hij met een ondeugend lachje. Esther hield haar mond bij zijn oor. "Dat zou ik graag willen, maar ik denk dat we maar beter kunnen zorgen dat we dit gedaan krijgen." Hardop zei ze "Sue, Alan, Jane, Mark." Esther pauzeerde na elke naam zodat Nick mee kon typen. "Richard, Jen en Jeannine, zij runnen de polikliniek. Dan zijn er nog acht anderen die buiten de fysiotherapie afdeling werken, maar waar ik wel veel mee samenwerk."

Nicks vingers trommelden op het toetsenbord. "Je zult hun

adressen moeten zien te achterhalen, zodat we, als we zover zijn, hen de uitnodiging kunnen sturen."

"Dat is niet nodig, ik deel ze gewoon uit op mijn werk." Esther zuchtte zo hard dat Nicks haar opzij waaide.

"Waarom zo'n diepe zucht?"

Esther ging rechtop staan maar hield haar handen op Nicks schouders. "Als ik zo naar jouw lijst van familieleden kijk, realiseer ik me dat ik er zo weinig heb. Ma's ouders zijn allebei dood en ze heeft geen contact met andere familieleden." Had ze maar een zus. Iemand met wie ze samen kon optrekken. Iemand om mee te giechelen en te huilen. Al haar hele leven fantaseerde Esther dat ze een zus had.

"Hoe zit het met je grootouders van de andere kant?" vroeg Nick.

Haar vader onderbrak hen, "Mijn vader is dood –"

Esther leunde naar voren om ter waarschuwing een hand op Nicks arm te leggen, maar ze deed het niet snel genoeg.

"En uw moeder?"

Esther onderdrukte een nerveuze sis. Zou de vraag leiden tot een boze uitval van haar vader? Ze was vergeten Nick te waarschuwen. Zij zelf durfde het onderwerp al sinds de basisschool niet meer aan te roeren.

Destijds had ze zich geschaamd tijdens de jaarlijkse 'Grootouders dag'. Zij bracht nooit een gast mee. Geen grootouder die trots keek en haar overlaadde met complimentjes. Niemand die ervoor zorgde dat ze net als iedereen was. Niemand, elk jaar weer. Toen ze acht was, was ze er eindelijk over begonnen. Ze was haar vaders harde stem nooit vergeten, een stem die duidelijk maakte dat er nooit meer gesproken mocht worden over dit onderwerp.

Nu betrad Nick verboden terrein. Ze hield haar adem in. Zou haar vader net zo boos op Nick worden als hij destijds op haar geworden was? In dat geval zou het de eerste keer zijn dat Nick iets deed dat haar vader afkeurde.

"Mijn moeder wil je niet uitnodigen. We hebben niets met haar te maken."

Esther tuurde over haar schouder naar haar vader. Zijn kaak was gespannen. Met sommige dingen was hij heel liefdevol en met andere dingen kon hij heel fel zijn. Als kind had ze niet altijd goed aangevoeld welke onderwerpen ze moest vermijden. Maar ze had geleerd om het gevaarlijke moeras van werk, reputatie en familie-achtergrond te omzeilen.

Pas sinds kort had ze zich gerealiseerd dat ze wel degelijk een oma had. Opeens deed het ertoe.

"Pa, zou de bruiloft niet een kans voor een nieuwe start kunnen zijn?"

Haar vader legde het potlood waarmee hij zijn kruiswoordpuzzel had ingevuld aan de kant. "Geloof me, mijn moeder is niet in staat om een nieuwe start te maken. Als je wilt dat je bruiloft verpest wordt, ga je gang en nodig haar uit."

Hoe kwam het dat het zo gewoon had geleken dat ze geen grootouders had? Waarom? Nick leek een beteugelende werking op haar vader te hebben. Misschien was het nu veilig om wat dieper te graven. "Ik heb haar nog nooit ontmoet. Hoe verschrikkelijk kan ze zijn?"

Haar vader hield zijn ogen op de kruiswoordpuzzel in de krant. "Jij bent niet met haar opgegroeid. Ze heeft mijn leven verziekt." Hij sloeg de krant dicht, stond op en greep zijn potlood. "Als jullie me nodig hebben, ik ben in mijn studeerkamer."

Esther keek naar haar moeder in de erker, die in stilte werkte aan haar naaiwerk. Aan haar had je weinig tijdens een discussie. Esther parkeerde het gesprek en besloot er later over na te denken, nu moesten ze zich maar aan hun planning houden. Het bestand bestond inmiddels uit drie lijsten: 'de definitieve genodigden', de 'mogelijke genodigden' en tot slot de categorie 'alleen-vragen-als-anderen-niet-kunnen-komen'.

Nick geeuwde. "We moeten nog kijken naar de voorbeelden van

het mogelijke ontwerp en de tekst van de uitnodigingen. We hebben nog vijf opties over. Laten we het per regel bekijken en de opties uiteindelijk beperken tot twee. Dan kunnen we je ouders vragen voor de beslissende stem."

Nick was wijs. Als haar ouders de beslissende stem zouden hebben, dan zou haar vader hen met rust laten. Geen slapende honden wakker maken was inmiddels een gewoonte geworden.

"Ma, denk jij ook dat pa de voorkeur zal geven aan de formele bewoording "dominee doctor William en mevrouw Blanche Macdonald hebben het genoegen...' in plaats van alleen "de heer en mevrouw' of 'William en Blanche Macdonald'?

"Waarschijnlijk wel, maar ik zal het even navragen." Haar moeder stond op en verliet de kamer. Ze kwam zo snel weer terug dat ze Esther bijna betrapte, die op de knie van Nick was gaan zitten. Ze ploeterden verder door hun takenlijst, vastbesloten om het achter de rug te hebben en ruim een uur later was het hun gelukt de opties terug te brengen tot twee keuzes. Nick rekte zich uit. "Genoeg voor vandaag. Mijn broer had me al gewaarschuwd dat ik me niet moest mengen in bruiloftszaken."

"Ik hoop dat je geen spijt hebt."

Nick krabde gespeeld op zijn hoofd als een slechte acteur in een goedkope film. Esther giechelde. Ze maakte zich geen zorgen dat Nick spijt zou krijgen.

"Nee sorry, je zit met mij opgescheept. Maar ik wou wel dat we minder hoefden te regelen."

"Ik snap precies wat je bedoelt. Heb je zin in een korte wandeling? We hebben nog tijd voordat de dienst begint."

Het was nog vroeg, maar tussen de wolken was al een halve maan zichtbaar. De bomen waren de meeste van hun bladeren verloren en wuifden hun bijna bladerloze takken in de wind. Er woei een koude wind vanuit de bergen die vroege sneeuw voorspelde. Esther sloeg haar sjaal om haar tintelende oren, Nicks warme hand omklemde die van haar terwijl ze een blokje om wandelden.

"Ik kan het niet geloven dat ik van pa Gina niet mag vragen als één van mijn bruidsmeisjes." Esther had de opmerking van haar vader, dat ze alleen knappe bruidsmeisjes mocht kiezen, niet echt serieus genomen. Of misschien wilde ze dat niet, want onder zijn opmerking leek iets akeligs te liggen waar ze liever niet mee geconfronteerd werd.

"Maakt het uit?"

"Elke keer als ik Gina zie, voel ik me verschrikkelijk. Ze moet geweten hebben dat het voor de hand lag om haar te kiezen. Hoe moet ik het aan haar uitleggen? Eigenlijk wil ik tegen hem zeggen dat ik haar toch zal kiezen, maar je weet hoe hij is." Esther stopte met lopen en draaide zich om zodat ze Nick aan kon kijken. "Vind jij het niet vervelend dat pa wil dat iedereen er perfect uitziet?"

"Hij zal vast zijn redenen hebben."

Nu leek Nick zich ook aan haar te ergeren.

"Het is geen schoonheidswedstrijd."

"Luister." Nick pakte haar arm. "Deze bruiloft overheerst alles op het moment. Is het mogelijk om de komende dertig minuten ergens anders over te praten?"

Het laatste wat Esther wilde, was Nick van haar vervreemden. Esther sloeg haar arm om Nicks middel en legde haar hoofd tegen hem aan. "Oh, ik denk dat ik dat wel kan."

Hij grinnikte. "Eindelijk!"

Ze slenterden een poosje langs de weg.

Nick sloeg zijn arm om haar schouder en gaf haar een stevige knuffel. "Kun je je nog herinneren dat ik het over een speciale stage bij John Watson in Melbourne heb gehad?"

"Vaag", zei Esther. "Was hij die gast die sprekers en kerkleiders coacht?"

"Ja." Nick stopte en keek haar aan. "Je vader stelde voor om te solliciteren. Wat denk jij ervan?"

Wat zij ervan dacht? Ze dacht dat het een verschrikkelijk idee was. "Het is een geweldige kans, maar zei je niet dat het eerste startmoment van dit jaar in september is?"

Nick begon weer te lopen. "Ja, is dat een probleem?"

Het probleem leek haar duidelijk genoeg, gezien het feit dat ze op 26 augustus zouden gaan trouwen. "September betekent dat het ongeveer direct na onze huwelijksreis is en je zult vijf maanden lang, vier dagen per week, weg zijn!

"Ik denk dat je je niet druk moet maken. Er worden maar tien personen geselecteerd en de meesten daarvan zullen uit andere landen komen. Het is heel onwaarschijnlijk dat ik meteen bij mijn eerste poging een stageplaats krijg."

Esther weerstond een overdreven zucht om haar opluchting te tonen. Deze stageplaats zou heel veel betekenen voor zowel haar vader als Nick. Wat zij ervan zou vinden om Nick alleen het weekend te zien, dat deed er niet toe. Ze kneep in zijn hand.

"Natuurlijk, ga ervoor."

Ze liepen de laatste tweehonderd meter naar de poort van haar ouders in stilte. Nick dacht waarschijnlijk na over de stage, maar Esther dacht aan de bruiloft. Haar hoofd zat vol met vreemde vragen. Waarom was haar vader zo volhardend wat Gina betreft? Waarom had hij al het contact met zijn moeder verbroken? En zou ze het aandurven om de antwoorden op deze vragen te achterhalen of zou ze er, zoals gewoonlijk, voor kiezen om de lieve vrede te bewaren?

e woensdagen waren altijd druk in de fysiotherapiepraktijk. De administratief medewerker had de dossiers van de cliënten die vandaag gezien moesten worden op volgorde gestapeld in het bakje van elke fysiotherapeut. Esther opende het eerste dossier van haar stapel om weer vertrouwd te raken met de klacht en de behandeling van de cliënt. Om negen uur riep ze haar eerste cliënt binnen.

"Ik weet niet wat u de vorige keer gedaan hebt, maar het heeft enorm geholpen", zei de cliënt. "De eerste nacht voelde alles wat stijfjes, maar daarna werd het veel beter en ik word 's ochtends niet meer met hoofdpijn wakker."

Esther noteerde zijn opmerkingen in steno, wat ze geleerd had tijdens haar opleiding. "Zijn er bepaalde momenten van de dag dat u nog wel last heeft?"

"Laat op de avond, maar vroeg naar bed gaan met een kruik helpt."

"Oké, gaat u maar op uw buik liggen, dan ga ik aan de slag." Het leek erop dat vandaag een dag zou worden van 'elke-dertig-minu-ten-een-cliënt-en-geen-afzeggingen'. Mevrouw Brown met een pijnlijk been. Meneer Chong met hoofdpijn. Een kind met een stijve enkel nadat het gips verwijderd was. De gebruikelijke stroom aan pijntjes en kwaaltjes. Esther zorgde er altijd voor dat ze niet uitliep en daar was ze trots op. Een efficiënte routine van vragen stellen, onderzoeken en behandelen. Vragen, onderzoeken, behandelen. Vandaag waren de meeste cliënten aan de betere hand en twee van hen ontsloeg ze vandaag, waardoor er weer plek ontstond voor nieuwe cliënten.

Als ze cliënten behandelde die al eerder waren geweest, dan had ze meer tijd om na te denken terwijl ze werkte. Ze hield van haar werk. Ze had bijna voor iets anders gekozen, misschien hield ze er daarom wel zoveel van. Toen Esther de eindstreep van haar middelbare school naderde, had ze geen idee wat ze daarna zou gaan doen. Ze was in de meeste vakken redelijk goed en geen enkel vak sprong er echt uit. Ze had niet eens precies geweten wat fysiotherapie was toen haar lievelingsdocent het voorgesteld had. Maar nadat ze het onderzocht had, leken de dingen op hun plek te vallen. Het combineerde haar interesse in exacte vakken met haar liefde voor mensen en de weg ernaartoe duurde niet zo lang als bij een artsenopleiding.

Het probleem was dat ze zich niet voor kon stellen dat haar vader ooit trots zou zeggen. "Dit is mijn dochter. Ze is fysiotherapeut." Fysiotherapie had geen status, geen chique titel en geen enorm salaris waar anderen jaloers op konden worden.

Ze was een vaderskindje, zelfs al was hij vaak veel te druk om aandacht aan haar te besteden. Een vriendin van de middelbare school had haar eens gevraagd waarom ze zo gek was op haar vader, terwijl hij zich zo weinig met haar bemoeide. Misschien maakte hem dat wel wat mysterieus. Ze had hard gestudeerd voor school en voor muziek om hem trots op haar te maken.

Esther moest subtiel zijn om haar zin te krijgen. Geen kinderachtige uitbarsting. Uiteindelijk leek alles goed te komen, want ze werd uitgeloot voor de artsenopleiding, terwijl ze juist een beurs kreeg voor een opleiding in fysiotherapie. Het was de enige beurs die beschikbaar was, wat haar vader ervan overtuigde dat fysiotherapie ook goed was. Esther lachte in zichzelf terwijl ze de rug van haar cliënt los masseerde. Deze ervaring had haar geleerd dat het wel degelijk mogelijk was om haar vader te verslaan, maar het vroeg om heimelijkheid, geduld en sprankjes geluk.

De eerste cliënt na de lunch was een oudere dame met een pijnlijke onderrug. Halverwege de behandeling vroeg Esther of de vrouw van haar buik naar haar zij wilde draaien.

"Kun je me helpen, schat?" vroeg mevrouw Barclay. "Ik ben bang dat ik straks nog van deze smalle behandeltafel rol."

Esther leunde voorover om haar te helpen. Mevrouw Barclay verloor haar evenwicht, strekte haar hand uit en sloeg tegen Esthers borst. Een stekende pijn schoot door Esthers linkerborst. Ze snakte naar adem en er sprongen tranen in haar ogen.

"Het spijt me! Normaal gesproken ben ik niet zo onhandig." De cliënt probeerde overeind te komen. "Het was uw schuld niet. Het gebeurde gewoon." Esther wreef met haar hand over de pijnlijke plek.

Toen mevrouw Barclay de kamer had verlaten, nadat ze zich was blijven verontschuldigen, haastte Esther zich naar de toiletten. Waarom voelde ze nog steeds een dof geklop op de plek waar ze was geraakt? Ze deed de deur van de toiletruimte op slot en schoof haar shirt omhoog zodat ze in de spiegel kon kijken. Ze zag geen zichtbare kneuzing. Ze voelde aan haar huid en drukte erop. "Au." Ze zoog haar adem naar binnen, terwijl haar vingers over de pijnlijke plek bewogen. Haar vingers tastten de huid af. Er was duidelijk een knobbeltje op haar borst voelbaar en niet zo'n kleintje ook. Ze begon sneller te ademen.

Ze controleerde haar rechterborst – niets. De klap van zojuist had de knobbel niet kunnen veroorzaken. Haar huid werd klam en haar benen trilden. Ze leunde op de wasbak. Het zou toch niet zo zijn? Niet iets ernstigs? Ze was te jong. Te gezond. Te – gezegend.

Per slot van rekening was ze de dochter van William Macdonald. De man met een directe verbinding tot God.

Rustig aan. Er is nog niets bewezen. Maar met logisch nadenken kon ze haar bonkende hart niet tot bedaren brengen. Zichzelf voorhouden dat ze moest kalmeren, stopte het zweten niet. In haar gedachten ging ze mogelijke scenario's langs, het ene nog verschrikkelijker dan het andere. Ze wankelde naar het toilet, deed de klep naar beneden en zakte erop neer.

Beheers jezelf.

Adem in.

Ze vulde haar longen en hield haar adem in. Eén-twee-drie-vier. Uitademen. Nog een keer. Adem diep in. Eén-twee-drie-vier. Houd vast; twee-drie-vier. Adem uit; twee-drie-vier. Na twee rondes moest ze haar hoofd tussen haar knieën stoppen. Over een adrenalineshot gesproken. Dit was meer een golf van paniek.

Het ademen hielp, maar ze voelde zichzelf nog steeds zwak en bibberig.

Godzijdank had haar volgende cliënt de afspraak afgezegd. Ze had nog twintig minuten om weer een beetje bij zinnen te komen. Nog trillerig plensde ze wat water in haar gezicht en depte zich met een papieren doekje droog. Ze kon zich nu echt niet genoeg concentreren om aantekeningen te maken van de behandelingen van haar cliënten. In plaats daarvan klopte ze op de deur van haar baas.

"Sue, heb je even?"

Esther probeerde haar stem in bedwang te houden. Blijkbaar lukte haar dat onvoldoende want Sue keek haar aan over de rand van haar leesbril.

"Gaat het met je? Je klinkt verschrikkelijk."

"De cliënt van zojuist sloeg per ongeluk tegen mijn borst aan en ik heb een knobbeltje ontdekt."

"Bedoel je dat ze je zo hard sloeg dat je er een knobbeltje van kreeg?"

"Nee." Esther schudde haar hoofd. "Ik bedoel dat ze tegen het knobbeltje aansloeg dat daar al een poos moet zitten."

Sue fronste haar wenkbrauwen. "Heb je dit probleem al eerder bemerkt."

"Niet echt." Esther stapte de kamer binnen en deed de deur achter haar dicht. "Een paar maanden geleden ben ik naar de dokter geweest, maar hij scheepte me af. Hij zei dat ik te jong was voor iets ernstigs. En daarna heb ik er eigenlijk geen aandacht meer aan besteed omdat ik te veel afgeleid was." Sue ging rechtop zitten. "Als ik jou was zou ik me vandaag niet meer kunnen concentreren. Ik heb een hele goede dokter en ze zit hier in de buurt. Zal ik haar even bellen om te kijken of je misschien terecht kunt omdat iemand afgezegd heeft?"

"Ik heb nog vijf cliënten vandaag."

"Laten we bellen om te zien of er een opening is." Sue schoof diverse stapels papieren aan de kant. "Als ze plek heeft, dan kan ik jouw cliënten van vandaag overnemen. Ik accepteer elk excuus om niet aan de administratie te hoeven werken." Ze trok haar agenda tevoorschijn, reikte naar haar telefoon en toetste een nummer in.

Vijfenveertig minuten later deed Esther haar naamkaartje af en trok een jas over haar uniform aan. Ze trok de jas strak over haar borst om zich te beschermen tegen de kou. In haar buik leek een wervelwind huis te houden. Wanhopige smeekbeden schoten door haar hoofd.

HOOFDSTUK 8

*E*sther was, na haar laatste ervaring in de praktijk van dokter Arnold, opgelucht om te zien dat de wachtkamer bijna leeg was. Zo kon de dokter zich tenminste concentreren op wat ze aan het zeggen was. Ze meldde zich bij de receptioniste en pakte een tijdschrift, dat ze echter niet las. In plaats daarvan staarde ze nietsziend uit het raam. Maakte ze zich onnodig zorgen? Niet alle knobbeltjes betekenden tumoren. Niet alle tumoren waren kwaadaardig. Misschien was ze één van de mazzelaars. De lange nagels van de receptioniste tikten op het toetsenbord. Was dit een klein probleem of toch iets veel groters? Had ze Nick moeten bellen? Haar ouders?

Buiten hoorde ze piepende remmen van een auto en het geklik-klak van treinwielen die een overgang maakten van de ene rail naar de volgende. Als ze kanker had, kon ze dan gewoon door blijven werken? Wat als het eindeloos zou duren? En het allerergste, wat als het haar bruiloft in de weg zou staan? Er schoten allerlei zorg-wekkende gedachten door haar hoofd.

"Esther? De dokter heeft nu tijd voor je." Uit haar gepeins

gehaald, legde Esther het tijdschrift terug en liep naar de deur. De dokter wachtte totdat Esther was gaan zitten.

"Mijn naam is dokter Singh. De receptionist vertelde me dat je door Sue Powers bent doorverwezen. Hoe kan ik je helpen?"

Esther vertelde haar over het incident met de cliënt.

"Heb je al eerder steken gevoeld?" Dokter Singh opende een nieuw dossier.

"Zes maanden geleden, maar het leek toen niet echt belangrijk." Esther bloosde. Ze kon er nog niet over uit hoe stom ze was geweest. Ze werkte per slot van rekening in de zorg! Waarom had ze geen werk gemaakt van de pijnlijke plek in haar oksel? Waarom had ze zich door de chaos in de huisartsenpraktijk laten weerhouden om een punt te maken van haar klacht. Had ze nu maar doorgezet.

"Heeft iemand in je familie borstkanker gehad?"

"Ik heb geen idee. Ik ken eigenlijk niemand buiten ons gezin."

"Dat is iets wat we moeten nagaan." Dokter Singh maakte een aantekening in het dossier, vroeg nog een paar vragen en verwees Esther toen naar de behandeltafel. "Laten we er niet bij voorbaat vanuit gaan dat dit een groot probleem is. Er zijn genoeg mensen die niet-kwaadaardige knobbeltjes en cysten hebben." Ze wreef haar handen stevig over een handdoek om ze warm te krijgen en onderzocht toen Esthers rechterkant. "Aan deze kant voel ik niets vreemds. Laten we nu de andere kant bekijken." Het lichamelijk onderzoek was grondig en Esther beet op haar kiezen toen de dokter voorzichtig op haar huid drukte rondom het knobbeltje.

Dokter Singh zei niets meer. Esther zweette. "Kunt u het voelen?" Stomme vraag. Ze moest wel zenuwachtig zijn als ze zoiets overbodigs vroeg. "Ja, het is moeilijk te missen. Sorry voor het ongemak. Trek je blouse maar weer aan dan kunnen we praten."

Dokter Singh maakte notities terwijl Esther zich aankleedde. Toen Esther weer ging zitten, zei dokter Singh, "Je hebt tenminste één grote knobbel." De veel te vriendelijke stem en het woord 'tenminste' deed Esthers bloeddruk omhoog schieten.

"Ik stuur je naar de overkant, daar kunnen ze een echo en een mammogram maken. Het ligt er een beetje aan hoe druk het is, maar misschien kun je vandaag nog terecht." Dokter Singh schreef een doorverwijzing, ondertekende die en stopte hem in een envelop. "Ze kunnen daar ook hele precieze biopten afnemen, maar waarschijnlijk moet je een paar dagen wachten voordat ze je daarvoor kunnen inplannen. Ik zal daar een aparte doorverwijzing voor schrijven." Ze had een halve minuut nodig om dat te doen, opende toen een la en haalde er een folder uit. "Hierin kun je wat informatie over een biopsie lezen."

Esther las de belangrijkste punten. "Dus het is niet nodig om vrij te vragen van mijn werk."

"Nee, het zal maar een klein beetje pijn doen en wat beurs aanvoelen als de verdoving is uitgewerkt. Als je langs de receptie komt, wil je dan meteen een nieuwe afspraak inplannen voor over twee weken?" Dokter Singh sloot het dossier. "Wat je ook doet, wees lief voor jezelf en ga niet meteen van het ergste uit. Laten we wachten totdat we de uitslag hebben."

Hoe kon ze nou niet uitgaan van het ergste? De 'wat-als' vragen en allerlei mogelijke scenario's waren het enige waar ze aan kon denken.

Aan de overkant hoefde ze maar even te wachten. Als in een roes onderging ze de eerste twee onderzoeken. De biopsie stond voor vrijdag gepland. Voordat ze er erg in had, stond ze alweer buiten en liep ze terug naar de praktijk om haar fiets op te halen. De praktijk zag er donker en verlaten uit, ze zou tot morgen moeten wachten om Sue bij te praten.

Thuis lag er een briefje op de keukentafel.

AVONDETEN STAAT IN DE KOELKAST. WE ZIJN OM HALF 10 THUIS.

Gelukkig. Ze was gevrijwaard van een gemaakt gesprekje voeren. Als kind hadden haar ouders gezegd dat ze het aan haar konden zien als ze een geheim had. Zouden ze dat nog steeds kunnen? Esther speelde met haar worteltjes en doperwtjes op haar bord. Zou ze het beter voor zichzelf kunnen houden en hier alleen doorheen gaan, totdat ze wist wat de definitieve diagnose was? Of was het beter om het nu direct te vertellen, om te voorkomen dat iemand zich buitengesloten zou voelen? Ze rechtte haar rug. Ze zou het voor zich houden. Zo zou onnodige stress hen bespaard blijven. Het probleem met deze beslissing was dat ze er alleen voor stond, balancerend als een koorddanser, met een dreigende afgrond onder zich, een afgrond van knagende bezorgdheid of zinloze ontkenning.

HOOFDSTUK 9

*D*e tijd leek stil te staan. Het wachten was eindeloos en ondraaglijk. Haar leven leek als een film gepauzeerd, om slechts in slow-motion, tergend langzaam naar een volgende beeld te verspringen. Had Esther kanker? Pauze. Was het kwaadaardig? Pauze. Hoe ernstig?

Het was moeilijk om nog enthousiasme op te brengen voor de bruiloft. Was het iemand opgevallen? Ze stelde het printen van de uitnodigingen uit en zocht op hoe ver van tevoren ze de catering nog kon annuleren. Tot zes weken van te voren kon ze nog kosteloos annuleren.

Op woensdagochtend, een week na de ontdekking van het knobbeltje, vond Esther een handgeschreven kaart in de brievenbus. Wie zou haar geschreven hebben? Ze scheurde de envelop open en keek snel wie de brief had ondertekend. Gina. Ze voelde zich overspoeld door schaamte, ze had het niet aangedurfd om pa te trotseren en Gina te vragen als haar bruidsmeisje. Ze had Gina een lafhartig briefje gestuurd en was niet het gesprek met haar aangegaan. Ze had lang na moeten denken over wat ze in het briefje zou schrijven. Hoe kon ze een reden aandragen die geen leugen was, maar ook niet te pijnlijk was om aan te horen? Nadat ze het briefje gestuurd had, hadden ze elkaar nauwelijks gesproken, dus waarom had Gina haar nu geschreven?

LIEVE ESTHER,

AFGELOPEN ZONDAG MERKTE IK DAT JE AFGELEID WAS, MAAR IK WAS ER NIET ZEKER VAN OF IK HET GOED HAD OPGEMERKT. AFGELOPEN NACHT WIST IK ZEKER DAT ER IETS MIS IS. IK WEET NIET WAT ER AAN DE HAND IS, MAAR WEET DAT IK VOOR JE BID. ALS JE MET ME WILT PRATEN, BEN IK ER VOOR JE.

LIEFS, GINA

Een traan druppelde langs Esthers wang. Het voelde als gloeiende kolen op haar hoofd. Ze zou het begrepen hebben als Gina al het contact zou hebben verbroken. Maar haar briefje toonde aan dat ze sensitiever was dan Esthers eigen familie. Ze verlangde er hevig naar om haar last te delen. Maar ze moest het Nick en haar ouders eerst vertellen. Misschien had ze de verkeerde keuze gemaakt om hier alleen door heen te gaan. Was haar stilte een vorm van ontkenning? Alsof het uitspreken van de woorden het werkelijkheid maakte.

Esther leidde zichzelf af door hard te werken.

Nieuws, wat voor nieuws dan ook, was beter dan deze knagende onzekerheid. Toch was ze doodsbang voor slecht nieuws.

Ze was er niet op voorbereid. Ze zou er nooit op voorbereid zijn.

's Nachts had ze steeds opnieuw dezelfde droom waarin ze aan het zwemmen was in een hele sterke stroming. Ze zwoegde met haar armen en benen maar kwam niet vooruit. Millimeter na millimeter werd ze naar de rand van de waterval gezogen. Op het laatst stortte ze naar beneden met een schreeuw die haar uit haar slaap rukte. Zwetend en huiverend.

Zaterdag.

Zondag.

Maandag.

Elke dag voelde als elastiek dat tot het maximum werd opgerekt. Angst nestelde zich als lood in haar ledematen. Angst nog erger dan de minuten voor de start van een muziekoptreden. Angst nog erger dan het moeten ondergaan van de dreigende boor bij de tandarts. Proberen om er niet over te praten. Proberen zich er geen zorgen over te maken. Proberen zich normaal te gedragen.

Uiteindelijk werd het dinsdag. Te snel. Veel te snel.

"Kom binnen, Esther. Kom binnen en ga zitten." Dr Singh riep Esther haar kamer in.

Was het welkom gemaakt hartelijk? Was de herhaling een teken dat het goed nieuws was of juist slecht nieuws.

"Heb je haast om weer terug naar je werk te gaan?"

Dat was een onheilspellende vraag. Esthers hart klopte als een galopperend paard. "Nee, ik heb voor de komende anderhalf uur alle afspraken afgezegd." Oh waarom moesten ze een gemaakt beleefd gesprek voeren. Het enige wat ze wilde weten, was de uitkomst. Nee, dat was niet waar. Het enige wat ze wilde weten was of ze goed nieuws had. Als ze slecht nieuws had, dan was dat het laatste wat ze wilde weten. Maar het nieuws moest tot op zekere hoogte slecht zijn. Anders zou de huisartsenpraktijk gebeld hebben en haar afspraak hebben afgezegd, toch?

Door haar zenuwen kon ze zichzelf niet langer in bedwang houden. "Alstublieft, wilt u mij uit mijn lijden verlossen en me de uitkomst van het onderzoek vertellen?"

Dokter Singh zette haar leesbril op en keek naar de formulieren die voor haar lagen. Ook dat zag er zorgwekkend uit. "Helaas heb ik slecht nieuws. Je hebt kanker."

Een directe stoot op haar borst. Het galopperende paard was nu een jachtluipaard dat op volle snelheid de achtervolging inzette. Wat als ze haar ontbijt hier op de vloer zou uitbraken? Ze sloeg haar armen om haar buik.

"…. duidelijk een tumor…. kwaadaardig… borstkanker." De dokters woorden kwamen slechts met vlagen binnen.

Borstkanker.

De woorden die ze nooit had willen horen. De woorden die ze niet hardop had willen zeggen. De woorden die ze niet eens durfde te denken. Alsof ontkenning het buiten kon sluiten.

Nu was het jachtluipaard ontsnapt. Grommend en bijtend aan haar voeten. Alarmsignalen sturend langs elke zenuw in haar lichaam.

"Ik ga trouwen eind augustus. Wat moet ik doen?"

"Ik kan niet doen alsof de komende maanden makkelijk zullen zijn."

Niet makkelijk. Dat was nog eens een eufemisme. Esther stopte haar hoofd tussen haar knieën.

"Neem de tijd. Dit nieuws is overweldigend." Esther hoorde dat dokter Singh opstond en door de kamer liep. Ze hoorde water dat in de gootsteen viel en toen nog meer stappen. Ze keek op en nam het glas water aan uit dokter Singhs uitgestrekte hand, knikte als dank en nam een grote slok.

"Sorry, ik voel me verschrikkelijk."

"Je reactie is heel normaal. Haal een paar keer diep adem en drink nog wat."

Esther gehoorzaamde. Haar energie leek compleet weggelekt. Ze trilde als een negentigjarige die aan Parkinson leed. Ze voelde zich licht in haar hoofd, verwarring wervelde door haar hoofd en verder alleen diepe duisternis. Ze sloot haar ogen en concentreerde zich op haar ademhaling. De vorige keer had het geholpen.

Na geruime tijd lukte het haar om haar hoofd op te heffen en haar ogen te openen.

"Wat gebeurt er nu?"

"We schrijven je in bij een specialistisch centrum voor kanker-bestrijding. Zij zullen nog meer onderzoeken doen om uit te vinden hoe groot het probleem is."

"Hoe veel van dit soort centra zijn er?"

"Een heleboel, maar er zijn er hier twee in de buurt, eentje zit naast het ziekenhuis waar je werkt."

"En als u moest kiezen tussen de twee, los van gemak, welke zou u dan aanbevelen?"

"Ze zijn beide uitstekend, daarom stel ik voor dat je naar de dichtstbijzijnde gaat."

"Ik neem aan dat ik een operatie moet ondergaan en aan de chemo moet?" Wow, ze kon nog functioneren. Dit gepingpong van vragen hield de realiteit op afstand.

"De specialist zal je adviseren over een operatie en chemo."

"Hoe lang duurt het voordat ik daar terechtkan?" Ze stelde de vragen op de automatische piloot, alsof ze op twee verschillende niveaus functioneerde – de efficiënte, professionele buitenkant sprak en haalde adem. De binnenkant krulde op als een bal van ontkenning, probeerde niet te bewegen voor het geval dat ze in duizend stukjes zou breken en nooit meer gemaakt kon worden.

"Ze zullen je zo snel mogelijk willen zien. Zal ik ze meteen even bellen?"

Esther zat stijf rechtop terwijl dokter Singh telefoneerde. De woorden die opgelezen werden van de uitslag van haar biopsie leken ver weg en een vreemde te beschrijven. Het nieuws drukte op haar schouders, als een zwaar juk van consequenties.

Had ze nu maar iemand meegebracht. Ze had een vriendelijk woord nodig, een tedere aanraking, een knuffel. De telefoon klikte en Esther schrok op.

"Sorry, ik zat in een trance."

"Deze dingen zijn altijd een shock." Dokter Singh overhandigde haar een papiertje. "Ik heb je afspraak met dokter Webster opge-schreven, over precies een week, om 10 uur. Je hebt het nog niemand van je familie verteld, of wel?"

"Ik zal het ze vanavond vertellen."

Dokter Singh plantte haar ellebogen op de tafel. "Het is een moeilijke tijd. Sommige mensen kunnen niet omgaan met dit soort nieuws."

"Ik denk dat mijn moeder het wel aankan, als ze eenmaal over de eerste schok heen is, maar ik ben niet zo zeker van mijn verloofde. Tot nu toe zijn we eigenlijk nog met geen enkele moei-lijke situatie geconfronteerd." En deze situatie zou maar tijdelijk zijn. Als haar vader in actie zou komen, zou God zeker iets gaan doen. Was dat Zijn taak niet?

"Helaas vinden mannen het vaak moeilijker dan vrouwen."

Enkele tranen welden op en liepen langs Esthers wang.

"Huilen werkt heel therapeutisch." Dokter Singh schoof een doos met tissues naar haar toe. "Wij zorgen dat de tissuebedrijven een afzetmarkt hebben."

Esther begon nu echt te huilen. Tranen drupten van haar neus en kin. Ze nam een tissue en daarna nog één en nog één. Het duurde minstens twee minuten voordat ze kalmeerde en haar neus snoot.

"Ik ben zo blij dat Sue u aanbevolen heeft. Ik hoop dat het centrum voor kankerbestrijding half zo goed is."

"Lukt het je om terug naar je werk te lopen?" Ze stonden allebei op.

"Ja, het gaat wel weer. Het werk zal me afleiden."

Buiten scheen de zon. Hoe durfde hij zo uitbundig te schijnen? De wereld zou grijs en deprimerend moeten zijn om overeen te komen met het slechte nieuws dat ze zojuist ontvangen had. Esther keek op haar horloge. Het duurde nog vijfenveertig minuten voordat haar volgende afspraak zou komen. Een rondje lopen zou beter zijn dan staren naar de muur van haar kantoortje. Ze hield er stevig de pas in, alsof ze met haar ferme stappen het nieuws onder haar voeten kon verbrijzelen. Het was onmogelijk om niet na te denken. Vragen en zorgen drongen haar gedachten binnen. Hoe moest ze het nieuws brengen aan Nick? Gelijktijdig met haar ouders? Ze oefende in gedachten op een mogelijke openingszin. Was dit zoals de komende maanden zouden zijn, vermoeid van de behandeling en de mentale inspanningen?

Ze probeerde onopvallend de afdeling op te lopen. Als iemand zou vragen hoe het met haar ging, zou ze in elkaar storten. Maar de deur van Sue's kantoor stond open en ze riep naar Esther toen die langsliep. Sue wierp een blik op haar gezicht.

"Dus – het was geen goed nieuws."

"Nee." Esther klonk gesmoord.

"Het spijt me zo voor je."

Sue's empathie zorgde ervoor dat Esther weer in tranen uitbarstte. Zonder iets te zeggen, overhandigde Sue haar de tissues en liet haar huilen.

Esther snufte. "Het wordt een week met een stortvloed aan tranen. Ik moet het mijn ouders vanavond vertellen."

"Naar wie heeft dokter Singh je doorverwezen?"

"Dokter Webster."

"Hij is een uitstekend specialist, maar verwacht niet al te veel meelevendheid." Dokter Webster klonk als een hork. "Luister, wil je niet liever naar huis?"

Dit was een vraag die Esther kon beantwoorden. "Ik blijf liever, als ik nu naar huis ga, weten mijn ouders direct dat er iets mis is." En ze zouden het uit haar weten te trekken. "Ik moet eerst met Nick praten. Dit gaat hem het meeste aan."

Maar hoe zou hij reageren?

oen Esther thuiskwam, bleek haar vader niet thuis te zijn. Haar moeder riep haar vanuit de keuken. "Welkom thuis. Hoe was je dag?"

"Druk." Esther liep snel langs de keukendeur. "Ik ga eerst even douchen en me omkleden. Nick komt om half zeven. Na het eten gaan we een rondje lopen." Ze was gebroken, maar op de één of andere manier gaven de gebruikelijke patronen haar houvast. Als een gebroken ei met een touwtje eromheen.

Haar tranen vermengden zich met de stralen van de douche. Misschien had ze wel al haar tranen vergoten en zou dat voorkomen dat ze tijdens de maaltijd in zou storten. Esther treuzelde onder de warme stralen van de douche.

Heer, laat deze nachtmerrie voorbijgaan. Ik wil trouwen en een gezin stichten. Ik wil een toekomst, een lange, lange toekomst. Waarom heb ik op mijn achtentwintigste kanker?

Tijdens het wassen van haar haar masseerde ze hardhandig haar hoofdhuid. Als die voldoende pijn zou doen, voelde ze de pijn in haar buik misschien niet. Gaf God om haar? Of zat Hij daarboven en verzette Hij de schaakstukken van het leven, zonder dat Hij zich bezighield met de pijn die het kon brengen? Er waren genoeg Australiërs die zo dachten. Hadden ze gelijk?

Het was niet eerlijk. Hadden ze God niet altijd geëerd? Had haar vader haar niet beloofd dat God haar zou zegenen? Kanker was geen zegen, het was een vloek. Waar was God en wat was Hij aan het doen?

Er kwam geen antwoord, alleen het diepe gebrom van de afzuiger die de hete stoom verslond. Geen troost, geen vrede, geen spoor van hoop.

Toen Esther naar beneden liep trof ze Nick en haar vader aan die in een diep gesprek verwikkeld waren over pa's nieuwe boek. Geen van de mannen leek op te merken dat ze zich afzijdig opstelde. In plaats van zich in het gesprek te mengen, hielp ze haar moeder met het dekken van de tafel en het opdienen van de maaltijd.

Nick en haar vader waren nog steeds in gesprek toen ze de afwasmachine inlaadde. Nam Nick haar aanwezigheid überhaupt waar? Was het normaal dat haar vader hem zo in beslag nam? Haar vraag liet een bittere smaak na in haar mond. Ze had jaloezie altijd verafschuwd.

"Klaar voor een rondje?"

"Oh, uhm, ja. Ik moet even mijn jas pakken. Ik zie u straks, meneer – sorry William." Nadat ze verloofd waren had haar vader erop gestaan dat Nick hem bij zijn voornaam zou noemen, slechts enkelen hadden dit voorrecht.

Ze waren al aan hun rondje begonnen en Esther twijfelde nog steeds over de beste openingszin. Ze ademde diep in. Begin met iets onschuldigs.

"Je had genoeg te bepraten met pa."

"Het is maar goed dat ik zijn schoonzoon word." Nick pakte haar hand.

"Jij leek juist erg stil vanavond."

"Ik heb een heleboel aan mijn hoofd." En ze stond op het punt om haar zorgen bij Nick te dumpen.

"Maak je je druk om de bruiloft?"

"Nee, niet direct." Ze kneep in Nicks hand. Hoe kon ze de overstap naar haar onderwerp maken. "Vond je dat ik afgeleid was de afgelopen tijd?"

"Ik nam aan dat je in beslag genomen werd door het plannen van de bruiloft."

"Nee, niet precies." Daar ging 'ie. Tijd om over het randje te stappen. "Ik heb een aantal medische onderzoeken ondergaan."

"Oh, waarom?" Nick draaide zijn hoofd naar haar.

"Ik had vreemde pijnsteken in mijn oksel." Het nieuws leek vast te zitten in haar keel en verstikte haar.

"Wat zei de dokter?" Zijn stem klonk nog ontspannen. Hij had geen idee wat er ging komen. Ze stond op het punt zijn wereld in gruzelementen te slaan.

"Oh Nick. Er... er is geen goede manier om dit te zeggen. Ik heb borstkanker."

"Wát?" Hij liet haar hand los. "Onmogelijk. Je bent veel te jong."

Dit was verschrikkelijk. Ze moest niet gaan huilen. "Dat dacht ik ook."

"Hoe ernstig is het?"

"Ik weet het nog niet precies. Ze moeten misschien nog een aantal testen of een operatie afwachten –." Ze zag zijn ogen verbreden in het licht van de straatlantaarns.

"Een operatie? Wat –"

Was het een vergissing om het Nick niet meteen vanaf het begin te vertellen? Dan zouden ze door dezelfde fases zijn gegaan. Nu liepen ze niet gelijk op, alsof ze op verschillende toonhoogtes zongen. De één sopraan, de ander alt. Maar in dit geval klonk het niet mooi samen. "Nick, het is ernstig. Ik heb een grote knobbel. Volgende week dinsdag zal ik onderzocht worden door een specialist en een operatie is een mogelijkheid."

"Wat voor een operatie?"

Had Nick nu maar een medische achtergrond, maar ze kon het hem niet kwalijk nemen dat hij hier niets van wist. "Ik neem aan een mastectomie."

"Wat? Je bedoelt je borst eraf snijden?"

Au. Esther knarste met haar tanden. Ze had nog een gesprek te gaan en dat zou misschien nog wel erger zijn. "Misschien en misschien krijg ik ook chemotherapie."

"Maar we gaan binnenkort trouwen."

Nick had onbedoeld op de zere plek gedrukt. Ze perste haar lippen op elkaar. "Misschien moeten we de bruiloft uitstellen."

Haar stem trilde. "Als ik een operatie moet ondergaan en chemo krijg, duurt het misschien nog maanden voordat ik schoon word verklaard."

Nick liet zijn vingers kraken. "Weten je ouders het?"

"Ik wilde het eerst aan jou vertellen. Ik hoopte dat je me zou helpen om het aan hen te vertellen."

"Wow – ." Nick deed een stap naar achteren. "Het is nogal wat, wat je van me vraagt. Het duizelt me. Jij hebt meer tijd gehad om aan het idee te wennen."

Ze liepen verder in stilte, op grote afstand van elkaar. Was dat symbolisch?

Plof. Plof. Plof. Hun voeten liepen ritmisch op het voetpad. Wie zou de stilte doorbreken?

"Je bent gezond. Je eet goed. Je leeft goed. Waarom?" Nick sloeg tegen zijn zij. "Waarom gebeurt dit?"

Esther draaide zich om en keek hem aan. "Luister, ik weet niet meer dan jij. Het enige wat ik weet is dat ik jouw steun nodig heb." Ze strekte haar hand naar hem uit en greep zijn jas vast, de stof voelde ruw aan tussen haar vingers. "Dit is het moeilijkste wat ik ooit heb moeten doorstaan. Ik heb de halve dag gehuild."

"Misschien – misschien beproeft God ons. Om te zien hoe we zullen reageren."

"Als het een beproeving is, dan hoop ik dat het tijdelijk is."

Nick viel weer stil. Hij deed waarschijnlijk wat zij ook had gedaan; de gevolgen op een rij zetten. Ze had het hem eerder moeten vertellen.

Ze naderden de indrukwekkende zandstenen posten van de poort van haar huis.

"Ga je mee naar binnen?"

"Kun je zonder mij gaan?" Nick wreef over de achterkant van zijn hoofd. "Ik moet naar huis – ik moet aan het idee wennen. Aan mij heb je niets vanavond."

Teleurstelling plantte zich in haar hart. Dokter Singhs woorden bleken profetisch. Nou, ze ging hem niet smeken. Daar had ze geen energie voor.

"Het spijt me." Waarom bood ze haar verontschuldigingen aan? Het was niet haar keus om kanker te hebben. "Bid alsjeblieft. Ik heb alle steun die ik kan krijgen nodig."

Nick opende de deur van zijn auto en maakte zijn gordel vast. Hij had haar niet eens een afscheidskus gegeven. Ze zou geduld met hem moeten hebben. Na verloop van tijd zou hij hier mee om kunnen gaan.

Ze was niet zo zeker van haar vader.

Nick reed weg en Esther opende de deur.

"Komt Nick nog mee naar binnen?" haar vader riep vanuit de woonkamer.

"Nee, hij moest naar huis." Ze had geweten dat hij dat zou vragen.

"We zitten juist aan de thee. Kom binnen en neem ook een kopje." Esther liep naar de keuken om een kopje voor zichzelf te pakken. Ze nam plaats op de bank en nam eerst een paar slokjes om ondertussen moed te verzamelen.

"Mam, weet je nog dat ik dacht dat ik door een speld geprikt werd toen ik mijn jurk paste?"

"Ik ben altijd heel voorzichtig, ik zou nooit spelden laten zitten
–".

Dit was niet het moment om over andere dingen te beginnen.
Ze moest de woorden uit haar strot krijgen en zorgen dat het
gezegd was. "Ja dat weet ik – maar ik had nog meer van die steken
en ik ging naar dokter Arnold. Hij besteedde niet veel aandacht aan
mijn zorgen." Ze moest zorgen dat haar verhaal niet onsamenhangend klonk. "Twee weken geleden sloeg een cliënt me per ongeluk
tegen mijn borst. Het deed echt verschrikkelijk pijn en daarom ben
ik naar een andere huisarts gegaan, eentje die dicht bij het ziekenhuis praktijk houdt."

"Waarom heb je dat niet eerder verteld?"

"Ik wilde jullie er niet mee lastig vallen." Ze voelden de tranen
prikken in haar keel. "Ze hebben een aantal testen gedaan en …" Ze
barstte in tranen uit.

Haar ouders zaten stijf in hun stoel.

"… ik hoopte…. dat ik … niet zou huilen."

"Wat probeer je te zeggen, schat?"

"Ik heb… borstkanker."

Blanche liet een gesmoorde kreet en stoof de kamer uit. Haar
vader sprong zo snel op uit zijn stoel dat hij zijn evenwicht bijna
verloor.

"Dat is onmogelijk. Je bent veel te jong."

Het leek wel alsof ze vast zat in een filmpje dat steeds herhaald
werd. Dit was erger, veel erger dan dat ze verwacht had. Ze had op
haar moeder gerekend en nu had juist haar moeder haar in de steek
gelaten.

"Er moet een fout zijn gemaakt." Haar vader was weer terugge-
vallen in zijn stoel.

"Ik denk het niet. Alle onderzoeken bevestigen het." Esther
depte haar gezicht met een tissue die al doorweekt was. Kleine
draadjes plakten aan haar neus. Waarom had ze niet meer

zakdoeken meegenomen? En waarom dacht ze over zulke triviale dingen na?

"Waarom heb je het ons niet eerder verteld?"

Goede vraag. "Jullie zijn altijd zo druk –". Haar stem stierf weg. Haar redenen leken nu zo zwak. "Ik wilde niet dat jullie je onnodig zorgen zouden maken als uit het onderzoek zou blijken dat het niets ernstigs was." Waarom werd ze aan een verhoor onderworpen?

Ze stond op en vluchtte naar de keuken. Ze had ruimte nodig. Anders zou ze gaan schreeuwen. Of nog erger. Als ze zou beginnen, zou ze dan nog kunnen ophouden? Ze was altijd trots geweest op het feit dat ze emotioneel zo stabiel was. Maar de laatste tijd leek ze meer op een losgeslagen jojo.

Ze scheurde een stukje keukenpapier van de rol, leunde over de gootsteen en plensde wat water in haar verhitte gezicht. Ze voelde druk op haar borst, was dit vanwege boosheid of was het iets anders? Wat het ook was, ze zou hoe dan ook haar vader weer onder ogen moeten komen. Ze kon dat misschien maar beter direct doen.

"Het is vandaag pas bevestigd. Ik heb het eerst aan Nick verteld en nu aan jullie."

"Hoe gezond is je geloof?" Hij keek haar doordringend aan.

"Wat bedoelt u?" Esther had geen zin meer om vragen te beantwoorden. Ze wilde zich alleen nog maar in haar kamer terugtrekken en de deur met een knal dichtgooien om haar leven buiten te houden. Maar dat was geen optie. Ze moest eerst haar moeder nog zoeken en haar troosten.

"Alleen onwankelbaar geloof leidt tot genezing. We zullen de oudsten mobiliseren om voor je te bidden en je te zalven met olie." Nu haar vader een actieplan had, hervond hij zijn normale stem weer, vastbesloten en vol zelfvertrouwen.

Oh, was het maar zo makkelijk. Als een toverstokje dat met één veeg en wat abracadabra al haar angsten kon wegnemen. Maar de persoon die in abracadabra geloofde, bestond niet meer. Verdwenen met het kind dat ooit in de tandenfee en de kerstman geloofde. Nu leefde ze in de wrede wereld, los van het gouden sprookje, waar twijfel zich vermenigvuldigde als kwaadaardige spreuken. "Wat als het niet zo makkelijk is?"

Haar vader kromp ineen. "Dat is niet de vraag die je zou moeten stellen."

Waarom niet? Ze wilde het haar vader vragen, maar ze durfde hem niet nog meer te irriteren. Ze kon zich nog heel goed voor de geest halen wat er gebeurde als ze over zijn onzichtbare lijn zou stappen.

"Je moet als de bloedvloeiende vrouw zijn – haar geloof heeft haar genezen. Je geloof moet standvastig zijn."

Waarom ging hij over op zijn preekmodus? Ze was zijn dochter, niet iemand die naar zijn preek luisterde via de radio.

"Ik zal mijn best doen." Haar cliché-antwoord klonk zelfs in haar oren leeg. Ze stond op. "Moet één van ons tweeën niet bij ma gaan kijken om te zien hoe het met haar gaat?"

"Waarom ga jij niet? Ik ga op een rijtje zetten wie we allemaal moeten bellen." Hij liep de kamer uit om naar zijn studeerkamer te gaan aan de achterkant van het huis. Zijn veilige plek. De plek van waaruit hij controle uitoefende op de wereld.

De mannen in haar leven frustreerden haar. Nee, het was geen frustratie, het was sterker dan dat. Ze voelde zich verraden. De botheid van het woord beangstigde haar. Het woord leek te zwaar voor Nicks reactie en haar vaders daden. Ze had steun nodig. Nick zou hier moeten zijn, met zijn armen om haar heen.

Esther vond haar moeder met haar gezicht in het kussen van het logeerbed gedrukt. Gebroken snikken deden haar bovenlichaam schudden. Esther ging naast haar zitten en legde voorzichtig een hand op haar schouder. Voorzichtig, want haar moeder hield niet zo van aanrakingen. Dit was niet het moment om daarover na te denken.

"Mam, neem het niet zo zwaar op."

Ma rolde een stukje terug. Mascara liep in zwarte lijnen over haar gezicht en haar foundation was vlekkerig geworden. Ze wreef in haar ogen met de palm van haar hand, wat het alleen nog maar erger maakte.

"Ik kan er niets aan doen. Het is precies zoals bij mijn moeder. Waar heb ik dit aan verdiend?"

"Waar heeft u het over?"

Blanche vouwde een kussen onder haar hoofd. "Mijn moeder is op vijfenveertigjarige leeftijd gestorven – aan borstkanker."

Esther huilde niet maar voelde zich plotseling extreem vermoeid. Misschien had ze emotioneel geen kracht meer om nog meer te verwerken. Ze wilde empathie tonen aan haar moeder, maar haar stem en tranen wilden niet meewerken. Ze kon het slechts nog opbrengen om haar moeders hand te aaien. Haar moeder kon de aanraking misschien niet waarderen, maar Esther had de troost nodig.

"Waarom wist ik dit, van mijn eigen grootmoeder, niet? De dokter heeft me herhaaldelijk gevraagd of er iemand in mijn familie kanker heeft gehad. Ik heb haar gezegd dat ik dacht van niet."

"Je vader vindt het niet prettig als ik over dat soort dingen praat." Haar woorden klonken gesmoord.

"Maar waarom? Ik heb toch zeker het recht om het te weten?"

"Kun je dat niet raden? Zijn kerk heet 'Victory' – overwinning. Mijn ouders waren geen overwinnaars. Ma is jong gestorven en pa was een alcoholist."

Interessant dat ma het 'zijn' kerk noemde. "Maar mam, is het niet beter om de waarheid te kennen?"

"Misschien, maar je vader wil die waarheid niet kennen." Haar moeders ogen verwijdden zich en haar mond vormde zich tot een 'O'. Ze sloeg een hand voor haar mond. "Dat heb ik niet gezegd."

Esther was net zo verbaasd als haar moeder om kritiek te horen.

Haar moeder was als een tulp. Sierlijk en prachtig, maar altijd stijf rechtop in de houding. Was er ooit chaos en warrigheid geweest, zoals bij een woekerende roos, of waren al die neigingen onderdrukt door zorgvuldige training?

Haar moeder draaide zich van Esther af. "Laat me even een poosje alleen." Esther stond op en streek haar rok recht.

"Wanneer heb je weer een afspraak bij de dokter?"

"Volgende week dinsdag."

"Als je wilt, ga ik met je mee."

"Ik hoopte dat u mee zou gaan. Afgelopen week was zwaar, toen ik alles in mijn eentje deed." Ze zuchtte. "Pa en Nick lijken geen grote hulp in dit alles."

"Wat is er gebeurd met Nick?"

"Hij nam het niet veel beter op dan pa." Esther onderdrukte meer tranen. Misschien leek ze wel meer op haar moeder dan ze ooit zou toegeven.

HOOFDSTUK 11

Op zaterdag om drie uur 's middags klonk de dingdong van de deurbel. Kerkleiders kwamen alleen of in tweetallen het huis binnen. Ze hingen hun jassen op en warmden zich op. Esther stond in een hoekje, Nick liep naar haar toe en kneep in haar hand. Daarna nam hij het dienblad van haar moeder over en bood de gasten een keuze uit diverse drankjes.

De leiders spraken op gedempte toon met elkaar totdat de kamer gevuld was met ongeveer twintig personen. Toen iedereen gearriveerd was, klapte haar vader tweemaal in zijn handen.

"Bedankt voor jullie komst. Zoals een ieder van jullie weet, is er bij Esther onlangs kanker geconstateerd. En waarom zou ons dat verbazen? De vijand haat wat wij bij Victory doen en de gemakkelijkste manier om ons te ontmoedigen is door in de aanval te gaan."

Pa's vertrouwen gaf Esther moed. Ze had niet bedacht dat Satan iets te maken kon hebben met haar kanker. Hoe kon iemand dat zeker weten? Het idee was geruststellend, meer gerustellend dan de vraag of ze God misschien boos had gemaakt.

"Dit is een beproeving van ons geloof. Ik heb jullie samengeroepen om de Bijbelse principes te volgen en Esther te zalven met olie." William plaatste een stoel in het midden van de kamer. "Esther, als jij hier gaat zitten, dan zullen we om je heen gaan staan en bidden."

Esther ging zitten en de mannen en vrouwen om haar heen legden elk een hand op haar. Het waren er zoveel dat de handen niet alleen op haar schouders lagen maar ook op haar rug en armen.

"Laten we de kruik met olie samen vasthouden en uitgieten, als een teken van onze verbondenheid."

Help! Zouden ze haar helemaal overgieten met olie? Ze had zich geen zorgen hoeven maken. Haar vader had de details goed doordacht en er zat slechts een klein beetje olie in de kruik. Als het niet zo'n serieuze aangelegenheid was geweest, had Esther eron moeten grinniken. De keuze om extra virgine olijfolie te kiezen in plaats van een goedkopere plantaardige olie was zo in lijn met het karakter van haar ouders. De doordringende geur van de olie vulde haar neusgaten. Het droop in vette sporen langs haar gezicht. Esther bewoog haar neusvleugels om het tegen te houden. Hoe kon ze zich concentreren op het gebed als ze bezig was te voorkomen dat de olie op haar kleren zou druppen, of op het Perzische tapijt?

Haar moeder drukte een tissue in haar hand en Esther veegde de overtollige olie van haar gezicht.

"Oh Heer, Schepper van de hemel en de aarde. U hebt de sterren een plaats in de hemel gegeven." Ja, dit was de God waarin Esther geloofde. "U deed de lammen opspringen. U liet de blinden weer zien. U bracht de doden weer tot leven. De kanker van Esther is kinderspel voor U."

Ja, waarom maakte ze zich druk? God had alles onder controle.

"Uw woord zegt dat als we iets in geloof vragen dat U het ons zal geven. Daarom vragen we vandaag. Wij, de leiders van Victory Church, vragen U namens Esther om dit kleine wonder."

Esthers hart vulde zich met vrede. Met iemand zoals haar vader en deze groep leiders, had ze niets te vrezen.

Een ander persoon bad. "Ja, Heer. Deze familie dient U, zij maken Uw naam groot. U heeft ons beloofd leven in volheid te geven en niemand zal zeggen dat kanker een overvloedig leven is. Neem het weg. Breng Uw naam eer door onze zuster te genezen."

Verscheidene anderen baden voordat haar vader de leiding weer overnam.

"Laten we allemaal samen bidden. Onderzoek jezelf. Wees er zeker van dat er geen zaadjes van twijfel in jullie gedachten zijn. Ban twijfel uit. Laat elk van ons standvastig in geloof zijn."

Iedereen begon te bidden. Golven van geluid namen af en aan. Iemand bad in tongen. Anderen schreeuwden. Ze klopten op de deur van de hemel. Af en toe hoorde Esther haar vaders stem boven de andere uit, Satans invloed op haar leven verbannend. Na tien minuten nam het kabaal af.

"Nu is het jouw beurt Esther, zijn er zaadjes van twijfel in jouw leven?"

Hoe moest zij weten of er zaadjes van twijfel waren? Een maand geleden zou ze hebben gezegd van niet, maar nu? Nu waren er niet enkel zaadjes, maar een heel bos met volgroeide bomen die de zon tegen hielden.

"Ik hoop het niet."

"Wees duidelijk. Als er twijfel is, zeg het dan nu." Hij wachtte, zodat Esther in stilte kon bidden. "Hef je handen op om je geloof aan te geven en de genezing die God je biedt op te eisen." Esther hief haar handen op. "Bid nu en vraag om genezing."

"Grote en machtige Schepper. U weet van de kanker in mijn lichaam. Ik vraag U mij te genezen."

"Wees stelliger," zei haar vader. "Laat horen dat je het meent."

Esther verhief haar stem. Het was moeilijk om te bidden in het bijzijn van al deze leiders, maar ze wilde haar vader niet in verlegenheid brengen. "Genees mij. Wees verheerlijkt in mijn leven.

Verwijder Uw vloek en geef ons de zegen waarom wij vragen in Uw naam."

"Goed gedaan. Laten we nu samen het Onze Vader bidden om Satan te laten zien dat het ons menens is."

De handen op Esthers schouders en hoofd voelden zwaar aan. Ze spande haar buikspieren aan en ging rechtop zitten. Natuurlijk zou God luisteren naar deze mensen. Er was zoveel kracht in hun midden.

*E*sther en Nick werkten samen om alles op te ruimen nadat de bezoekers vertrokken waren. Nick gaf haar geen afscheidskus. Waarom eigenlijk niet? Dacht hij soms dat borstkanker besmettelijk was? De deur was net achter hem in het slot dichtgevallen toen haar vader riep: "Esther, kom nog even binnen om te praten." Ze was moe. Een dutje zou geweldig zijn, maar het leek erop dat hij nog meer te zeggen had. Ze ging de woonkamer binnen en nam plaats tegenover haar vader.

"Dat ging goed, denk ik. Een goede opkomst, zeker gezien het feit dat het een ongeplande bijeenkomst was."

Het zou moeilijk geweest zijn om een verzoek van haar vader te weigeren. "Dus we hebben je nu gezalfd met olie en morgen activeren we de gemeenteleden om voor je te bidden."

In haar situatie was het onmogelijk om wat privacy te hebben. Morgen zou iedereen op de hoogte zijn van haar zaken. God kon maar beter vaart maken en haar genezen, anders zou ze duizend vragen moeten beantwoorden. *Alstublieft God, laat pa niets tijdens zijn radioprogramma zeggen.*

"Er zijn nog genoeg andere dingen die je moet doen."

Praktische dingen uitvoeren was beter dan zwelgen in angst en medelijden.

"Was je erbij toen ik de mensen geleerd heb hoe ze moeten visualiseren?"

"Nee."

"In situaties als die van jou is het echt geweldig." Hij ging rechtop zitten. "Sluit je ogen en maak je gedachten leeg."

Esther sloot haar ogen, maar hoe kon ze haar gedachten leeg maken?

"Adem diep in en uit en stel jezelf voor in volkomen duisternis."

Het was haast onmogelijk om haar vaders opdrachten op te volgen. Waarom kon hij haar gewoon niet vertellen wat visualiseren inhield, zodat zij zelf kon besluiten of het iets voor haar was?

"Kom op, ik hoor je niet ademhalen."

Esther stopte haar vragen weg en ademde diep in. En uit.

"Nog een keer."

Pa begeleidde het ademhalen een minuut totdat ze beiden ontspannen waren. Het ademhalen hielp haar wel om haar hoofd leeg te maken.

"Oké, stel jezelf voor, blakend van gezondheid."

In haar gedachten wiste ze de tumor uit en stelde ze zichzelf voor na een zomervakantie. Gebruind en fit.

Haar vader's stem was laag en constant. "Houd dat beeld vast."

Esther probeerde het, echt, maar zorgen maakten het beeld troebel. Waarom kon ze dit niet?

Na enkele minuten zei haar vader, "Het is heel simpel. 's Ochtends en 's avonds in bed is het het makkelijkste om te doen. Je moet alles doen wat je kunt."

Waarom? De vraag sprong in haar gedachten maar ze ging hem niet stellen. Hoe bevraag je iemand die zo zeker van zichzelf is?

"Wat je nog meer moet doen, is vasten. Sla elke dag de lunch over. Het laat God zien dat je het serieus meent."

"Pa, ik kan de lunch niet over slaan. Fysiotherapeuten werken hard en ik ben altijd uitgehongerd. Mijn collega's maken altijd grapjes over hoe gek ik op eten ben. Ze zullen vragen gaan stellen."

"En wat is daar erg aan? Het zal je een gelegenheid geven om je geloof te delen."

Ze gaf er de voorkeur aan om dat op een andere manier te doen. Een manier waarop anderen niet zouden denken dat er een schroefje bij haar los zat. Maar als ze helemaal niet zou vasten, zou haar vader haar niet met rust laten. Ze zou proberen om de dag haar ontbijt over te slaan.

Zondagavond, toen Esther naar bed ging, visualiseerde ze voor tien minuten dat ze genezen was en prees ze God voor Zijn overwinning voordat ze, vol vertrouwen, in slaap viel.

Ze werd wakker met een glimlach. Wat een verschil maakte het om vrede in haar hart te ervaren. Nu kon ze weer verder met haar leven gaan. Er was een bruiloft die voorbereid moest worden.

Een enorme geeuw en even rekken. Een pijnscheut trok door haar oksel.

Onmogelijk.

De buikpijn van angst was direct terug, alsof het nooit was weggeweest. Zweetdruppels parelden op haar voorhoofd. Met een beverige rechterhand controleerde Esther de knobbel. Het was niet alleen duidelijk aanwezig, maar leek ook te zijn gegroeid. Alsof het met haar spotte.

Hoe kon ze nu nog steeds kanker hebben, als zoveel oprechte christenen gebeden hadden? Hadden ze iets gemist waardoor hun gebeden ontkracht werden? Had ze misschien een zonde begaan? Had God misschien een soort 'geloofsmeter' en had de meter de verkeerde kant uitgeslagen?

Tranen drupten op haar kussen. Hoe moest ze het haar vader vertellen? Iedereen zou ernaar vragen en ondertussen met een schuin oog naar haar kijken alsof het haar fout was. Waar was God? Hij mocht niet op vakantie zijn.

Het was haar altijd verteld dat Hij haar liefhebbende Hemelse Vader was. Nou, op het moment voelde ze zich niet geliefd. Ze had vrienden die geloofden dat God Iemand was die een prachtige vlinder vastpint om toe te kunnen voegen aan Zijn collectie. Hadden ze gelijk? Of wachtte God om haar geloof te testen?

Nou, ze was oprecht geweest. Dit was een test waarvoor ze niet ging falen.

HOOFDSTUK 12

*H*et parkeerterrein bij het centrum voor kankerbestrijding was bijna vol toen Esther en haar moeder aankwamen. Het was pas kwart voor tien. Esther zweette, ondanks de koelte van de ochtend. Waarom was ze nerveus? Er waren emmers vol met gebeden over haar uitgestort. Als het mogelijk was, zou ze verdronken zijn in gebed.

Het decor was verrassend. Heldere muurtekeningen van wilde Australische bloemen, een vleugje lavendel in plaats van de gebruikelijke antiseptische geur. Mannen, vrouwen en zelfs kinderen zaten in de centrale wachtruimte. Patiënten, bleek en nerveus, met hun mantelzorgers. Klassieke muziek speelde op de achtergrond, niet te hard om te storen en niet te zacht om onhoorbaar te zijn. Was het bedoeld om mensen te kalmeren en af te leiden? Als dat het geval was, dan werkte het niet. Esther was er zeker van dat er een onzichtbare wolk van angst om haar knieën zweefde, klaar om haar hart binnen te vallen.

Ze trok een nummertje en ging zitten. Tweeëntwintig. De verpleegster had net 'vijftien' geroepen. De mensen vermeden elkaars blik, alsof het aankijken van iemand betekende dat je de last van diegene ook moest dragen. Zij en haar moeder probeerden te lezen.

De verpleegster verscheen. "Eenentwintig."

Twintig minuten later strompelde een oudere vrouw het kantoor van de dokter uit, haar gezicht bleek en haar voorhoofd glanzend van het zweet.

"Tweeëntwintig."

Ma gaf haar een hand en kneep er snel in, Esther stond op en liep naar de deur. Een heel normale deur. Een houten deur met een bronzen naamplaatje. Toch werden achter deze deur zaken van leven en dood besproken. Over twintig minuten zou Esther weten wat er zou gaan gebeuren. Was dit het moment dat God uitgekozen had om haar te genezen en Zijn kracht te verkondigen?

Paul Webster moest een jaar of vijftig zijn, maar zo zag hij er niet uit. Hij had een vleugje grijs in zijn haar en een sportief gebruinde huid.

"Dokter Singh heeft je gegevens, de scans en de uitslagen van de onderzoeken gestuurd. Als eerste wil ik graag het lichamelijke onderzoek nog een keer uitvoeren. Daarna zullen we praten over de mogelijkheden."

Ze was slechts de volgende persoon in een lange rij. Ze voelde zich tenminste niet beschaamd door hem. Voor hem was het gewoon zijn werk. Hij had geen tijd om zich druk te maken over het feit dat ze zweette en dat haar hart bonsde.

Kom op, God, kom op, kom op. Laat Uw kracht zien, genees mij.

Dokter Webster onderzocht haar rechterzijde en begon toen aan de linkerkant. Nog geen pijn, misschien, misschien, misschien was het gebeurd. Esther kneep haar ogen dicht, klemde haar tanden op elkaar en visualiseerde zich gezond.

Een pijnsteek brak haar hoop in duigen.

"Dat deed duidelijk pijn."

"Mmmm." Ze vertrouwde zichzelf niet voldoende om te spreken. Haar wimpers glinsterden van onvergoten tranen. Het was niet slechts de lichamelijke pijn. Had ze niet genoeg gebeden, niet genoeg beleden, niet genoeg gevast? Hoeveel vasten zou voldoende zijn geweest? Als ze vijf keer haar ontbijt had overgeslagen in plaats van drie keer, zou dat voldoende zijn geweest?

Dokter Webster schreef, terwijl Esther zich aankleedde. Moest hij echt iets noteren of gaf het hem iets te doen, voordat zijn woorden de levens van mensen verscheurden?

"Ik zie dat je fysiotherapeut bent, dus je bent bekend met de medische termen." Er was een pauze, lang genoeg voor haar om te knikken. "Aan je linkerzijde moet je zo spoedig mogelijk een mastectomie ondergaan."

Nee. Niet voor het leven verminkt. Welke vrouw wilde er nou niet prachtig uitzien voor haar echtgenoot? Haar mond was droog en ze slikte. "Is een lumpectomie niet voldoende?"

"Nee. Het zou niet verstandig zijn om niet grondig te zijn. Waarschijnlijk zijn ook je lymfeklieren aangetast. De operatie zal duidelijkheid geven over hoe ver de kanker zich verspreid heeft." Dokter Webster keek haar aan alsof hij wilde nagaan hoe ze het nieuws opnam. "Op het moment lijkt het erop dat de kanker niet aan de rechterkant zit. Een enkelzijdige mastectomie is voldoende. Chemotherapie zal beginnen wanneer de wonden genezen zijn."

Er was dus geen sprake van 'of' er chemotherapie nodig. Het was 'wanneer'. "Hoe snel is dat?"

"Vier tot zes weken na de operatie."

Esther had een leeg blaadje meegenomen en maakte nu wat aantekeningen. Het opschrijven hielp haar om te focussen en om het bonzen van haar hart te negeren, het gevoel dat er ijswater door haar vaten stroomde. "Hoe lang zal de chemotherapie duren?"

"We moeten een volledig ziektebeeld hebben om dat te kunnen bepalen. Dan maken we een heel precieze cocktail van medicijnen, afgestemd op jouw situatie."

Hoe zou het voelen als haar lichaam een chemisch laboratorium was geworden? Ze had te veel horrorverhalen op haar werk gehoord om de illusie te hebben dat het makkelijk zou zijn.

"Chemo kan zes maanden duren." Er zat een voordeel aan dokter Websters niet-emotionele benadering. Het kon net zo goed over een vreemde gaan. Haar leven, ontleed, maar zonder bloed en pijn. Misschien kwam dat later, als de verdoving van deze klinische bespreking zou uitwerken.

"Welke mogelijkheden heb ik voor de operatie?"

"Dat ligt aan jou. Ik werk met twee verschillende chirurgen. De een werkt in een privé kliniek, de ander in het ziekenhuis waar jij werkt."

Dat zou geen moeilijke keuze worden. "Mijn verzekering dekt de behandeling door een privé kliniek niet en ik ben altijd tevreden geweest met het reguliere systeem. Wordt de chemo hier gegeven?"

"Ja. Mijn kantoor is hier, zodat alles dichtbij is." Dokter Webster keek op de klok die achter Esther hing. Haar tijd zat er waarschijnlijk bijna op. Ze moest nog weten wanneer dit alles zou plaatsvinden zodat ze haar leven kon reorganiseren.

"Hoe snel kan de operatie plaatsvinden?"

"Ik zal de receptioniste vragen om het kantoor van de chirurg te bellen en dan zal ze je vandaag terugbellen. Heb je verder nog vragen?"

"Mijn hoofd tolt. Waarschijnlijk heb ik tig vragen als ik weer een beetje tot rust kom."

Dokter Webster tekende haar dossier. "De receptioniste heeft nog een informatiepakket voor je. Er is ook een boekje dat geschreven is door een maatschappelijk werker. We raden mensen aan om voor de operatie een afspraak met een maatschappelijk werker te maken."

Esther haalde het informatiepakket op en ging terug naar de centrale ruimte waar haar moeder wachtte.

"Wat zei hij?"

De vulkaan aan emoties leek weer op uitbarsten te staan. "Niet hier", mompelde Esther. In de veiligheid van de auto vertelde Esther de details aan haar moeder. Ze brak twee keer voordat ze klaar was.

"Weet je zeker dat je het aankunt om naar je werk te gaan?"

"Ik word gek als ik thuis moet wachten en ik heb een makkelijke middag voor mezelf gepland. Vanavond zal ik dit moeten verwerken. Daarna ga ik met Nick praten." Esther depte haar ogen. "We moeten een aantal pittige beslissingen over de bruiloft nemen. Gelukkig hebben we de uitnodigingen nog niet laten drukken!"

*A*an het einde van de dag kwam er een telefoongesprek voor Esther binnen.

"Ik bel namens dokter Webster. De chirurg kan je over twee weken op donderdagochtend inplannen, op 6 juli. Kan ik de datum bevestigen?"

Dat was snel. Het maakte niet uit of het uitkwam of niet – ze moest elke mogelijke plek aannemen. "Ja, ik zal het op mijn werk regelen." Ze hield de hoorn stevig vast. Dit was niet het moment om in te storten.

"Jouw operatie staat als eerste gepland die dag. Dat betekent dat je de dag ervoor om drie uur in de middag opgenomen wordt, op woensdag de vijfde." Esther klemde de hoorn tussen haar schouder en haar oor, zodat ze kon schrijven. De stem sprak langzaam, zodat ze het goed kon bijhouden.

"Er zullen verschillende controles uitgevoerd worden voorafgaand aan de operatie en je moet nuchter zijn, dus je mag vanaf middernacht niets meer eten."

"Ik schrijf alles op, de vijfde, niet meer eten." Esther gebruikte haar steno. "Oké, ik heb alles genoteerd."

"Al deze informatie is ook te vinden in het informatiepakket dat we je gegeven hebben."

Esther concentreerde zich op het gesprek en blokkeerde alle emoties. "Ja, ik was van plan om het vanavond te lezen."

"Ongeveer twee weken na de operatie willen we je weer zien. Ik zou graag nu meteen de vervolgafspraak willen maken. Wil je liever in de ochtend of in de middag?"

Eindelijk, een makkelijke vraag. "In de ochtend, dan heb ik het maar gehad."

"Tien uur, op woensdag de negentiende. Als er iets is, neem dan contact op." De dame herhaalde de data en de tijden.

"Ja, ik heb het genoteerd", zei Esther. "Dank u."

Klik.

Esther zat en staarde naar de telefoon. Haar maag verkrampte. Ze raakte verstrikt in de mallemolen en de enige manier om eruit te komen was als God een wonder zou doen. Zonder het wonder zou ze meegezogen worden in elke fase om weer bij een volgende uit te komen.

Genezen of dood.

HOOFDSTUK 13

*E*sther deed haar best om zo normaal mogelijk door te gaan met haar werk, terwijl ze twee weken wachtte op de operatie. Ze vond het prettig als ze behandelingen moest geven, want de cliënten wisten niet dat er iets mis was, maar tijdens de pauzes voelde ze zich eenzaam. Inmiddels wisten de andere therapeuten waarom ze voor een lange periode afwezig zou zijn. Hun interacties met haar waren ongemakkelijk. Lange stiltes, onderbroken door korte zakelijke gesprekken, waarbij oogcontact werd vermeden. Sue was de enige met wie ze makkelijk kon praten, misschien omdat ze al vanaf het begin betrokken was.

Esther ging elke dag door met bidden. Ze bad in de ochtend en voordat ze ging slapen. Ze bad onder de douche en op het werk. Ze bad terwijl ze naar haar werk fietste, of een rondje hardliep of zwom. Ze sloot de deur voor twijfel. Als ze verslag moest geven aan haar vader, was ze altijd optimistisch. Het zou niet aan haar liggen als ze niet genezen zou worden!

Elke ochtend, nadat ze had gevisualiseerd, controleerde Esther of de knobbel verdwenen was. Dat was nooit het geval.

Wat bent U aan het doen, God? Waarom deze vertraging?

Thuis was het erger dan op het werk. In het begin vroegen haar vader en Nick elke dag of de knobbel verdwenen was. Maar nadat ze bleef ontkennen, vroegen ze het haar steeds minder. Ze leken beiden meer tijd te besteden aan hun werk, dus het enige contact dat er was, was tijdens kerkvergaderingen en tijdens het eten. Ze waren als raceauto's die elkaar in volle vaart passeerden op de racebaan. Als ze al de tijd namen om te stoppen, was dat om te vragen of ze al genezen was.

De vraag werd een enorme berg. Ze werd erdoor verpletterd en het verergerde de dagelijkse teleurstelling dat de knobbel er nog zat. Waar was God? Was Hij haar vergeten? Esther vermeed de beide mannen liever dan te moeten omgaan met hun ondervragingen en de zinspelingen dat het op één of andere manier haar schuld was. Kon er geen andere verklaring zijn?

Na tien dagen van teleurstelling ging Esther met haar vader praten. Het was één van de zeldzame dagen dat hij vrij was, maar hij rustte niet uit. Hij was buiten, baantjes aan het trekken in hun zwembad. Ze maakte een drankje voor hem klaar en wachtte tot hij overgegaan was op schoolslag, het sein dat hij bijna klaar was.

Esther klapte twee tuinstoelen uit. Het was een winterse dag, dus zelfs ondanks dat het zwembad verwarmd was, moest het water flink koud zijn. Haar vader wreef zich grondig droog, knoopte zijn badjas vast, ging zitten en pakte het hete drankje aan dat Esther hem aanbood.

"Bedankt, liefje."

Esther wachtte tot hij zich ontspande. "Pa, ik wil al een poosje graag met u praten".

"Waar zit je mee?"

"Pa, waarom word ik niet genezen? We lijken alles toch goed te doen?"

"Blijkbaar is niet alles goed, als je nog niet genezen bent."

Esther slikte. Zijn bruuskheid deed haar pijn. Alsof hij een machine was geworden die een automatisch antwoord uitspuugde en vergat dat het om zijn dochter ging.

William slurpte zijn drankje op en staarde over het hek aan de achterkant van hun tuin.

"Misschien heeft God de genezing uitgesteld zodat het meer impact zal maken. Dat medische personeel gelooft niet in God of genezing, niet met al hun wetenschap en onderzoek. Een last-minute wonder zou goed passen in mijn *Hour of Victory*[1] programma."

"Pa, ik wil geen item in uw radioprogramma zijn."

"Er is niets mis mee om in mijn programma te zitten."

Misschien had ze het wat te sterk verwoord. Esther wilde hem niet boos maken. Ze had hem aan haar zijde nodig. Zou het niet waarschijnlijker zijn dat God naar haar vader zou luisteren?

"Dat zeg ik ook niet, maar ik zou liever niet in uw programma willen zitten. Ik zou blijer zijn als ik zou ontdekken dat het alle-maal niet zo ernstig was als het lijkt."

"Er is nog tijd voordat je geopereerd wordt. Misschien test God hoe graag je genezen wilt worden. Waarom breng je niet meer tijd in gebed door? En vast ook meer."

"Het lijkt alsof ik niets anders doe dan bidden. En ik sla al om de dag mijn ontbijt over."

"Waarom sla je op de andere dagen niet je lunch over?"

Hoe kon ze nog meer maaltijden overslaan? Ze was al een kilo afgevallen in de afgelopen week.

"Hoe kun je van God verwachten dat Hij zijn werk doet, als je zelf niet bereid bent om een offer te brengen. De rest van ons zal ons deel doen. We zullen doorgaan met bidden en Nick en ik zullen je nog een keer met olie zalven." Hij dronk nog een slok thee.

"Bovenal moet je bezig zijn om die zaadjes van twijfel op te graven." Hij staarde naar haar over de rand van zijn kopje. "Ga door met de visualisatie. Zorg dat je jezelf gezond en kankervrij ziet."

"Ik zal het proberen, pa." Ze probeerde niet nerveus te worden door zijn starende blik.

"Je moet het niet alleen proberen. Zorg dat je het doet. We willen niet dat Satan deze ronde wint." Hij zette zijn kopje neer, greep zijn handdoek en liep naar binnen om een hete douche te nemen. Het was duidelijk dat het gesprek voorbij was. Esther stond op, ruimde de stoelen op en bracht de mokken naar binnen.

De rest van de week sloeg ze nog meer maaltijden over. Ze bad in diverse houdingen. Ze beleed elke zonde die in haar gedachten kwam, of ze hem nu daadwerkelijk had gedaan of niet. Voor het geval dat. Ze visualiseerde tot het punt dat haar gezicht en buikspieren verkrampten. Kon ze dan tenminste een etherisch visioen zien van een stralende, gezonde fysiotherapeut die op het punt stond om te gaan trouwen?

Het moest werken. Het moest gewoon.

Terwijl Esther en Blanche naar de voordeur liepen om te vertrekken naar het ziekenhuis, zei William: "Ik zal vanavond een nieuwe groep sturen die zal bidden voor genezing."

"Pa, ik zou het veel fijner vinden als u alleen zou komen." Hoe kon ze het hem laten begrijpen?

"Je weet dat op woensdag de opnames van mijn radioprogramma gemaakt worden." Voordat ze nog iets anders kon zeggen, ratelde hij verder, "Ik heb de mensen persoonlijk uitgekozen vanwege hun krachtige geloof. Vergeet niet om de dokter te vragen je opnieuw te onderzoeken voordat ze gaan opereren."

Esther kromp ineen. "Pa, dat durf ik ze niet te vragen, ik zou me schamen."

"Schat, het klinkt alsof je niet geïnteresseerd bent in het ontvangen van genezing."

Waarom liet hij het altijd klinken alsof het haar schuld was? "Natuurlijk wil ik genezing ontvangen. Wie zou dat niet willen?"

"Nou, vergeet het dus niet te vragen." Hij knikte verscheidene keren. "Per slot van rekening wil ik niets dan het beste voor jou." Esther koos ervoor om het erbij te laten en liep naar buiten. Soms was het makkelijker om haar vader zijn zin te geven. Maar hoe moest ze aan de anesthesist uitleggen dat ze op het laatste moment opnieuw onderzocht wilde worden? Pa liet het altijd klinken alsof het heel gemakkelijk was. Wat zou ze doen als haar lastminute verzoek naar buiten zou lekken en anderen in het ziekenhuis het zouden horen? Ze zouden denken dat ze één of andere religieuze idioot was.

Blanche klemde haar handen om het stuur, haar gezicht gespannen en bleek.

"Maak u niet druk, ma. Pa is er van overtuigd dat God me zal genezen. Hoewel, zo vlak voor de operatie, voelt het voor mij meer alsof ik iedereens tijd verspil."

"Het ziekenhuis zal niet failliet gaan als één persoon op het laatste moment genezen wordt." Haar moeder rolde met haar ogen. Was het een goed teken dat haar moeder een grapje kon maken, of deed ze dat alleen zodat ze niet zou gaan huilen? Het was haast onmogelijk om dat te achterhalen. Was ze net zo teleurgesteld, verward en vol twijfels als Esther zelf?

Toen ze aankwamen bij het ziekenhuis parkeerden ze de auto en baden ze samen voordat ze de auto uitstapten. Nadat ze zich had aangemeld – nog meer formulieren om in te vullen – liepen ze de afdeling op. Esther was de enige persoon in een tweepersoonskamer. Hoe was dat mogelijk? Kende haar vader soms het hoofd van het ziekenhuis? Dat was niet onmogelijk. Hij had een opname in een privékliniek voor haar willen betalen, maar Esther had erop gestaan om gewoon naar het ziekenhuis te gaan, zodat ze in een bekende omgeving was. Misschien hadden ze dit voor haar geregeld omdat ze een medewerker van het ziekenhuis was.

Twee dezelfde verstelbare bedden, twee dezelfde nachtkastjes, een tweepersoonskast en twee functionele stoelen. Sober.

Haar moeder had een bos paarse orchideeën meegenomen en schikte ze in een vaas op het nachtkastje. Ze trok alle deuren en laatjes open en ging vervolgens bij het raam staan. Wat was haar moeder aan het doen? Was ze nerveus of slechts bezorgd om slechte hygiëne?

"Ma, je zou denken dat u straks onder het mes ging. U maakt me nerveus."

"Sorry, ik kan het niet helpen." Ze had het goed gezien. Haar moeder was nerveus maar wilde er niet over praten. Dat was geen verrassing.

"Het is normaal dat u door dit alles aan uw moeder moet denken en wat haar is overkomen, maar de situatie is niet hetzelfde. Sindsdien zijn er heel veel nieuwe ontwikkelingen geweest en weten en kunnen de doktoren veel meer." Haar moeder stond nog steeds met haar armen over elkaar geslagen. "Waarom gaat u niet even in de kantine kijken? Als er geen wonderen gebeuren, zult u hier misschien meer tijd doorbrengen dan u lief is."

"Shhh." Haar moeder hield een vinger tegen haar lippen. "Zoiets moet je niet zeggen."

"Denkt u dat God me niet zal genezen als ik een grapje over twijfel maak?"

Haar moeders stem was gedempt. "Ik weet niet wat ik moet denken. Ik probeer je vaders instructies op te volgen." Ze draaide een pluk haar om haar vinger. "Ik wil niet de schuld krijgen als het mislukt."

Schuld? Zou pa haar moeder de schuld geven als Esther niet genezen zou worden? Als dat het geval was, dan was er iets fundamenteels mis in hun huwelijk. Nu ze er over nadacht, haar moeder was altijd heel voorzichtig om haar vader niet voor het hoofd te stoten. Waarom? Waar was ze bang voor? Esther werd er moe van om op eieren te lopen.

"U lijkt extreem veel rekening te houden met wat pa wil. Ik hoop niet dat Nick zal denken dat ik alles zal doen wat hij wil, alleen omdat hij het wil."

"Oh, ik was vroeger ook een onafhankelijke tante. Ooit, voordat ik ging trouwen. Maar het duurde niet lang. Een huwelijk is niet makkelijk."

Er viel een lange stilte. Wat moest ze zeggen? Was ze geblokkeerd door haar moeders uitspraak, of schaamde ze zich? Ze wilde graag graven onder de geperfectioneerde buitenlaag van haar moeders leven en haar echt leren kennen, maar ze wilde haar moeder daarbij niet bezeren.

"Ik wilde u niet kwetsen, ma." Haar moeder knikte kort. Was dat om haar excuus te aanvaarden of was dat om een andere reden? Er leek een onzichtbare spanning tussen hen in te hangen. Tijd voor iets luchtigers.

"Ma, waarom kijkt u niet wat voor hoogwaardige maaltijd we in dit top restaurant kunnen krijgen?"

Ma leek opgelucht om er in haar eentje vandoor te kunnen gaan. Terwijl ze weg was, kwamen de anesthesist en de verpleegkundigen bij haar langs. Esther werd bevraagd en onderzocht, gecontroleerd en gelabeld. De verpleegkundigen vertrokken weer, waardoor ze alleen achterbleef met de anesthesist. Dit was haar kans.

"Heeft u ooit een wonder zien gebeuren?" vroeg ze.

Hij trok een gezicht, alsof ze verkeerd reageerde op een medicijn en ze in een hallucinatie paars gestippelde varkens zag vliegen langs het raam.

Ze probeerde het opnieuw. "Ik bedoel, heeft u het ooit meegemaakt dat iemand genezen werd, zodat er geen operatie meer nodig was?"

"Je bedoelt vanwege gebed of een ander hocus pocus gebeuren? Nee. Dat heb ik nog nooit zien gebeuren."

Geweldig. Hij zou het vast kunnen waarderen als ze erop stond dat iemand haar morgen voor de operatie opnieuw onderzocht.

Alle voorbereidingen voor de operatie waren veel te snel klaar. Hoe ging ze de avond invullen? Als er iemand bij haar op de kamer had gelegen, had ze met iemand kunnen praten. Hoewel, haar bezoek dat om 19.45 verwacht werd en de daaropvolgende gebedsbijeenkomst, deden haar van gedachten veranderen – het was maar beter dat ze een kamer voor zichzelf had. Ze waren zo luid dat een verpleegkundige naar binnen kwam om te vragen of ze zachter konden zijn.

Dit keer moesten de gebeden werken. Het kunnen vermijden van een operatie en chemo stonden hoog op haar prioriteitenlijstje. De gedachte dat ze een borst moest missen, vervulde haar met angst, hoe belangrijk het ook was dat het zou gebeuren.

Toen de bezoekers vertrokken waren, lukte het de oude herhalingen op de televisie niet om haar af te leiden van haar rammelende maag, leeg door het vasten. Esther woelde de hele nacht en werd veel te vroeg wakker. Het wachten op de verpleeghulp die haar op zou komen halen leek eindeloos te duren. Eindelijk hoorde ze hem. Hij vloekte zachtjes toen hij met de rolstoel tegen de deur opbotste. Het ziekenhuisprotocol was vreemd. Als ze zo naar de rijvaardigheid van deze man keek, kon ze beter lopen dan met een rolstoel vervoerd worden.

Terwijl ze wachtte in de ruimte naast de operatiekamer, vouwde ze haar handen en bad.

Heer, alstublieft, alstublieft, hoor onze gebeden. Genees mij. Ik wil volgende maand gaan trouwen. Laat mij niet twijfelen.

"Hier zijn we. Ben je er klaar voor?"

Esther praatte zo zachtjes mogelijk. "Het spijt me, maar ik moet u om een gunst vragen." Tjonge, ze klonk nu al als een idioot. "Het klinkt misschien alsof ik in een gekkenhuis thuis hoor." Ze keek of de verpleegkundigen buiten gehoorsafstand waren. "Al mijn vrienden hebben gebeden voor een wonder. Ze staan er op dat ik nog een laatste keer onderzocht wordt, om te controleren of ik misschien geen operatie nodig heb."

De dokter sperde zijn ogen open en leek iets weg te slikken, waarschijnlijk een lach. Ook hij controleerde of er niemand binnen gehoorsafstand was.

"Ik denk inderdaad dat je een beetje gek bent, maar je hebt geluk. We lopen voor op schema dus ik ben bereid om te doen wat je vraagt." Ondanks zijn scepsis onderzocht hij haar grondig.

Esther hield haar adem in… haar snik was een snik van teleurstelling. Waarom had God de gebeden niet verhoord? Had ze iets verkeerds gedaan? En wie zou haar vader de schuld geven? Ze stopte de vragen weg in de kelder van haar onderbewuste. De bittere smaak van haar twijfel was het laatste wat ze zich kon herinneren.

———

*H*et volgende dat ze wist, was dat er een lichtje in haar ogen scheen en een stem zei, "Esther… Esther, kun je je ogen openen? De operatie is voorbij en je ligt op de verkoever."

"Ga weg, ik wil niet wakker worden." Was dat haar stem?

Ze viel weer in slaap en werd met tussenpozen wakker. Later voelde ze haar moeders aanwezigheid. Het was geruststellend dat haar hand werd vastgehouden. Ze had niet de energie om te praten.

Veel later verscheen Nick en kuste haar op haar wang.

"Ik heb deze gebracht."

Esther draaide haar hoofd om de buitensporige bos bloemen te kunnen zien.

"Bedankt, sorry. Te slaperig….om te praten."

Bleef hij bij haar? Hij hield in elk geval niet haar hand vast. Dat zou ze zich herinnerd hebben. Terwijl ze weer teruggleed in haar slaap, kwam er een vraag in haar gedachten naar boven.

Waar was haar vader?

---

1. Uur van overwinning

Vastgeplakte ogen, gesprongen lippen, een pijnlijke keel en een tong als leer. Esther slikte, het voelde alsof er duizend kleine glasscherfjes in haar keel zaten. Door de jaloezieën kwam er schemerig licht naar binnen. Hoe laat was het? Ze hoorde gemompel buiten haar kamer.

Esther strekte haar voet, wiebelde met haar tenen en knikte haar knieën. Die lichaamsdelen functioneerden. Hoe zat het met haar armen? Haar rechterarm werkte prima. Ze bewoog haar linker elleboog en strekte haar vingers. Geen ontzettende pijn, maar ze hield zich voorlopig bij het uitrekken nog even in. Nader onderzoek maakte duidelijk ze dat ze een katheter had, een intraveneus infuus en een paar drains. Ze was aan bed gekluisterd.

Zo lang Esther stil bleef liggen had ze geen fysieke pijn van de operatie, maar er was geen enkel medicijn dat de emotionele pijn kon wegnemen. Ze was minder vrouw dan gisteren. Belachelijk. Alsof je bepaalde onderdelen nodig had om een vrouw te zijn en zonder die onderdelen geslachtloos was. Ze was geen arm of been kwijtgeraakt of iets anders belangrijks, zoals haar zicht of gehoor.

Ze kon zichzelf terechtwijzen, maar logica was krachteloos als het wedijverde met haar gevoel. Vandaag was ze lelijk en depressief. Alsof ze niets meer te bieden had. Ze was huiverig om het woord 'mastectomie' te gebruiken. Alsof het woord gebruiken de operatie werkelijkheid zou maken. Het was werkelijkheid, wat ze ook zou doen. In het ochtendschemer fluisterde ze tegen zichzelf, "mastectomie, mastectomie, mastectomie." Ze voelde zich er niet beter door, maar misschien zou het er iets reëler door worden.

Ze was er zeker van geweest dat God haar zou genezen. Zovelen hadden voor haar gebeden en haar vaders vertrouwen had al haar twijfel gesmoord. Tijdens haar verplichte afspraak met de maatschappelijk begeleider had ze eigenlijk geen aandacht besteed aan opmerkingen over post-operatief trauma. Waarom zou ze aandacht besteden aan iets dat ze niet hoefde te weten? Esther was zo snel onder narcose gegaan dat ze geen tijd had gehad om haar protest naar God uit te schreeuwen. Haar vader had beloofd dat God haar zou genezen, maar God had gefaald. Haar hele leven had ze Hem blind vertrouwd. Nu moest ze leren om door een dicht woud te dwalen, zonder kompas.

Esther gebruikte haar rechterhand om haar kussens op te schudden en rechter op te zitten in haar bed. Dit was niet het moment om diep te gaan graven. Ze moest zich klaar maken voor haar bezoek. Ze zag er waarschijnlijk afschrikwekkend uit. Haar hoofdhuid jeukte, hoewel ze haar haar de avond voordat ze opgenomen werd, had gewassen. Ze manoeuvreerde zodat ze haar rechterarm kon uitstrekken naar het nachtkastje. Ze grabbelde in de la, vond een borstel en deed haar best om haar haar op te knappen. Er was geen spiegel waar ze het resultaat in kon bekijken. Waarschijnlijk was dat maar beter.

Nu ze iets aangenamer zat, merkte ze dat niet alleen dorst had maar ook uitgehongerd was. Wanneer kon ze eten en drinken? Zou een douche een mogelijkheid zijn? Hoe lang moest ze wachten voordat het acceptabel was om een verpleegkundige te vragen om haar uit bed te helpen?

Waar was de afstandsbediening van de televisie? Esther klopte op haar bed en vond hem bungelend aan een koord naast haar bed. De ontbijtshow van zes uur was halverwege. Het zinloze geklets kalmeerde haar, totdat het gekreukelde bed te ongemakkelijk werd. Ze kon op de bel drukken. Verpleegkundigen werden in dienst genomen om naar hun patiënten om te zien.

De verpleegkundige beende de kamer binnen en trok de gordijnen om haar bed weg.

"Goedemorgen. Wat is het probleem?"

Esther huiverde. Was deze uitbundige vrolijkheid een functievereiste? "Ik voel me smerig. Hoe groot is de kans dat ik op kan staan en mijn haar kan wassen?"

"Ik kan je wassen met een washand en je helpen met je haar. Het zal niet zo comfortabel zijn, maar de dokter zal tevreden zijn als hij hoort dat je je armen gebruikt. Als je op bent, kunnen we ook je katheter verwijderen."

Het wassen was inderdaad niet prettig. Maar, het was het waard. De verpleegkundige hielp haar om een schoon nachthemd aan te trekken.

Toen ze eenmaal op was en aangekleed, zag Esther er tegenop om weer naar bed te gaan. Zou het haar lukken om een paar uur in de stoel te zitten? Van zitten werd ze een beetje licht in haar hoofd, maar ze kon haar hoofd tegen de leuning leggen. Hoelang zou het duren voordat er bezoek kwam om haar af te leiden?

Ze keek naar de bloemen die Nick mee had genomen. Uitbundig, maar niet haar stijl. Een zelf samengesteld boeket zou beter zijn geweest. Ze wist dat hij haar gisteren bezocht had, maar hij was niet lang gebleven. Misschien vond hij ziekenhuizen niet prettig. Als hij voorganger zou worden, dan kon hij er maar beter aan wennen. Nu ze er zo over nadacht, haar vader bracht eigenlijk nauwelijks bezoekjes in het ziekenhuis. Hij zei dat het een verkeerde indruk zou geven voor iemand die geloofde in Goddelijke genezing. Was dat waarom ze hem nog niet gezien had?

De tijd verstreek. Minuut na vermoeiende minuut.

Eindelijk hoorde ze voetstappen en haar moeders keurige figuur verscheen. Ze straalde, duidelijk van plan om Esther op te vrolijken.

"Hoe gaat het?" Haar stem stierf weg. "Sorry, dat ging automatisch. Niet de beste vraag voor vandaag."

Twee tranen gleden over Esthers wang. Ze veegde ze weg met de achterkant van haar hand, ze wilde het bezoek niet beginnen met een huilbui.

"Nee, ik voel me vandaag inderdaad niet geweldig."

"Heeft de dokter gezegd wanneer je naar huis mag?"

"De dokter heeft zijn ronde nog niet gelopen. Ze zullen me laten weten of ik maandag naar huis mag of pas later. Het ligt eraan hoe goed de wonden genezen."

Esther duwde het tafeltje aan de kant, zodat er niets tussen hen in stond. "Ik keek uit naar uw bezoek. Anders ga ik te veel nadenken en heb ik te veel medelijden met mezelf. De kamer is geweldig voor ongestoorde slaap, maar er is niemand om mee te praten."

"Je vader was erg tevreden dat je je eigen kamer hebt."

"Nu u het over pa heeft, waar is hij?"

Haar moeder keek naar beneden, naar haar handen die gevouwen in haar schoot lagen. "Ehh – " Haar mond openende en sloot een paar keer voordat ze uiteindelijk zei: "Hij is bijzonder druk deze dagen, hij bereidt zich voor op het speciale radio-interview dat hij volgende week heeft."

Arme ma; altijd aan het bemiddelen. "Ma, u hoeft hem niet te verdedigen. Als hij hier had willen zijn, dan was hij hier nu." Esther liet haar hoofd op de rugleuning rusten en keek naar het plafond. "Ik denk dat ik hem in verlegenheid breng. Al dat gebed en toch ben ik niet genezen."

"Ben je overstuur dat je niet genezen bent?"

Esther ademde uit door haar neus. "Ik probeer er niet aan te denken. Ik heb al genoeg om mee te dealen. Maar ik ben wel verward." Ze ging weer rechtop zitten. "Ik weet zeker dat we alles goed gedaan hebben. Waarom heeft God dan Zijn deel niet gedaan?"

"Ik weet het niet. Denk je dat God misschien een andere bedoeling heeft?"

"Ma, ik weet het niet. Laten we over iets vrolijkers praten."

"Noelene heeft – " Blanche stopte. "Margie en Rob – "

"Ma, u hoeft goed nieuws niet te censureren."

"Maar ik wil niet over onderwerpen praten die je misschien overstuur maken."

"Bedankt dat u zo met me meedenkt." Esther legde haar hand over die van haar moeder. "Maar hoe graag ik het ook zou willen, ik kan mijn leven niet leven zonder te horen over baby's en verlovingen. Heeft Noelene een meisje of een jongen gekregen?"

"Een meisje, zeveneneenhalf pond."

"Na vier miskramen moet ze nu wel op een roze wolk zitten." Ze praatten verder over ditjes en datjes. Een gesprek dat invulling geeft maar niet bevredigend of bemoedigend is. Blanche bleef tot na de lunch, toen vroeg Esther of ze haar wilde helpen om weer terug naar bed te gaan. Het was goed om te liggen. Wanneer zou haar leven weer normaal zijn? Ze moest tien dagen wachten voordat de uitslagen bekend zouden zijn. Tien dagen om zichzelf af te vragen hoe ernstig haar kanker was. Hoewel ze het zich waarschijnlijk niet alleen zou afvragen, maar zich er vooral zorgen over zou maken.

Om drie uur hoorde ze stevige voetstappen in de gang. Nick kwam binnen met een fruitschaal die hij vasthield als een schild. Misschien was dit de makkelijkste manier om het vast te houden en beeldde ze het zich in dat hij behoefte had aan een barrière. Hij ging op het puntje van de stoel zitten en keek de kamer rond waarbij hij zorgvuldig vermeed haar aan te kijken.

"Het was druk op het werk...." Zijn stem stierf weg, alsof hij plotseling geen energie meer had. Vond hij dat het als een slap excuus klonk waarom hij niet eerder gekomen was of dacht hij dat het een onderwerp was dat hij beter kon vermijden bij iemand die op het moment niet in staat was om te werken? Ze vonden het altijd heel fijn om samen de jeugdgroep te leiden en nu kon ze er niet bij zijn.

"Je vader heeft..." Hij stopte opnieuw. Nu leek hij in beslag genomen te worden door een vlek op de muur. Zijn wangen kleurden licht rood. Het was nog nooit eerder voorgekomen dat een gesprek zo moeizaam verliep en er lange stiltes vielen. Waar was hun gemakkelijke omgang gebleven? Zou het voortaan zo ongemakkelijk zijn? Mogelijk pijnlijke onderwerpen lagen als een mijnenveld onder hun pad en Nick leek niet in staat om erlangs te manoeuvreren.

Hij bleef wegkijken – was het schaamte? Waar schaamde *hij* zich voor? *Zij* was geopereerd. *Zij* was verminkt. Een golf van boosheid stroomde door haar heen. Ze zag zichzelf niet als iemand die snel kwaad werd. Was ze veranderd, of was deze boosheid lang begraven en wachtte het op bepaalde omstandigheden om naar boven te drijven?

Ze sloeg haar handen samen en sloot haar ogen om tijd te winnen en zichzelf te kalmeren. Misschien dacht hij dat ze in slaap viel. Het was een manier om praten te vermijden, hoewel ze vroeg of laat over de bruiloft moesten gaan praten. Het zou uitgesteld moeten worden, maar als ze vandaag over de bruiloft zou beginnen, zou ze in huilen uitbarsten en niet meer kunnen stoppen. En dat zou beschamend zijn. Nick bewonderde haar kracht – wat zou hij denken als ze in zou storten? Was er iemand die zich normaal kon gedragen in de buurt van een kankerpatiënt?

"Het is niet nodig om vanavond nog een keer te komen. Ik weet dat je druk bent met de jeugdgroep."

"Niemand verwacht dat ik vanavond naar de jeugdgroep ga."

Zijn verantwoordelijkheidsgevoel was groot, dus ze moest het nog een keer proberen.

"Je kunt beter daar zijn, dan dat je druk maakt of de anderen het redden zonder jou. Waarschijnlijk slaap ik toch." De leugen rolde zo uit haar mond.

Nick bleef nog een paar minuten. Toen stond hij op, leunde naar haar toe, kuste haar op de wang en verliet razendsnel de kamer. Esthers opluchting deed haar schuldig voelen.

De rest van de dag ging veel te traag voorbij. Elke keer als Esther begon na te denken over haar situatie, liep ze weer tegen dezelfde vragen aan. Ze zapte langs de vier beschikbare TV kanalen en ondanks dat er niets boeiends op was, bleef ze kijken. Toen de verpleegkundige verscheen om haar uit te leggen hoe ze de wonden moest verzorgen, begroette ze die als haar verlosser. Ze verwelkomde alles wat haar gedachten op de gewone dagelijkse dingen kon doen richten.

---

*G*ina was de beste bezoeker dat weekend. Ze wervelde naar binnen op zaterdagochtend met een Kaaps Viooltje in haar hand.

"Ik vond de witte randjes aan de blaadjes mooi." Ze plaatste het op het nachtkastje. "Ik heb mijn breiwerk meegenomen - ik hoop dat je dat niet vervelend vindt."

Wat een opluchting dat iemand tegen haar praatte alsof ze een gewoon mens was en niet iemand met drie hoofden en een staart.

"Helemaal niet! Vertel me over je week."

Nadat ze bij was gepraat, haalde Gina een doos uit haar veel te grote tas. "Ik moest denken aan iets wat we vroeger bij ons thuis heel graag deden. Speelde je wel eens Mastermind als kind?"

"Wel eens bij een vriendinnetje thuis, maar het is heel lang geleden en ik weet niet meer precies hoe het moet." Maakte het uit?

Dit was de eerste persoon die iets creatiefs had bedacht om haar af te leiden. "Ik probeer het gewoon."

Gina bleek competitief ingesteld en versloeg Esther drie keer achter elkaar. Tegen het eind van Gina's bezoek was Esther veel vrolijker.

"Heel erg bedankt voor je komst. Dit was beter dan zwelgen in zelfmedelijden."

"Fijn dat je het leuk vond. Morgenavond kom ik weer."

Esther grinnikte. "Neem Mastermind mee en bereid je erop voor dat je verslagen wordt."

Nick kwam zaterdagmiddag nog een keer maar was nog steeds slecht op zijn gemak. Het lukte om een alledaags gesprek te voeren, maar het was duidelijk dat hij niet bereid was om een wat moeilijker onderwerp ter sprake te brengen. Als hij het niet wilde, of het niet kon, dan zou Esther het maar proberen. Ze ging rechtop zitten.

"Nick, het ziet er naar uit dat we de bruiloft moeten uitstellen."

"Ik probeer er niet aan te denken." Hij schoof zijn voeten onder de stoel.

"Ik ook niet, maar we kunnen het niet voor ons uit blijven schuiven. Kun je in ieder geval de drukker vragen om de uitnodigingen niet te drukken vóór mijn afspraak op de negentiende?" Ze hadden iedereen al op de hoogte gebracht van de geplande datum, dus een late uitnodiging zou geen probleem zijn.

"Dat moet geen probleem zijn. Ze hebben me verteld dat het printen zelf maar een dag of twee in beslag neemt."

Terwijl ze gisternacht in bed lag, had ze een 'to do'-lijst in haar hoofd gemaakt. "Ik denk dat ik de bruidsmeisjes maar moet bellen." De jurken voor de bruidsmeisjes waren al gemaakt, maar het was niet heel waarschijnlijk dat één van hen zou aankomen de komende tijd, dus dat zou wel loslopen. En de stof en de stijl pasten bij elk seizoen. "Ik heb de catering al gewaarschuwd. Volgende week moet ik ze bevestigen."

Esther pauzeerde voordat ze de meest brandende vraag stelde.

"Heb je pa gezien?"

"Hij is bezig." Nick keek haar niet aan. "Met al zijn gebruikelijke taken."

"Behalve mij bezoeken."

"Ik weet zeker dat hij daar een reden toe heeft." De zin leek ingestudeerd en het leek Nick zijn standaardreactie op kritiek op haar vader. Ze begreep dat hij in een moeilijke positie zat; hij wilde loyaal zijn aan zijn baas en begripvol zijn naar haar, maar het baarde haar zorgen dat zijn loyaliteit aan haar vader voorrang leek te hebben op zijn loyaliteit aan haar.

"Ik had gedacht dat een bezoekje brengen aan zijn enige dochter wel prioriteit zou hebben." Ze klonk geïrriteerd. Het was natuurlijk niet Nick zijn schuld.

"Ik kan daar niets aan doen."

"Ik geef jou ook niet de schuld. Ik ben alleen teleurgesteld – ik ben er kapot van om eerlijk te zijn. Mijn vader, die voor iedereen tijd heeft, heeft geen tijd vrijgemaakt om zijn dochter te bezoeken. Waarom niet?"

HOOFDSTUK 15

De donderdag nadat ze ontslagen was uit het ziekenhuis, lag Esther in de stille duisternis van haar eigen slaapkamer. Ze had geen pijn van de operatie, maar elke avond worstelde ze om in slaap te komen. Kon iemand haar niet een shotje van het één of ander geven om haar in dromenland te brengen? Of haar op haar hoofd slaan zodat ze een aantal weken in een gelukzalige staat van bewusteloosheid zou zijn.

Wat als de kanker ernstig was? Waren ze er vroeg genoeg bij geweest? Ze kreeg buikpijn door hier alleen al aan te denken. Ze balde haar vuisten. *Alstublieft, alstublieft, zorg dat ze er vroeg genoeg bij waren.* Ze was niet zeker aan wie ze haar smeekbede richtte, ze had sinds haar operatie niet meer met God gepraat. Al die gebeden voor de operatie hadden geen jota verschil gemaakt, dus waarom doorgaan met bidden?

Wat als de kanker betekende dat ze geen kinderen zou kunnen krijgen? Ze had dit nagezocht toen ze net was gediagnosticeerd. Medisch onderzoek gaf aan dat het nog steeds mogelijk was, maar zwanger raken zou mogelijk langer duren dan normaal. Zou Nick bereid zijn dit risico te nemen? Als de kanker ernstig was, moest ze de verloving dan verbreken en Nick zijn vrijheid gunnen?

Esther gooide de dekens van zich af en stak haar benen in de koude lucht. Als ze nou maar kon slapen en ontsnappen aan haar gedachten. Ze had het nog niet aangedurfd om naar de wond te kijken. Ze wilde niet kijken naar het patroon van hechtingen dat over haar borst liep tot onder haar arm. Jongemannen floten vaak naar haar op straat. Nu zouden ze geen tweede keer naar haar kijken.

Toen ze op de afdeling Chirurgie werkte, had ze genoeg littekens gezien. Tegenover elk keurig litteken, stond er eentje die er afstotelijk uit zag. De meeste chirurgen waren mannen. Begrepen zij de impact van een litteken voor vrouwen in een maatschappij die vroeg om barbie-achtige perfectie? Wat als ze maandenlang ruime, slonzige kleren moest dragen? Ze was al van jongs af aan gek geweest op water, wanneer zou ze weer een badpak kunnen dragen? Wat als Nick haar weerzinwekkend vond? Tot nu toe leek hij niet in staat te zijn om haar aan te kijken.

Haar prachtig afgewerkte trouwjurk hing over een paspop in de naaikamer. Haar moeder had gezwoegd op elke steek. Wat als Nick van gedachten veranderde en de bruiloft niet uitstelde maar afzegde?

Stop! Stop met zo denken! Het helpt niet!

Zichzelf terechtwijzen leek niet te werken. De vragen bleven in een eindeloze stroom haar gedachten binnendringen. Bedtijd was een mentaal gevecht - een gevecht dat ze verloor, een eindeloze strijd om te ontsnappen aan haar eigen verbeelding.

Haar vaders gedrag hielp niet. Hij vermeed haar waar mogelijk. Ze moest vroeg of laat met hem gaan praten. Ze waren allemaal vermijders.

Haar vader en Nick gebruikten werk als een excuus. Haar moeder hield zich bezig met het koken van heerlijke maaltijden die Esther met moeite wegkreeg. En Esther vermeed het gesprek met

Nick over hun toekomst. Niemand sprak over meer dan koetjes en kalfjes. Betekenisloos. Troosteloos. Ze vermeden allemaal de olifant in de kamer. De olifant die de naam kanker droeg en alles overschaduwde. Iedereen wachtte op de dag van de diagnose, dreigend als de onheilspellende verandering in de atmosfeer voordat er een enorme storm losbarst. In de tussentijd hield iedereen zich bezig met eindeloze nietszeggende dingen.

Waarom kon ze niet met Nick praten?

*Es*thers eerste afspraak na haar operatie kwam veel te snel. Ze werd na een korte wachttijd het kantoor van dokter Webster in geroepen. Hij zat achter zijn bureau en wierp een blik op een medisch dossier, waarschijnlijk die van haar. Hij keek op.

"Ervaar je problemen na de operatie?"

"Wat gevoelloosheid en wat steken van de wond." Ze wreef over haar linker bovenarm. "Niets onverwachts. Het infuus is er op de normale tijd uitgegaan en ma verschoont elke dag het verband." Ze was aan het ratelen. Hij hoefde al deze details niet te weten.

"Ga staan, alsjeblieft. Laten we naar de bewegingen van je schouder kijken." Esther duwde haar stoel naar achteren en deed, op de automatisch piloot, een aantal oefeningen voor haar schouder om hem te tonen welke bewegingen ze kon maken. Dokter Webster bromde. "Het is duidelijk dat je een fysio bent." Hij maakte een paar notities. "De meeste mensen kunnen tot twee maanden na de operatie niet alle bewegingen maken. Ga door met datgene wat je aan het doen bent." Hij ordende de stapel papieren op zijn bureau. "Ik heb de uitslag van de patholoog hier."

Esther ging zitten met haar lege aantekeningenboek in de aanslag. Ze kon de details later nagaan.

"Ik zal het regel voor regel uitleggen." Hij wees met zijn pen de bovenkant van de bladzijde aan. "Als eerste, ze hebben verschillende kankergezwellen gevonden in een oppervlakte van vijftig millimeter."

Haar vingers verkrampten rond haar pen. Een besef van naderend onheil maakte zich van haar meester.

"Sommige gezwellen waren minuscuul, maar anderen waren tot twaalf millimeter lang." Hij pauzeerde. Welk slecht nieuws was hij aan het uitstellen? Wat kon erger zijn dan wat hij al verteld had? "Zeven van de twintig lymfeklieren waren met kanker besmet."

Esthers maag draaide zich om, zuur rispte op in haar keel. Daarom had hij gepauzeerd. Dit was erger dan verwacht, veel erger. De kanker had zich al verspreid.

Medische kennis kon een vloek zijn.

Ze balde haar vuisten in een poging om zichzelf onder controle te houden. Ze moest nu niet gaan huilen. Onnodig, haar terughoudendheid om in het bijzijn van vreemden te huilen. Kankerspecialisten moesten het gewend zijn.

Dokter Webster keek over zijn bril naar haar. "Je moet weten dat zeven van de twintig lymfeklieren geen goed nieuws is."

Esther klikte met het uiteinde van haar pen. Dokter Webster bleef doorpraten. Wilde hij er net zo graag vanaf zijn als zij?

"Er is nog een aantal technische metingen. Wil je dat ik het samenvat of wil je de volledige details?"

"De details graag."

"De eerste is de mitose index, dat houdt in hoe snel de kankercellen zich delen. Het tweede heet Ki-67."

Esthers hand trilde terwijl ze de woorden opschreef.

"Jouw mitose index is vijfenzeventig en Ki-67 is tweeënzeventig procent."

Ze schreef de getallen op, zonder dat de betekenis tot haar doordrong.

"Deze getallen geven aan dat je een sneldelende tumor hebt. Je tumor is in omvang toegenomen tussen de eerste testen en je operatie." Hij keek haar recht en vervolgde; "Jouw mastectomie was honderd procent nodig."

Esther krabbelde op het papier.

"Het lab heeft ook onderzocht hoe de kanker reageert op verschillende hormonen. Uit het onderzoek blijkt dat jouw kanker 'triple - drievoudig - negatief' is. Het reageert niet op oestrogeen, progesteron of HER2."

Esther bleef doorschrijven.

"Je kunt de bijzonderheden hiervan later opzoeken", zei hij.

Esther ademde diep in. Haar stem trilde slechts minimaal. "Wat betekent dit alles in relatie tot de vier stadia." Dokter Webster staarde naar haar. Ging hij na of ze de informatie aan kon? "Al deze factoren samen maken dat de kanker zich in stadium III bevindt."

Esther snakte naar adem. Tranen biggelden over haar wangen. Ze rommelde in haar tas op zoek naar zakdoekjes, om tijd te winnen en zichzelf weer onder controle te krijgen. Dokter Webster zweeg. Esther depte haar wangen met het zakdoekje.

"- erger, veel erger dan ik dacht."

"Het is een vergevorderd stadium – en daarom een ernstige bedreiging – maar de behandeling in Australië is eersteklas. 'Triple negative' betekent dat de behandeling agressiever moet zijn omdat de kanker minder ontvankelijk is."

Esther snoot haar neus. "Wat zijn mijn kansen?"

"Het is nog veel te vroeg om daar iets over te zeggen, maar ik heb genoeg mensen in stadium III langer dan vijf jaar zien leven."

Vijf jaar. Esther slikte. Vijf jaar leek niet echt een enorme kans als je achtentwintig was. Ze moest meer weten. Toch was ze bang om meer te weten. In haar hoofd streden deze tweestrijdige gedachtes kort met elkaar. "Als u me een percentage moet geven, welke kans heb ik dan?"

"Eh –" Zelfs dokter Webster leek in tweestrijd. Was het juist geweest hem voor het blok te zetten?

"De waarheid graag." Haar moeder had mee gewild om haar te

steunen. Esther had het aanbod afgewezen en had Blanche lezend in de auto achtergelaten. Als haar moeder hier was geweest, had ze haar verhinderd zulke vragen te stellen. Nu ze alleen was, kon ze alles eerst tot zich nemen en de klap voor anderen verzachten.

"Zonder behandeling zou je overlevingskans na tien jaar slechts vijfendertig procent zijn. Met behandeling stijgt het naar ongeveer zeventig procent."

Gelukkig dat haar moeder hier niet was. Positief geformuleerd klonk het dragelijk. Negatief geformuleerd hield het in dat, zelfs met een behandeling, ze dertig procent kans had dat ze binnen tien jaar dood zou gaan. Esther knarsetandde. Ze zou niet huilen. Als ze begon, zou ze nooit meer op kunnen houden. Ze zou verdrinken in golven van zelfmedelijden en spartelen in een drassig moeras van angst. De enige manier om te voorkomen dat ze zou gaan huilen, was door vragen te blijven stellen en antwoorden op te blijven schrijven, alsof het mechanisme van schrijven haar traanbuizen kon blokkeren.

"Wanneer begint de behandeling en wat houdt het in?"

"Mijn receptioniste zal je binnen twee tot drie weken inplannen. Je ontvangt chemotherapie die FAC heet, naar de drie initialen van het medicijn dat het bevat. Elke cyclus zal ongeveer een dag van therapie en twintig dagen rust inhouden." Dokter Webster wachtte terwijl Esther schreef. "Deze cyclus zal zich maximaal zes keer herhalen. Zuster O'Reilly, mijn gespecialiseerde verpleegkundige, zal je meer vertellen over het hele proces. Als je de chemo krijgt toegediend, zul je hier minstens een halve dag zijn."

"Zal ik u elke keer zien?"

"Ja, tenzij ik er om één of andere reden niet ben. Laten we kijken of zuster O'Reilly klaar is." Hij drukte op een belletje op zijn bureau. "Zij zal je al de praktische details geven en de informatie-brochures die je nodig zult hebben."

*Z*uster O'Reilly was kordaat, onberispelijk en haar gewicht in goud waard. Geen wonder dat ze nog steeds gebruikmaakte van de ouderwetse titel 'zuster'. Haar rode haar had zijn diepe tint verloren, maar in de grijsgroene ogen was nog steeds een twinkeling te zien. Ze hadden deze zware taak duidelijk aan de juiste persoon gegeven. Ze was empathisch maar niet te overdreven, praktisch en efficiënt maar niet te klinisch. Esthers tranen prikten toen de praktische details besproken werden. Het nieuws begon langzaam tot haar door te dringen.

"Waarom ga je niet even naar de privé-wachtkamer hier verderop om even tot jezelf te komen. Neem iets te drinken en ga even een paar minuutjes zitten. Is er iemand met je meegekomen?"

"Ma – in de auto."

"Weet je nog waar? Ik kan een vrijwilliger vragen om haar even te halen als je dat wilt."

"Ik kom liever eerst weer even tot mezelf."

De wachtkamer was rustig. Te rustig. Alleen het tikken van de klok aan de muur was te horen. Het was een geruststellend geluid in haar onderbewuste, dat haar al snel begon te irriteren. Was dit niet precies het punt? Hier was ze, achtentwintig jaar oud en met stadium III kanker. Haar leven tikte voorbij.

Tik – tak, tik – tak, tik – tak.

Ze wilde uit haar stoel opstaan en de klok door de kamer smijten. Het eindeloze getik werd 'waarom – ik', 'waarom – ik', 'waarom – ik?' Esther sloeg met haar hand op de leuning van de stoel. De pijn voelde prettig. Ze fluisterde gesmoord.

"Waarom God? Waarom heeft U dit laten gebeuren? Waarom heeft U mij niet genezen zoals U beloofd heeft?"

"Heeft God volgens jou beloofd dat Hij iedereen zal genezen?"

Esther draaide zich om. Ze was zo in zichzelf verdiept geweest dat ze niet gemerkt had dat een Aziatische vrouw van middelbare leeftijd, gekleed in een schoonmakersuniform, de kamer was binnengekomen en nu bezig was de koffievlekken van de tafel te poetsen.

"Wat zei u?"

"Sorry dat ik je liet schrikken. Ik vroeg: 'Heeft God volgens jou beloofd dat Hij iedereen zal genezen?'"

Wie dacht deze vrouw wel niet dat ze was? Ze mocht toch zeker geen patiënten lastigvallen? Misschien hield ze haar mond als Esther antwoord gaf.

"Hij zal genezen wie Hem dat in geloof vragen."

"Hmmm – werd iedereen in de bijbel genezen?"

Het leek erop dat ze de verkeerde keuze had gemaakt door antwoord te geven. "Jezus genas iedereen die daarom vroeg."

De schoonmaakster spoelde haar doekje uit onder de kraan. "Weet je zeker dat Jezus alles doet wat wij vragen, op de manier die wij willen?"

De vasthoudendheid van de vrouw was irritant. Wat was er nodig om haar te laten stoppen met praten? Koppig herhaalde Esther haar standpunt. "Hij geneest als we geloof hebben."

De vrouw leek ongevoelig voor Esthers toon, of misschien negeerde ze die. "Jezus had de macht om doden op te wekken, toch?"

"Natuurlijk." Wat had deze vraag er nu precies mee te maken?

"Waarom heeft hij dan slechts drie mensen uit de dood opgewekt?"

Daar had Esther nog nooit over nagedacht. En waarom zou dat ook nodig zijn? Ze flapte het eerste wat in haar op kwam eruit. "Misschien hadden slechts drie families genoeg geloof om het te vragen."

"Weet je zeker dat ze erom gevraagd hadden?" Kon ze deze vrouw niet uit zetten? Ze hield niet op. "Jaïrus vroeg Jezus om zijn dochter te genezen, maar hij vroeg Hem niet om haar uit de dood op te wekken. In de bijbel staat nergens vermeld dat de weduwe iets gevraagd heeft en Maria en Martha waren gekwetst dat Jezus niet eerder gekomen was. Niemand van hen had Jezus gevraagd de dode op te wekken. Ze wisten dat het onmogelijk was."

Esther had er genoeg van. Had deze vrouw geen enkele tact? Ze had gedacht dat haar rode ogen wel duidelijk genoeg maakten dat ze met rust gelaten wilde worden. Ze negeerde de etiquette die haar moeder haar zo zorgvuldig had geleerd. "Ik heb op dit moment geen zin om over theologie te praten. Moet jij niet iets schoonmaken?"

De mondhoeken van de vrouw krulden omhoog. "Ja, waarschijnlijk wel. Maar een goede vraag verdient een goed antwoord. Ik zal voor je bidden."

Deze gemeenplaats was de druppel. Esther wilde niet dat deze vrouw voor haar zou bidden. Esther keek haar aan en pakte haar aantekeningenboekje en haar tas. Verontwaardigd stormde ze de kamer uit. Hoe durfde een simpele schoonmaakster haar te bevragen, Esther Macdonald, de enige dochter van Dominee Doctor William B. Macdonald, theoloog.

HOOFDSTUK 16

Esther toetste het nummer in. Na vijf keer overgaan werd er opgenomen.

"Ben jij het Liz? Je spreekt met Esther."

Ze wisselden enkele algemeenheden uit, voordat Esther ter zake kon komen. Dit was de ergste week van haar leven. Twee uur geleden had ze in tranen met Nick gesproken over het uitstellen van hun bruiloft. Het daaropvolgende gesprek met haar ouders was niet gemakkelijker geweest. Haar moeder had medelijden met haar en zei toe dat dat ze de catering zou bellen en de bloemist, maar Esther moest de bruidsmeisjes bellen. Liz was de eerste die ze belde. Ze dacht dat dit het makkelijkste gesprek zou worden.

"Bedankt voor je bezorgdheid over mijn gezondheid, maar dat is niet waarom ik bel. De kanker is ernstiger dan verwacht." Esther greep de hoorn vast. "Het spijt me, maar we moeten de bruiloft uitstellen… Nee, we hebben nog geen nieuwe datum."

Het was al erg genoeg om dit één keer te doen, maar ze zou dit gesprek nog vaak genoeg moeten herhalen, als een kerkklok uit vervlogen tijden die slecht nieuws aankondigde. Liz zat duidelijk vol vragen maar Esther ging haar nieuwsgierigheid niet bevredigen. Ze zou moeten wachten. Omdat haar vader erop gestaan had dat ze vijf bruidsmeisjes zou hebben, moest ze nu nog vier telefoontjes plegen. Als ze het script niet volgde, zou het haar niet lukken zich door de gesprekken heen te worstelen.

Over de dag verspreid pleegde Esther al de telefoontjes. Elk belletje maakte haar nog depressiever. Hoe depressiever ze werd, hoe meer ze haar gevoelens wegstopte en hoe minder ze kon praten met Nick. Ze was alleen in een bootje op drift in dichte mist en ze ging rond en rond in eindeloze cirkels. Voor iemand die altijd georganiseerd en doelgericht was, was het een nieuwe, ontgoochelende ervaring. Ze at en sliep nauwelijks.

Alles werd verergerd doordat ze veel te veel tijd om handen had. De dokters hadden haar gezegd tot na haar eerste ronde chemotherapie niet aan het werk te gaan. En haar ouders en Nick gingen op in hun eigen levens; ze kon van hen niet verwachten dat ze de hele dag bij haar gingen zitten om haar gezelschap te houden.

Thuis was het te rustig. Hoe hard ze het ook probeerde, het lukte Esther niet om tot rust te komen. Ze zat vaak met haar boek op schoot, maar staarde nietszeggend naar de bladzijden. Niet in staat om zich te concentreren en niet in staat om uit te rusten.

Ze hoorde de woorden van de schoonmaakster in haar hoofd eindeloos opnieuw, als een plaat die bleef hangen.

Heeft God volgens jou beloofd dat Hij iedereen zal genezen?
Heeft God volgens jou beloofd dat Hij iedereen zal genezen?

Twijfel wervelde rond als grijze vlokken vulkaanas. Waarom kon ze die schoonmaakster niet uit haar gedachten krijgen? Hoe durfde ze zo zelfverzekerd opmerkingen te maken over de bijbel, alsof ze meer wist dan Esthers vader.

Esther deed de televisie aan, maar bleef zinloos zappen langs de programma's. Was er iemand die overdag naar deze programma's keek?

Er was maar één manier om af te rekenen met de schoonmaakster. Ze moest haar bewijzen dat ze het verkeerd had. Esther klauterde uit de leunstoel en ging op zoek naar haar bijbel. Dat duurde niet lang.

Toen ze weer in haar stoel terug was, sloeg ze eerst het meest bekende verhaal op, het dochtertje van Jaïrus – één van haar vaders favoriete verhalen. Ze keek het verhaal op hoofdlijnen door en las het daarna helemaal vanaf het begin. Ze snoof uit ongeloof. De schoonmaakster had gelijk. Geloofde Jaïrus, net als zijn bedienden, toen hij wist dat zijn dochtertje gestorven was, dat het te laat was om Jezus lastig te vallen?

Ze herlas het verhaal om het te controleren, niet bereid om toe te geven dat ze het mis had gehad. Ze leunde tegen de hoofdsteun om na te denken over wat ze gelezen had. Wat had Jaïrus gedacht toen Jezus erop stond om mee te gaan naar zijn huis? Had hij gedacht dat Jezus met hem meeging om met hen te rouwen?

Twijfelde Hij aan Jezus geestesgesteldheid toen Hij zei 'Het kind is niet gestorven, maar het slaapt'? Wat voelden ze toen Jezus het kind bij de hand genomen had en haar had opgewekt? Verwondering? Ontzag? Blijdschap? Of angst? Want wie *was* deze man die de doden kon opwekken?

Ronde één was voor de schoonmaakster.

Maar het betekende niet dat ze ook over de andere twee verhalen gelijk had gehad. Het duurde lang voordat Esther al bladerend door haar bijbel het verhaal van de jongeman in Naïn had gevonden. Het verhaal in Lukas zeven was zo kort, dat ze het bijna gemist had. Het kostte haar slechts een halve minuut om het te lezen, waarna ze geërgerd gromde.

De schoonmaakster had weer gelijk. In het verhaal kon ze niet lezen dat de moeder van de jongeman, die weduwe was, ergens om gevraagd had. Ze had Jezus misschien zelfs niet eens gezien, want ze volgde het lichaam van haar zoon naar de begraafplaats. Jezus benaderde haar, niet andersom.

Twee-nul voor de schoonmaakster.

Zou ze ook de derde keer gelijk hebben? Het verhaal van

Lazarus was langer. Misschien vond ze in de details het bewijs dat ze zocht. Lazarus' familie moest geweten hebben dat Jezus twee keer doden had opgewekt. Ze kenden Jezus goed en het was waarschijnlijk dat ze bij Hem erop aangedrongen hadden om hun broer uit de dood terug te brengen.

Esther las hoofdstuk elf uit het evangelie van Johannes. Het grootste gedeelte van het verhaal was haar onbekend. Had haar vader wel over het hele hoofdstuk gepreekt? Ze was vergeten dat Jezus het dringende verzoek om Zijn aanwezigheid, naast zich neer had gelegd en Zijn komst meerdere dagen had uitgesteld. Ze was ook vergeten hoe Maria en Martha Jezus duidelijk hadden verteld hoe teleurgesteld ze waren dat Jezus er niet geweest was.

Natuurlijk wisten ze dat Jezus de kracht had om alles en iedereen te genezen, maar Lazarus was al vier dagen geleden begraven. Zijn lichaam was al aan het ontbinden. Dit wonder zou meer vragen dan de terugkeer van leven.

Esther sloeg op de zachte armleuning. Ze had deze discussie verloren. De laatste en finale ronde voor de schoonmaakster.

Drie verschillende verhalen. Drie keer was er niemand die aan Jezus had gevraagd om de dode op te wekken. De schoonmaakster had helemaal gelijk. Wat onuitstaanbaar.

Twee grote vragen bleven over. Waarom wekte Jezus deze drie op uit de dood? En als Hij de macht had om de doden op te wekken, waarom gebruikte Hij die macht slechts drie keer?

Esther wist de antwoorden niet, maar wilde ze het uitzoeken? Ze was niet dom – ze wist waar deze vragen naar zouden leiden. Was ze bereid om vraagtekens te zetten bij haar vader, bij wat Victory haar had geleerd? Ze kon zich nog heel goed herinneren wat er in het verleden gebeurd was wanneer ze het niet eens was met haar vader. Als Esther aan deze reis begon, wie zou ze daar nog meer mee beschadigen? Haar moeder was trouw aan haar echtgenoot. Het laatste wat ze wilde, was haar moeder in een lastige positie brengen.

Esther sloeg de bijbel hard dicht en ging een broodje maken. Dit was niet het moment om hierover na te denken. Ze had al genoeg om te verwerken op het moment.

Maar wanneer was wel een goed moment? Kon ze leven met wat ze ontdekt had, zonder verder te zoeken?

Ja, ze moest wel. Iets anders zou slechts tot problemen leiden, grote problemen.

Die nacht was Esther aan het woelen. Ongemak door de operatie, verergerd door gedachten die haar dwarszaten. De volgende nacht was niet veel beter.

"Je ziet er afgetobd uit," zei haar vader de volgende ochtend bij het ontbijt. "Gaat het?"

Esther mompelde een excuus, niet bereid om de ware reden van haar gebrek aan slaap te onthullen. Het had minder te doen met kanker dan met de strijd die in haar hart woedde. Van binnen zat ze helemaal in de knoop. Ze dwong zichzelf te eten zodat ma gerustgesteld zou zijn, maar ze trok zich zo snel mogelijk weer terug in haar kamer.

Op de derde nacht deed Esther iets wat ze nog nooit gedaan had. Ze nam een slaappil die ze in het medicijnkastje vond. Misschien was het wel over de datum, want het sloeg niet aan en ze lag, bijna huilend van de uitputting, in bed. Eén hele heldere gedachte drong tot haar door.

Jona had geprobeerd om van God weg te lopen, maar kijk waar dat op uitliep – een driedaagse cruise in de buik van een vis.

Ze rolde naar de zijkant van haar bed en deed het nachtlampje aan. De snelste manier om te slapen was om het uit haar gedachten te krijgen. Ze begon bij Mattheüs en las het Nieuwe Testament door. Kijk haar nou, de dochter van een voorganger, die nog nooit de bijbel van begin tot het eind gelezen had. Meestal bladerde ze van voor naar achteren en weer terug of zocht haar favoriete passages op. Was er een ander boek dat ze op die manier las?

Ze werd al direct verrast. De eerste hoofdstukken van Mattheüs waren een groot contrast met de waarden van Victory. Deze verhalen waren zo ingetogen. Er waren slechts een paar buitenlanders die de geboorte van Jezus kwamen eren. Zelfs de priesters, die toch moesten hebben zitten wachten op de geboorte van de Redder, namen de moeite niet om een aantal kilometer te lopen om te ontdekken welk verhaal er achter de wonderbaarlijke ster zat.

De wonderen waren niet veel beter. Zo... niet sensationeel. De meeste keren dat Jezus iemand genas, droeg Hij hen op dat niet verder te vertellen. Deze verhalen zouden de *Hour of Victory* niet halen. Victory was gespecialiseerd in bombarie maken, zodat mensen zeker wisten dat er een wonder gebeurd was.

Esther ging door met lezen. Het werd twee uur. Drie uur. Vier uur. Vermoeidheid werd genegeerd. Verzonken in haar taak, las ze heel Mattheüs door en maakte ondertussen aantekeningen. Ze was klaar toen het eerste licht van het ochtendschemer door de kieren van haar gordijnen piepte. Esther ging uit bed, deed haar lamp aan en rommelde in haar bureaula tot ze een papiertje vond. Ze schreef een briefje en hing het aan de buitenkant van haar deur.

MA, NOG EEN SLAPELOZE NACHT. IK PROBEER NU TE SLAPEN. WILT U ME WAKKER MAKEN VOOR DE LUNCH?

HOOFDSTUK 17

Esther werd wakker door een zacht geklop op de deur. Haar wekker op het nachtkastje gaf kwart over twaalf aan. "Ma, ik ben wakker. Heb ik nog tijd om een douche te nemen?"

"Geen haast. Ik zal zorgen dat de soep klaar staat als je beneden komt."

De douche en schone kleren verfristen haar. Ondanks haar slaaptekort was het lezen het juiste geweest om te doen. Ze liep naar beneden naar de keuken.

"Ik begon me zorgen om je te maken, maar je ziet er uit alsof je wat geslapen hebt."

"Niet tot vanochtend vroeg, maar daarna heb ik goed geslapen."

Esther nam de soepkom van haar moeder aan en ging naast haar zitten op het keukenkrukje.

"Wat was je aan het doen tot vanochtend vroeg?"

"Ik kon niet slapen en toen heb ik het maar opgegeven en ben ik gaan lezen."

Haar moeders mondhoeken krulden. "Tijdens je tienerjaren was je altijd verdiept in een boek. Het was bijna onmogelijk om je weer terug in de realiteit te halen." Esther wilde geen herinneringen ophalen. Ze at een hap soep voordat ze sprak.

"Ma, heeft u ooit de hele bijbel als een boek achter elkaar gelezen?"

Er was een lichte aarzeling. "Ik volg de aantekeningen die we krijgen."

"Dat heb ik ook altijd gedaan, maar het voelt een beetje teleurstellend."

"Wat bedoel je, teleurstellend?" Haar moeder begon te friemelen met het zoutvaatje. Zou dit ook één van die gesprekken zijn die haar moeder zou afkappen voordat ze echt begonnen waren?

"Ik bedoel leeg en niet bevredigend."

"Hmm."

Esther kende deze hmms. Ze gaven ongenoegen weer. Er was een hele berg onderwerpen die deze hmm opriep. Alsof haar moeder bang was om erop door te gaan. Waar was ze dan bang voor?

Esther at snel haar lunch op. Ze wilde weer verder gaan met lezen. Vandaag had ze genoeg energie om op te ruimen. De afgelopen weken had haar moeder ook al haar huishoudelijke taken op zich genomen.

Tegen de tijd dat haar vader thuiskwam, had Esther ook Markus en Lukas gelezen. Het leek alsof ze een onbekend pad had ontdekt. De boodschap die zij had gehoord, was dat mensen alleen genazen als ze 'in geloof' daarom vroegen. Haar vader haalde regelmatig de melaatse aan in Lukas 17 tegen wie gezegd werd dat zijn geloof hem behouden had.

Het was niet zo eenvoudig als haar vader had gesuggereerd. Tien melaatsen waren genezen, maar tegen slechts één werd gezegd 'uw geloof heeft u behouden.' De negen anderen waren genezen, hoe groot of klein hun geloof ook was.

Esther leunde naar achteren. Wat betekende dat? Kon het betekenen dat de genezing van één melaatse krachtiger was dan die van de anderen? Negen ontvingen fysieke genezing, maar niet meer dan dat. Eén, een Samaritaan, ontving ook emotionele en geestelijke genezing.

Het avondeten verliep, zoals gewoonlijk, gehaast, want haar vader had nog een bijeenkomst in de avond. Nick was net zo. Esther had al vroeg geleerd dat ze hem moest delen. Deze week was ze blij dat ze tijd voor zichzelf had. Het lezen was belangrijk. Ze moest deze reis maken.

Voordat ze ging slapen, las ze het hele evangelie van Johannes. Op elke bladzijde waren er weer nieuwe ontdekkingen. De Jezus die beschreven werd in de bijbel, was bijna niet te herkennen in de Jezus die elke week werd verkondigd in Victory. Ze had nog nooit iemand horen spreken over Jezus die de voeten van zijn discipelen waste. Het was niet moeilijk om te begrijpen waarom niet. De christenen die zij kende, zouden zich niet nederig willen opstellen en Jezus ten koste van hun eigen leven willen volgen.

Stel je voor dat Victory voortaan de Nederige-Dienst-kerk genoemd zou worden. Ze herhaalde de naam hardop en giechelde. Het klonk gek. Geen van de leiders die zij kende, was zo. Ze was opnieuw geneigd om te stoppen met lezen. Het was alsof ze op dun ijs stond, dat kraakte onder haar voeten. Ze zou er onvermijdelijk door heen zakken.

Wat een keus – vrede van het hart of harmonie in het gezin.

Waarom moest het een keuze zijn? Waarom kon ze het niet allebei hebben?

Jezus' woorden in Johannes verwarden haar.

'Als u van de wereld zou zijn, zou de wereld het hare liefhebben... Als zij Mij vervolgd hebben, zullen zij ook u vervolgen.'

Als vervolging niet alleen de norm was voor zijn discipelen, maar ook het bewijs dat iemand Zijn discipel was, waarom was dat dan niet haar ervaring? Ze sloot haar ogen om zich te concentreren. Kon het zijn dat Satan haar niet als een bedreiging zag? Kon het zijn dat ze misschien wel helemaal geen discipel was? Had ze ooit gekozen om Jezus op de smalle weg te volgen?

Was er geen verhaal waarin Petrus bestraft werd door Jezus? Esther opende haar ogen. Het duurde een minuut voordat ze het verhaal aan het eind van Mattheüs 16 vond. Jezus had tegen Petrus gezegd 'Ga weg achter Mij, Satan! U bent een struikelblok voor Mij'. Waarom? Want, 'u bedenkt niet de dingen van God, maar die van de mensen.'

Waarom had Jezus dit gezegd? Ze zocht naar aanwijzingen in de verzen die aan de vermaning vooraf gingen. Daar was het. Petrus had Jezus eerst bestraft door te zeggen dat Jezus er helemaal naast zat. Hij was de Redder van de wereld. Redders waren overwinnaars en zouden niet gekruisigd eindigen.

Wauw, Petrus hield zijn mening niet voor zich. Wat had hij van Jezus verwacht? Had hij gehoopt dat Jezus een nieuw koninkrijk op de aarde zou inluiden? Dat Israël het zou overnemen van Rome en een machtig rijk zou worden? Hoeveel van de discipelen hadden hun voordeel willen behalen met het zijn van een vriend van Jezus? Hadden ze grootse plannen om de premier of één van de ministers te worden? Jezus' dood moest al hun dromen hebben gebroken. Ze hoopten op een zegevierende Redder, maar ze zagen slechts een dode mislukkeling.

Het was alsof ze vandaag nieuwe ogen had gekregen. De roep om Jezus te volgen was een dagelijkse oproep om zichzelf te verloochenen, het kruis op te nemen en Hem te volgen.

Waarom had ze dit niet geweten? Ze was precies als Petrus. Ze wilde graag een zegevierende Jezus volgen die haar leven gemakkelijk zou maken. Ze wilde graag een wonderdoener volgen die haar op háár voorwaarden zegende. Maar was ze bereid om een gekruisigde Redder te volgen? Om het smalle pad van vervolging te bewandelen? Vervolging die misschien in haar eigen familie zou beginnen?

Haar wekker gaf elf uur aan.

Het was al na haar gebruikelijke bedtijd.

Maar eerst moest ze reageren op wat ze gelezen had. Esther had twee duidelijke keuzes. De eerste zou haar leven ongelukkig maken. De tweede zou haar misschien meer kosten dan ze bereid was om te geven. Haar hoofd en hart trokken haar verschillende richtingen op. Haar hart was voor het houden zoals het was, voor gemak op korte termijn, maar haar hoofd maande haar om de gevolgen daarvan in te zien. Ze was niet langer bereid om in de wildernis te dwalen; het werd tijd om te veranderen. Het leek gepast om uit bed te komen, te knielen en hardop een gebed uit te spreken.

"Here Jezus." Ze sprak moeizaam, hopelijk zou het makkelijker worden. "Ik weet amper waar ik moet beginnen." Ze moest in ieder geval beginnen met *sorry* zeggen – er waren genoeg dingen waar dat voor nodig was. "Sorry." Het woord zelf bleef in haar keel vastzitten, maar dit was een gebed dat ze móést bidden. Een slag die ze móést winnen.

"Sorry dat ik in een leugen geloofde. Sorry dat ik U, de Schepper van de wereld, zo klein heb gemaakt, tot een weldadige papa die mij over mijn hoofd aaide. Sorry dat ik alleen een hemelse wensenvervuller wilde, die ik alleen bedankte als het leven goed was."

Ze slikte moeizaam nu ze inzag hoe groot haar zelfingenomenheid was geweest. Hoe durfde ze, een eenvoudig mens, de Koning der Koningen zo te behandelen? Ze liet haar hoofd op de rand van haar bed leunen. Somberheid overviel haar. Er leek een smalende stem in haar hoofd te zijn, die erop aandrong op te houden met deze overdreven zelfreflectie. Wat ze nodig had, was een goede nacht slaap. Esther gaf bijna toe. Ze had overal pijn en haar ledematen voelden zwaar aan en haar denken werd traag door de vermoeidheid. Ze stopte met bidden en verzonk half in trance.

Plotseling drong er een gedachte binnen, als een zonnestraal door een donderwolk.

Bid!

Esther schrok wakker alsof ze door een trompetstoot gesommeerd werd om ten strijde te trekken. Dit was niet het moment om te stoppen met bidden. Dit was de op één na belangrijkste minuut van haar leven. Ze was een soldaat in de strijd.

"Er zijn zoveel dingen om sorry voor te zeggen. U hebt niets meer van mij gehoord, sinds ik de diagnose kanker heb gekregen. Oh Heer, het spijt me dat ik niet de moeite heb genomen om Uw woord werkelijk te lezen. Ik wil Uw weg volgen – ik weet dat het niet makkelijk zal zijn, maar ik wil U volgen, waar U ook leidt. Help mij om de moed te hebben om elke dag opnieuw mijn kruis op me te nemen." Ze verschoof op haar knieën, die niet gewend waren aan knielen. "En Jezus, dank U voor de moed van de schoonmaakster. Wilt U mij helpen haar weer opnieuw te vinden."

Uitgeput en met gevoelloze ledematen liet ze haar hoofd op het bed steunen. Langzaam druppelde er een sprankje hoop in haar vermoeide hart binnen. Op één of andere manier wist ze dat haar gebed gehoord was. Nieuw leven was gekomen.

Esther stortte zich in haar bed en sliep twaalf onafgebroken uren. Alleen haar moeder was thuis toen ze de trap af kwam. Terwijl ze de lunch bereidde, keek haar moeder een paar keer naar haar, haar voorhoofd gefronst. Wat wisten mensen toch eigenlijk weinig van elkaar. Ze had geen idee wat er met haar was gebeurd.

"Er is iets anders aan je," zei haar moeder toen ze de vaatwasser inruimde na de lunch. "Je was dagenlang afgeleid, maar nu lijk je kalmer."

Het zou beter zijn geweest als ze een paar dagen gehad had om alles te verwerken. Ze kon het haar moeder niet kwalijk nemen dat ze ernaar vroeg, maar tegelijkertijd wilde ze geen problemen veroorzaken door niet tactvol te zijn.

"Ja, ik ervaar meer vrede." Ze pauzeerde. "Het heeft enorm geholpen om in de bijbel te lezen."

Haar moeder hield haar hoofd schuin. "In welk opzicht heeft het geholpen?"

Esthers oude onrust was weer terug. Pijn in haar buik en misselijkheid, elke keer als ze geconfronteerd werd met een conflict dat mogelijk tot afwijzing kon leiden.

Ze wilde haar moeder niet afschepen en ze wilde niet liegen. Als ze nu maar tijd had gehad om zich voor te bereiden. Elk antwoord dat ze zou geven zou er vervormd uit komen, omdat alles nog zo nieuw voor haar was. Misschien kon ze iets uitleggen over de weg die ze bewandeld had. Niet het incident met de schoonmaakster – haar moeder zou niet te spreken zijn over hoe Esther de vrouw had behandeld, of over hoe de woorden van de schoonmaakster als kritiek klonken voor Victory. En elke kritiek op Victory was kritiek op de voorganger.

"Ik had nog nooit zo'n groot gedeelte van de bijbel gelezen en een heleboel dingen zijn me duidelijk geworden. Wat ik probeer te zeggen – " Ze zei het nog steeds niet. "Sorry, het lukt me niet om het goed te verwoorden, maar ik denk…. Ik denk dat ik gisteren tot geloof ben gekomen."

Haar moeder stopte met het afwassen van één van de pannen en hield de borstel als bevroren in de lucht. "Wat bedoel je? Je bent altijd al een christen geweest."

Hoe kon ze dit op een behulpzame manier uitleggen? "Dat dacht ik ook. Maar deze week heb ik ontdekt dat de Jezus die ik dacht te kennen, niet de Jezus van de bijbel is."

Er verscheen een frons tussen haar moeders ogen. "Ik begrijp niet wat je zegt. Er is maar één Jezus, niet twee."

Heer, help. Ik weet niet wat ik moet zeggen.

"Sorry, ik ben erg onduidelijk, maar het is voor mij ook nog allemaal een beetje vreemd."

De ervaring van de vorige nacht was geweldig geweest, maar het was moeilijk uit te leggen aan iemand die niet dezelfde weg bewandeld had.

"Je hebt gelijk. Er zijn geen twee versies van Jezus, maar de Jezus waar ik in geloofde, was verkeerd. Ik bedoel, ik geloofde in een soort heilige kerstman, maar zo is Jezus helemaal niet."

Haar moeder stond stil en zei niets. Luisteren was altijd al haar kracht geweest, wat goed van pas kwam in dit huishouden.

"Ik was helemaal op mezelf gericht. Gisteren heb ik ontdekt dat ik helemaal verkeerd zat. Jezus moet het centrum zijn, niet ik." Nu ze eindelijk iets zinnigs had gezegd, tenminste, dat vond ze zelf, kwam de vreugde van afgelopen nacht weer terug. Een vreugde waardoor ze op de tafel wilde gaan staan, wilde zingen of dansen of schreeuwen van een bergtop, maar ze wist dat ze haar moeder niet moest choqueren of overweldigen.

Haar moeder droogde haar handen aan de theedoek. Wat dacht ze nu? Dacht ze dat ze gek was? Ze hoopte van niet, anders zou haar leven inderdaad zwaar worden.

Haar moeder keek haar aan alsof ze naar een vreemde keek. "Ik begrijp niet echt wat je probeert te zeggen, maar ik ben blij dat je vrede ervaart." Ze hief haar vinger op naar haar lippen, maar hield zichzelf tegen. "Spreek hier niet met je verloofde of met je vader over."

Er waren momenten dat Esther wilde schreeuwen van frustratie. Waarom moest ze altijd haar mond houden? Haar familie had zoveel taboes waar niet over gesproken mocht worden. Waarom mocht niemand het water aan de oppervlakte van haar vaders leven in beroering brengen?

Wat verschool zich onder de oppervlakte dat niet gestoord mocht worden?

HOOFDSTUK 18

*D*e receptioniste van de afdeling waar de chemotherapie werd gegeven, droeg een bontgekleurde blouse met een naambordje – Michelle.

"Goedemorgen Esther. Dit is je eerste keer, is het niet?" zei Michelle. "Heb je de informatiefolders gelezen die je gekregen hebt?"

"Ja, bedankt daarvoor." Hoe kon ze deze dag doorkomen? Ze zou ongetwijfeld heel veel moeten rondhangen. Het laatste wat ze wilde doen, was stilstaan bij het feit dat ze over negen dagen had moeten gaan trouwen. "Wat moet ik nu doen?"

"De eerste keer zal een vrijwilliger je rondleiden en je uitleg geven over hoe alles werkt. De volgende keer kom je eerst hier om je te registreren en daarna ga je naar de bloedkliniek om daar te wachten tot je aan de beurt bent." Michelle gebaarde naar de wachtende mensen. "Zoals je kunt zien wordt er veel gewacht, dus ik zou iets te lezen meenemen of iets waar je jezelf mee bezig kunt houden. We zijn efficiënt, maar het kost tijd om de uitslagen te krijgen van de bloedonderzoeken."

Michelle keek naar de stapel dossiers die voor haar lag. Esther schraapte haar keel om de aandacht te trekken. "Mag ik je misschien nog een paar vragen stellen, nu er toch niemand is?"

"Natuurlijk."

"Ben jij hier elke keer?"

"Ja, tenzij ik ziek ben of een dagje vrij."

"Dan wil ik mezelf graag goed aan je voorstellen." Esther stak haar hand uit, een beetje ongemakkelijk vanwege de hoogte van de receptie.

"Oh fijn," zei Michelle toen ze haar hand schudde, "je bent er zo eentje."

"Wat voor eentje?"

"Zo eentje die zijn best doet." Michelle liet het volume van haar stem zakken. "Sommige cliënten komen en gaan, zonder contact te maken. Misschien is het hun manier om met de situatie om te gaan." Haar stem nam weer het gewone volume aan. "Ik vind het makkelijker als mensen hun best doen."

Esther keek naar links en naar rechts om te controleren of niemand meeluisterde. "Mijn andere vraag is misschien een beetje vreemd. De vorige keer dat ik hier was, heb ik een schoonmaakster ontmoet die ik graag weer zou spreken. Ze is van Aziatische afkomst, ergens halverwege de vijftig." Michelle fronste haar wenkbrauwen.

"Ze heeft iets behulpzaams gezegd en ik wilde haar graag bedanken."

"Dat moet Joy Wong zijn. Ik kan niemand anders bedenken die aan de beschrijving voldoet."

"Is er een manier waarop ik met haar in contact kan komen?"

Michelle krabde aan haar oor. "Ik kan haar oppiepen terwijl jij op de resultaten van het bloedonderzoek wacht. Dan kan ze met je praten als ze dat wil."

"Geweldig. Bedankt."

"Neem plaats, dan zal ik een vrijwilliger jouw kant opsturen om je rond te leiden."

Michelle wees naar rechts.

Esther zocht een stoel van waaruit ze de kamer kon overzien. Deze stoelen waren comfortabeler dan de gebruikelijke stoelen van hard plastic die normaal gesproken de wachtkamers vulden. Binnenplanten in vrolijke potten stonden her en der verspreid in de ruimte. Ze ging zitten en keek naar de mensen die kwamen en gingen. Het zag er chaotisch uit, maar het was duidelijk dat het een gestroomlijnd systeem was. Een bord wees de richting aan naar de onderzoeksruimte en veel mensen kwamen uit die richting en namen plaats in de wachtruimte. Verpleegkundigen kwamen achter deuren tevoorschijn en riepen nummers om. Die mensen vertrokken waarschijnlijk naar de ruimte waar de chemotherapie gegeven werd, want zij kwamen niet meer terug naar de wachtruimte.

Esther zag de twee type cliënten die Michelle had genoemd. Sommige bemoeiden zich alleen met hun eigen zaken. Anderen praatten met mensen om zich heen. De man die het dichtst bij haar zat, trok zijn wenkbrauwen op.

"Jij bent nieuw vandaag, niet?"

Esther lachte. "Ik hoopte dat dat niet al te duidelijk zou zijn."

"Je ziet er niet zo nerveus uit als sommige anderen", zei hij. "Let wel, de eerste keer zijn we allemaal nerveus omdat we niet weten wat ons te wachten staat. Je raakt eraan gewend. Het is mijn vierde ronde en ik ben een oude rot."

"Ik ben verrast dat hier ook mannen zijn, ik had alleen vrouwen verwacht."

"Dit is een centrum voor allerlei kankersoorten. Ik ben hier vanwege darmkanker. Mijn naam is Rob Boyle." Hij stak zijn hand uit en Esther schudde hem.

"Rob Boyle, Robert Boyle[1] ... je draagt nogal een naam, waren je ouders wetenschappers of zo?"

"Zoals je zou kunnen verwachten, waren ze beiden scheikundigen." Hij grinnikte. "Het had erger gekund. Ik had ook Isaac

Newton kunnen heten. Die verwijzing zou niemand ontgaan. Ben jij een wetenschapper?"

"Zoiets. Toegepaste wetenschappen. Fysio – mijn naam is Esther. En jij, zit jij in de wetenschap?"

"Ja, betrapt. Ik onderwijs natuurkunde en scheikunde op de middelbare school."

Het was fijn om een vriendelijk iemand te ontmoeten op de eerste dag. Ze had zoveel vragen die om aandacht schreeuwden.

"Vind je het erg als ik je een vraag stel? Lukt het jou om fulltime te werken terwijl je chemo krijgt?"

"Meestal moet ik de tweede of de derde dag na de chemo vrij nemen, maar meer dan dat heb ik niet hoeven missen."

"Ik ben al zes weken vrij sinds mijn operatie. Ik was van plan om volgende week weer halve dagen te gaan werken en de week daarna weer fulltime. Mijn baas stelde de halve dagen voor."

"Het klinkt alsof je een goede baas hebt. Daar komt de vrijwilliger om je mee te nemen naar de bloedonderzoeken."

"Misschien zie ik je nog een andere keer." Esther stond op toen een vrouw in de zestig haar kant op kwam.

"Esther? Goedemorgen, ik ben Lilian. Ik neem je eerst mee naar de afdeling waar je gewogen wordt en waar een aantal standaard bloedtesten wordt afgenomen." Esther nam haar tas, boek en waterflesje mee en liep met haar gids mee. Lilian praatte, praatte en praatte terwijl ze liepen; in een geoefend babbeltje werd Esther geïnstrueerd tot ze arriveerden in een nieuwe ruimte.

"Je meldt je eerst aan bij de balie, zij geven je een nummer dat omgeroepen wordt als het jouw beurt is." De kamer was al voor driekwart gevuld. "Vandaag is er wat file ontstaan. Je kunt daar in de rij gaan staan, dan kunnen ze je alvast wegen terwijl je wacht op de bloedonderzoeken."

Lilian ging in de wachtruimte zitten terwijl Esther werd gewogen. Ze moesten een half uur wachten op de bloedonderzoeken en Lilian gebruikte de tijd om Esther een groot aantal foto's te laten zien van haar vijftien kleinkinderen. Esther wilde haar zeer vriendelijke aanwezigheid niet afwijzen, maar zou ze nog tijd hebben om haar boek te lezen? Eindelijk vertrok Lilian om anderen te begeleiden.

Na de bloedonderzoeken moest ze weer terug naar de wachtruimte totdat ze opgeroepen werd voor de chemo. Voordat ze ging zitten, liep ze naar de receptie om Michelle te vragen om Joy op te piepen. Joy wilde blijkbaar met haar praten want Michelle overhandigde haar de telefoon.

Esther ging aan de kant staan. Het was niet nodig dat iedereen kon meeluisteren met haar zaken. "Hoi Joy. Mijn naam is Esther." Klonk ze als een idioot? Het ergste wat kon gebeuren, was dat Joy weigerde haar te ontmoeten. "Ik weet niet of je mij nog kan herinneren, maar een paar weken geleden heb je met me gepraat toen ik aan het huilen was in de wachtkamer van dokter Webster.

"Ja, ik herinner je", zei Joy.

Dat maakte het makkelijker.

"Ik wilde je om een gunst vragen, maar misschien is het teveel gevraagd. Ik heb vandaag mijn eerste ronde chemotherapie en ik vroeg me af of je tijd had om met me af te spreken in je lunchpauze?"

Joy aarzelde. "Ben je dan nog steeds in de behandelingsruimte van de chemotherapie? Kun je navragen of ik je daar mag bezoeken na je behandeling?"

"Eén momentje alsjeblieft, dan vraag ik het na." Esther vroeg het Michelle.

Een minuut later hadden ze de afspraak gemaakt. Esther gaf de telefoon terug aan Michelle en ging in een hoekje zitten naast een grote varen, met uitzicht op de hele kamer.

*E*sther zat naast zuster O'Reilly. Haar arm werd ondersteund door een klein tafeltje. Terwijl ze met Esther praatte, veegde ze haar rechterarm schoon en bracht het buisje in waardoor de medicijnen van de chemo toegediend zouden worden. Esther voelde slechts een klein prikje.

Zuster O'Reilly noemde alle mogelijke bijwerkingen op van de behandeling die ze zou krijgen. Er was geen tijd om zenuwachtig te zijn.

"Oh, deze moet ik niet vergeten", zuster O'Reilly grinnikte. "Van één van de medicijnen kleurt je urine rood. We hebben hier al wat paniekerige telefoontjes over gehad." Ze drukte op een buzzer en een verpleegkundige kwam door de achterdeur het kantoortje binnen om Esther op te halen.

Ze nam Esther mee naar een ruimte die vol stond met leunstoelen. Mensen lagen erbij alsof ze in hun eigen huis waren.

Esther zweette toen het infuus met de medicijnen gekoppeld werd aan het ingebrachte buisje. Dit was het, de behandeling die ze zo vreesde. Uiteindelijk viel het allemaal mee. Niets dramatisch, alleen een koude sensatie toen de medicijnen via haar arm haar lichaam binnengingen en een paar warme tintelingen. Ze las haar boek en keek af en toe op om naar anderen te knikken. Ze wilde zich verbonden voelen met de anderen in de kamer. Het was niet nodig en ook niet wenselijk om zichzelf te isoleren.

Zoals beloofd, waren er gratis drankjes en broodjes. Zelfs volkorenbrood. De volgende keer zou ze haar eigen fruit meenemen.

Na een paar minuten kwam de verpleegkundige langs. "Je hebt een bezoeker."

De vrouw die ze zich herinnerde en die ze nu kende als Joy, kwam binnen en lachte wat onzeker. Gezien Esthers onbeleefdheid tijdens hun laatste ontmoeting, was het niet vreemd geweest als Joy gewapend met pepperspray binnen was gekomen.

Esther glimlachte om Joy op haar gemak te stellen. Het werkte klaarblijkelijk, want Joy glimlachte terug.

"Ja, jij bent degene die ik in gedachten had. Ik heb voor je gebeden."

Gelukkig leek Joy haar niets kwalijk te nemen. "Als jij hebt gebeden, dan verklaart dat misschien een boel van wat er is gebeurd. Ik hoop dat je tijd hebt zodat ik je erover kan vertellen?"

Joy vond een stoel, controleerde of hij beschikbaar was en zette hem naast Esther neer. Ze ging zitten en leunde voorover om een plastic lunchtrommel uit haar tas te halen. "Ik heb maar veertig minuten lunchpauze, dus ik zal moeten eten terwijl ik luister."

"Geen probleem. Voordat ik verder ga, wil ik je eerst zeggen dat het me spijt. De vorige keer dat we elkaar zagen, was ik boos en onbeleefd."

Joy keek naar haar op en glimlachte, een lach die toonde dat ze het gehoord had, maar ook wachtte op het volgende wat Esther te zeggen had.

"Jouw vragen maakten me boos. Ik ben de dochter van een voorganger en het krenkte mijn trots om bevraagd te worden op bijbelse zaken." Esther slikte. Je excuus aanbieden was nooit makkelijk. "Maar ik kon niet vergeten wat je had gezegd. Je had gelijk. Ik ben ongeletterd als het de bijbel betreft."

"Bedankt voor je excuses. Ik ben opgelucht. Nadat we elkaar ontmoet hadden, ging ik naar huis in de verwachting dat ik zou worden ontslagen." Joy legde de lunchtrommel aan de kant en schudde haar hoofd. "Wij Chinezen zijn meestal niet zo direct. Het leek wel alsof de woorden die ik sprak die dag, zomaar uit mijn mond kwamen."

Esther liet de voetensteun van de ligstoel zakken zodat ze meer overeind zat. "Misschien was dat ook wel zo. Ik kan over bepaalde zaken nogal koppig zijn. Ik had het nodig om terechtgewezen te worden, anders had ik genegeerd wat God tegen me wou zeggen.

Sinds ik zelf de bijbel heb gepakt, lees ik er non-stop in. Het is alsof ik een nieuwe wereld betreed."

Joy opende haar lunchtrommel en Esther deelde haar verhaal. Terwijl ze dat deed, herinnerde ze zich de wirwar aan emoties sinds de laatste keer dat ze elkaar ontmoet hadden. De verwarring, de boosheid, de tranen en uiteindelijk de blijdschap die haar hart had doordrongen toen ze zich aan Jezus had overgegeven. Joy leek blij te zijn het hele verhaal, met tranen en al, te horen.

"Dankjewel dat je dit met me deelt."

Esther wreef over haar neus. "Ik was bang dat het wat te gedetailleerd was."

"Oh nee, het is bemoedigend. Ik weet bijna nooit of mijn gebeden beantwoord worden. Zou ik hier voor je mogen bidden?"

Esther keek opzij. Had iemand hen gehoord? Wat vreemd om hier angstig over te zijn. Ze zei dat ze christen was, maar had ze ooit in het openbaar met iemand gebeden? Dit leek het juiste moment om met een nieuwe gewoonte te beginnen.

Ze hield haar ogen open zodat het minder duidelijk werd wat ze aan het doen was, maar Joy was dat niet van plan. Ze boog haar hoofd.

"Lieve Vader in de hemel. Dank U voor mijn nieuwe zus, Esther. Ik bid dat U haar helpt om met de bijwerkingen van haar behandeling om te gaan, maar vooral om haar aan het lezen en aan het denken te houden over Uw woord. Geef haar grote vreugde in het volgen van U en zegen anderen door haar heen. We bidden vooral voor wijsheid in haar familie. In Jezus naam, amen."

Joy opende haar ogen en Esther keek haar stralend aan. Ze leunde voorover en schudde Joys hand.

"Dank je. Ik ken je nauwelijks maar over drie weken ben ik hier weer. Kunnen we elkaar dan nog een keer ontmoeten?" Ze weifelde, ze wilde zich niet opdringen. "Ik zou graag jouw favoriete bijbelgedeelte willen horen."

Joy wreef het stof van haar uniform. "Het zal moeilijk zijn om een favoriet gedeelte te kiezen. Ik heb er zoveel. Maar ik zou het erg leuk vinden om iets te delen." Ze zette haar, inmiddels lege, lunchtrommel in haar tas en pakte een papiertje en een pen. 'Ik geef je het nummer van mijn pieper en mijn vaste telefoonnummer. Als je me het een dag voordat je komt laat weten, dan kom ik en dan lunchen we samen."

"Ik kijk ernaar uit."

Nadat Joy vertrokken was, keek Esther naar de zakken van de chemo. Ze waren bijna leeg. Ze zette haar stoel weer naar achteren en sloot haar ogen om wat rust te pakken voordat ze weer naar huis ging. Haar hart was vol. Dit was wat ze steeds gemist had. Iemand met wie ze belangrijke dingen kon delen. Ze had gehoopt dat Nick één van die personen zou zijn, maar de weg die ze bewandelde leek hem te beangstigen.

Ze moest meer voor hem bidden. Misschien kon ze eerst met Gina samen bidden en later Nick benaderen met dit idee. Bijbel-studie en gebed waren nooit onderdeel geweest van hun relatie. Ze zouden het gezien hebben als het vermengen van werk met hun vrije tijd.

Esther slaagde erin om naar het treinstation te lopen. Haar moeder had haar willen ophalen, maar Esther wilde onafhankelijk blijven en omarmde de mogelijkheid om in de frisse lucht te lopen. De foldertjes moedigden chemopatiënten aan om te blijven bewegen. Ze hoopte dat ze weer naar haar werk kon fietsen.

Was haar thuissituatie nu ook maar zo makkelijk als haar eerste chemokuur. Het was tijd om haar angst onder ogen te zien en Nick aan te pakken.

---

1. Robert Boyle was een Iers filosoof en scheikundige/alchemist

De dag na de chemotherapie voelde Esther zich prima. Misschien was chemo niet zo erg als iedereen zei. Maar de volgende ochtend kon ze nauwelijks haar hoofd optillen. Iemand had beton over haar uitgestort terwijl ze lag te slapen. Een douche hielp, maar godzijdank hoefde ze pas maandag weer te gaan werken. Tegen die tijd zou ze weer normaal moeten kunnen functioneren. In de tussentijd moest ze zichzelf rustig houden.

Ze dommelde nog een paar uur, pakte toen haar bijbel en aantekeningenboek en ging in de tuin zitten. Gisteren had ze het begin van Genesis gelezen. Ze noteerde dingen die haar opvielen aan God of aan de mensen en peinsde dan over de toepassing in haar leven. Het tweede en het derde hoofdstuk van Genesis zaten zo vol schatten, dat ze er twee uur in bezig was. Ze dook er diep in.

De poort klikte – Nick was gearriveerd. Omdat hij een jongerenwerker was, waren zijn middagen minder gevuld dan zijn avonden en weekenden.

"Nick," riep Esther. "Ik ben in de tuin. Ma heeft fruit en wat te drinken om het hoekje van de deur gezet."

Nick kwam aangelopen met het dienblad in zijn hand. Hij gaf hen beiden een drankje en ging toen zitten.

"Waar ben je deze week mee bezig geweest?" Dat was een vraag die zelfs Nick kon beantwoorden.

"Weet je nog die jongen van de jeugdgroep die steeds van die grappige dingen zegt? Deze week zei hij, 'Ongezuurd brood? Is dat niet het brood zonder ingrediënten'?" Nick grinnikte, "De hele groep lag in een deuk, ik kon mijn lachen niet inhouden."

Esther was tien minuten bezig om het gesprek op gang te krijgen. Nick praatte, maar zei niet veel. Wat vertelde hij haar niet? Als het goed nieuws was, wilde ze het zo snel mogelijk weten. Het werd hoog tijd voor goed nieuws.

"Heb je iets bemoedigends te vertellen?"

Nick likte zijn lippen. "Ik wist niet wanneer ik het je moest vertellen. Mijn nieuws lijkt wat ongepast."

"Ongepast omdat het goed nieuws is of slecht nieuws?"

"Oh, het is goed nieuws. Tenminste aan de ene kant, maar ik weet niet of jij het zo ziet."

Ze had een flauw vermoeden wat het kon zijn. "Kom op, vertel het me maar. In het ongewisse blijven is erger."

"Ik ben vorige week gebeld." Hij twijfelde. "Ik heb de stage in Melbourne toegekend gekregen."

Ja, ze begreep waarom Nick niet zeker wist hoe ze zou reageren. Ze wist zelf niet eens wat ze precies voelde. Verdoofd?

"Dat is geweldig nieuws voor jou en pa. Je moet het accepteren, anders mis je je kans misschien." Ze forceerde een lach. Ze mocht niet huilen – dat zou overkomen als zelfmedelijden.

"Ik kan om het weekend naar huis komen. We moeten wekelijks preken, maar we mogen de helft van de diensten in onze eigen kerk doen. Je pa zei dat Victory de vliegtickets zou betalen."

Natuurlijk. Victory zou willen dat Nick zo vaak mogelijk terug zou komen om maximaal te profiteren van zijn opleiding.

Ze zouden elkaar de komende zes maanden nauwelijks zien.

Haar emotionele barometer was waarschijnlijk van slag, want ze voelde zich opgelucht. Het moeten omgaan met Nick die zich afzijdig hield en niet betrokken was bij haar kanker, had als een extra last gevoeld. Praten met hem was hard werken. Misschien zou de afstand hen helpen. Bellen en schrijven zou Nick misschien helpen om zijn gevoelens beter onder woorden te brengen..

Esther glimlachte zuinigjes. "De timing is niet geweldig, maar ik ben niet alleen. Ma is een geweldige steun."

Nick leunde naar achteren en strekte zijn voeten. Eén van hen was tenminste ontspannen. Esther was geneigd om het te laten gaan, om afstand te nemen van de emotionele achtbaan genaamd Nick. Maar kanker had laten zien dat dingen die genegeerd werden alleen maar groeiden.

Ze bad en koos toen voor de makkelijkste openingsvraag die ze kon bedenken. "Wat vind je lastig op dit moment?"

"Eén van de kinderen van de jongerengroep heeft ouders die het moeilijk hebben op het moment. Hij is erg opstandig en we hebben extra tijd in hem moeten investeren."

Was dat het? Kanker werd niet genoemd? Nick was geen idioot. Waarom hielp hij haar niet?

Het werd tijd om niet meer op eieren te lopen en de koe bij de horens te vatten. Anders kon ze maar beter nu meteen een punt achter hun relatie zetten. Ze ademde diep in.

"Nick, sinds je weet dat ik kanker heb, ben je niet op je gemak. Waar maak je je zorgen over?"

"Ik weet niet zeker of ik het uit kan leggen." Hij schoof met zijn voeten.

Het gesprek leek te blijven vastlopen. Ze balde haar vuist onder haar been zodat ze niet uit frustratie met haar vingers zou tikken. Boos worden zou waarschijnlijk niet helpen.

"Kun je het proberen?" zei Esther. "Waarom zeg je niet gewoon hardop wat er in je opkomt." Zou elk gesprek zo hard werken zijn?

Stoppen, beginnen, stoppen, beginnen. Pasten ze misschien toch niet zo goed bij elkaar?

"Ik wil het niet verkeerd zeggen". Hij sloeg zijn armen over elkaar.

Heer, geef me geduld. "Juist, maar helemaal niets zeggen is ook verkeerd. Zou het helpen als ik je vroeg of je boos bent?"

"Nee… ik geloof niet dat ik boos ben."

Geloofde ze hem? Misschien. Maar het was te laat. Ze had geen zin meer om geduldig te zijn. Met geduld kwamen ze nergens. "Laten we er niet om heen draaien. Fysiek gezien ben ik beschadigd. Ik ben een borst kwijt."

Zijn wenkbrauwen schoten omhoog en hij viel terug in de stoel. Ze ging nu niet stoppen. "Zit dat je dwars? Het zit mij in ieder geval wel dwars."

"Nee – niet echt."

Meende hij dit nou? Ze probeerde het opnieuw.

"Ben je teleurgesteld?"

"Voor een deel wel."

Eindelijk, een reactie waar ze iets mee kon. "Waar ben je teleurgesteld over."

"Het uitstellen van het huwelijk – ehm- het annuleren van de huwelijksreis." Hij schoof in zijn stoel. "Ik wil al jaren naar Tasmanië."

Hij was niet de enige.

Nick verviel in een stilte. Een stilte die leek aan te houden en te leiden naar nog meer ongemakkelijkheid.

"Ik kan je vertellen waar ik teleurgesteld over was. Als eerste, vrij logisch, met het feit dat ik gediagnosticeerd werd met kanker." Leunde Nick iets naar voren? "Ik was teleurgesteld en boos op de huisarts die mijn zorgen heeft weggewuifd. Ik was teleurgesteld en boos op mezelf omdat ik niet heb doorgezet. Maar bovenal was ik teleurgesteld en boos op God."

Eindelijk keek Nick haar aan. Misschien drong het één en ander tot hem door. "Dat was het grootste punt voor mij. Waarom stond God toe dat ik kanker kreeg en waarom genas Hij mij niet toen we daar oprecht voor hebben gebeden?"

"Ja, waarom overkomt ons dit? We dienen God, toch heeft Hij je niet beschermd." Nick leunde nu helemaal naar voren, ellebogen op zijn knie. "Het is beschamend, dat zo'n prominent iemand in onze gemeente chemo ondergaat. Het maakt de kerk – en je vader - ongeloofwaardig."

Hoera. Nick was begonnen met praten. Alles beter dan de ongemakkelijke stiltes tussen hen.

"Ik heb me afgevraagd of mijn vader dat dwars zit." Ze kruiste haar enkels en keek naar de wolkeloze lucht. "Wat denk jij? Is God het ons verschuldigd?"

"Zo zou ik het niet zeggen."

"Hoe zou je het dan wel zeggen?" Ze was te direct geweest, Nick trok zijn schouders op tot aan zijn oren.

"Ah... ik weet het niet."

Het leek beter te gaan als zij haar emoties deelde en hem daar op liet reageren. In zijn familie werden emoties waarschijnlijk niet besproken, gezien het feit dat zijn vader overleden was en de verantwoordelijkheid voor zijn familie destijds op zijn zeventienjarige schouders was terechtgekomen.

"Luister, zal ik je vertellen hoe ik me heb gevoeld en waarom dat de afgelopen dagen veranderd is?"

"Ja, dat lijkt me goed." Nicks schouders ontspanden zich.

Waar moest ze beginnen? Ze bad dat het niet een onsamenhangend verhaal van losse gedachten zou zijn. "Zoals de meesten om mij heen, nam ik aan dat de kanker slechts een tijdelijk probleem zou zijn. God zou toch zeker onze gebeden verhoren? Per slot van rekening hoorde ik al sinds ik een klein meisje was, dat God een God van wonderen is." Nu ze begonnen was met praten, kwamen de woorden vanzelf.

"Toen de knobbel niet wegging, raakte ik van slag. Waarom

genas God mij niet? Ik deed mijn deel – maar wat deed Hij? Pa overtuigde me dat God wachtte op het laatste dramatische moment om me te genezen, zoals het geven van een zoon aan Abraham en Sarah toen ze al in de negentig waren. Toen ik ontdekte dat de knobbel er nog steeds was toen ik geopereerd zou worden, was ik kapot." Ze trok haar knieën op en hield ze tegen zich aan. "Het voelde alsof de hemel van steen was en God het niets kon schelen. Toen ik uiteindelijk hoorde over de ernst van de kanker, heb ik mijn boosheid ingehouden totdat ik dacht dat ik alleen was. Toen explodeerde ik."

Voordat ze kanker kreeg was ze een kalm persoon. De woede-aanvallen beangstigden haar, als lava dat op het punt stond uit te barsten, op verborgen plekken binnen in haar. Ze had nog maar één uitbarsting gehad, maar ze wist dat er meer boosheid in haar zat. Hoe moest ze er mee omgaan? Waar was het vandaan gekomen?

"Wat gebeurde er toen?" vroeg Nick.

"Een schoonmaakster hoorde mij en liet me niet wegkomen met mijn uitbarsting. Ze stelde allerlei vragen. Ze irriteerde me als een zoemende mug." Esther klapte met de achterkant van haar vingers in haar palm. "Ze vroeg me, 'Waarom heeft Jezus maar drie mensen opgewekt uit de dood?'" Klap. "'Waarom maakte Hij niet voor iedereen het leven makkelijk?'" Klap. "'Waarom geloofde ik dat Hij me zou genezen?' Haar vragen maakten me zo ontzettend boos, ik was onbeleefd tegen haar en stormde de kamer uit."

Nick keek haar recht aan, dat was de eerste keer in een veel te lange tijd. Ze zou dit moment goed benutten.

"Ik denk dat mijn trots gekrenkt was, want ik had geen antwoord op haar vragen. De volgende dagen waren verschrikke-lijk. Ik kreeg haar vragen niet uit mijn hoofd, hoe hard ik het ook probeerde. Maar ik was ook bang om de antwoorden te gaan zoeken. Diep vanbinnen was ik bang voor de consequenties van wat ik zou ontdekken."

Wat betekende de uitdrukking in Nicks ogen? Twijfelde hij? Ze had nog nooit op deze manier met hem gesproken. Ze hadden daar ook geen aanleiding voor gehad. Zou hij begrijpen wat er gebeurd was nadat ze Joy had ontmoet?

"Uiteindelijk moest ik eerlijk tegenover mezelf zijn en op zoek gaan naar de antwoorden, wat het me ook zou kosten."

Nick bleef stil.

"Sinds dat moment heb ik onophoudelijk in mijn bijbel gelezen. Boek voor boek. Ik begon bij de vier evangeliën en Handelingen en gisteren ben ik in Genesis begonnen."

De frons op Nicks voorhoofd werd dieper. "Maar je kent de bijbel. Je leest het al heel je leven."

"Dat dacht ik ook. Maar ik heb ontdekt dat ik vooral vertrouwde op wat anderen zeiden dat er in de bijbel stond. Ik was vertrouwd met een aantal passages en de rest sloeg ik over. Wist je dat het verhaal van Petrus, waarin hij door een engel bevrijd wordt uit de gevangenis, volgt op een vers waarin staat dat Jakobus werd vermoord?"

"Wat maakt dat uit? De focus is op de redding van Petrus."

"Het maakt wel uit, want als we alleen praten over de redding van Petrus, dan suggereren we dat God altijd redt. Maar Hij redde Jakobus niet. Waarom niet?"

"Misschien vertrouwde Jakobus niet op Gods bevrijding. Misschien had hij gezondigd of zoiets?"

Ze kon Nick zijn bezwaren niet kwalijk nemen. Per slot van rekening had zij die ook gehad. "Uit de tekst kun je niet opmaken dat Jakobus faalde. In feite lijkt het er op dat noch Petrus noch de biddende christenen een wonder verwachtten."

"Ik weet niet zo goed of ik begrijp waar je precies heen wilt."

"Ik heb me gerealiseerd dat ik de bijbel nooit volledig gelezen heb. Ik nam aan dat een christen altijd zegevierde, gezegend werd met een stabiel huwelijk, potten met geld en volkomen gezondheid. Maar door wat ik gelezen heb, heb ik juist het tegenovergestelde gezien. De bijbel benadrukt jezelf verloochenen, je kruis dragen, een steile weg beklimmen, vervolgd worden."

Nick ademde diep in. "Wat zeg je nu precies? Dat je vader en alles wat hij preekt, verkeerd is? Is dat niet arrogant?"

Haar hart versnelde. Ze was al bang geweest dat Nick zo zou reageren.

"Ik zeg helemaal niets over pa. Ik ben bezig met mijn eigen onderzoek. Mijn leven heeft een draai van honderdtachtig graden gemaakt. Zelfs de kanker is niet meer zo belangrijk."

Nick sperde zijn ogen open en zijn wenkbrauwen raakten bijna zijn haarlijn. "Ik begrijp daar helemaal niets van. Je kanker is nogal een ding voor mij."

Dat was haar de afgelopen weken anders niet opgevallen. "Ja, het klinkt vreemd, maar juist door de kanker werd ik gedwongen om dat wat ik geloof onder de loep te nemen. Het is allemaal nog zo nieuw. Wil je voor me bidden?"

Nick gromde, vermoedelijk instemmend, strekte toen zijn hand uit om haar lege mok te pakken en hun borden te verzamelen. Hun gesprek was duidelijk ten einde gekomen. Dat was waarschijnlijk maar goed ook, want ze was volkomen uitgeput. Hij stond op en pakte het dienblad, klaar om het weer naar binnen te brengen.

"Je hoeft me niet uit te zwaaien. Ik zal nadenken over wat je gezegd hebt, maar nu moet ik er vandoor om de voorbereidingen voor de jeugdgroep te treffen."

In het begin was hun gesprek nauwelijks op gang gekomen maar halverwege leken ze echt te communiceren. Toch? Ze hadden tenminste over de kanker gesproken. Eindelijk. Het was - wat hun relatie betreft - het eerste hoopvolle lichtpuntje in weken geweest. De dingen zouden nu toch wel de goede kant op gaan bewegen?

HOOFDSTUK 20

Op 26 augustus werd Esther in de ochtend wakker met een nat gezicht en een vochtig kussen. Ze had gedroomd dat ze door het gangpad liep in een prachtige trouwjurk. Nick wachtte op haar, vol verwachting en vreugde. Maar zelfs in haar droom wist ze dat het vandaag niet meer haar trouwdag was. Een jammerlijke schreeuw rukte haar uit haar slaap.

"Gaat het met je?" Ma riep uit de gang.

Esther sprong uit bed en liep naar de deur. "Een nachtmerrie."

"Dat moet een erge geweest zijn. Ik schrok van je."

"Sorry."

"Wat dacht je van ontbijt op bed?"

Esther kon het niet opbrengen om te zeggen dat eten het laatste was wat ze wilde. Ze had kramp in haar maag en zuur brandde in haar keel.

Haar digitale klok gaf 8.00 aan. Op één of andere manier was ze in slaap gevallen na een rusteloze nacht. Als vandaag nog steeds haar grote dag was geweest, dan was ze nu al langs de kapper geweest, omgeven door gegiechel en gekwetter van de bruidsmeisjes.

Zou de hele dag zo zijn? Levendige taferelen van wat had moeten zijn. Haar en make-up, bloemen en bezoek, maaltijd en muziek.

Afgelopen week had Nick haar gebeld en voorgesteld om iets speciaals te doen voor wat hun bruiloft had moeten zijn. Esther had er mee ingestemd. Alles zou beter zijn dan thuisblijven en zitten mokken. Buiten zijn in Gods schepping leek de beste optie, maar Esther twijfelde of ze een echte trektocht aan kon. Nick had wat onderzoek gedaan en had een natuurreservaat ontdekt op slechts twintig kilometers afstand. Ze konden aanhaken bij een wandeling onder begeleiding van een gids en onderweg picknicken.

Geen enkele gids had Esthers gedachten die dag op het pad kunnen houden. Ze nam foto's van bloemen zoals het een goede toerist betaamt, maar bloemen herinnerden haar aan bruiloften. Alles herinnerde haar aan bruiloften. Ze snoot haar neus. Zouden de andere wandelaars denken dat ze verkouden was? Ze had al drie keer haar hoofd moeten afwenden het afgelopen uur en op een gegeven moment was Nick achterop geraakt.

Ze legden hun picknick kleedje onder een boom, op afstand van de anderen. Ze praatten nauwelijks, ze konden het niet. Halverwege de lunch legde Esther haar hoofd op Nicks knie en huilde. Hij wreef over haar rug. Een minuut later vielen er tranen op haar haar.

De afgelopen weken had Esther soms getwijfeld of het Nick iets kon schelen. Ze had zich verlaten gevoeld toen ze in haar eentje had moeten rouwen. Maar misschien had Nick na eerder verlies zijn emoties in de ijskast gezet. *Heer, laat dit de start van iets nieuws zijn.*

Toen ze de picknick spullen terug in de auto legden ging Nicks mobiele telefoon. Haar vader had erop gestaan dat zijn staf de nieuwste snufjes aan communicatiemiddelen had.

"Ik ben onderweg. Ik zet Esther eerst thuis af. Het duurt ongeveer dertig minuutjes." Hij keek grimmig toen hij ophing. "John heeft geprobeerd zelfmoord te plegen, maar ze hebben hem gevonden voordat de pillen aansloegen." John zat in hun jeugdgroep.

Nu hadden ze iemand anders dan zichzelf om aan te denken.

*rie weken later liep Esther naar de receptie voor haar tweede ronde chemo.

"Goedemorgen, Esther", zei Michelle. "Fijn dat je er bent."

"Ik ben onder de indruk. Bij naam genoemd worden bij mijn tweede bezoek."

"Nou ja, ik heb hier een lijst met iedereen die vandaag chemo heeft en je was de vorige keer erg vriendelijk." Michele leunde naar voren alsof ze een geheim wilde delen. "Het is een spelletje dat ik speel. De juiste naam aan de juiste cliënt koppelen." Ze ging weer rechtop staan. "Weet je wat je moet doen vandaag?"

"Eerst bloed afnemen en wegen?"

"Ja, dat klopt. De uitslag van je bloedtesten duurt ongeveer een uur." Ze keek naar beneden. "Ik heb hier een briefje waarop staat dat dokter Webster je graag wil zien als je op de uitslag van de bloedtesten wacht, dus wil je hier weer langskomen als je klaar bent met de bloedafname?"

Esther zag Rob Boyle in de onderzoeksruimte. Hij stak zijn hand op ter begroeting dus ze kwam zijn kant op, ondertussen vergat ze niet een nummertje te trekken.

"Ik zie dat je nog steeds haar hebt", zei hij terwijl hij over zijn schedel wreef. "Ben je nog niet klaar om lid te worden van de stijlvolle club der kalen?"

"Daar kijk ik niet naar uit."

"Ik verloor mijn haar na de tweede behandeling. Niet dat ik veel te verliezen had." Hij grinnikte. "Ga je een pruik nemen?"

Esther wist niet of ze Robs directe realiteitszin kon waarderen. "Weet je, er speelt zoveel in mijn leven op dit moment dat ik nog geen tijd heb gehad om er over na te denken. Ik heb mijn haar wel laten afknippen. Misschien maakt dat de overgang makkelijker." Omdat Rob graag een praatje wilde maken, ging Esther zitten.

"Wat speelt er dan allemaal in je leven? Het is saai om hier maand na maand te zitten. De meesten van ons kunnen er alleen mee omgaan als ze de rest negeren, maar de anderen zijn erg nieuwsgierig."

Ze zou niet vertellen over de dag van de picknick. Dat was veel te persoonlijk. De dag was geëindigd met nog meer tranen toen er in de namiddag bloemen bezorgd werden – een bundel blauwe irissen van Gina en een bos kleurrijke fresia's van Sue. Zo aardig.

Esther nam een gemakkelijke houding aan op haar stoel. "Op mijn werk gaat het goed, maar de beide mannen in mijn leven kunnen niet goed om gaan met mijn diagnose."

"Dat kunnen mannen zelden. Ik ben dankbaar voor mijn vrouw en zelfs met mijn kinderen gaat het goed."

"Hoe oud zijn je kinderen?"

Rob nam de zelfvoldane uitdrukking van een trotse ouder aan. "Mijn zoon is eerstejaars op de universiteit, hij studeert scheikunde. Mijn dochter zit in het het voorlaatste jaar van de middelbare school."

"Ik hoop dat mijn familie aan de situatie gewend raakt. Mijn vader negeert het, alsof door zijn ontkenning kanker niet bestaat in zijn gezin." Ze voelde een steek van verdriet toen ze toevoegde "en mijn verloofde heeft tijd nodig om eraan te wennen. Hij probeert een mix van me ontwijken en me begraven onder dure bloemen."

"Geef hem tijd."

"Hoe lang?"

"Mijn vrouws reactie op de kanker was mij al het verantwoorde voedsel op deze planeet te laten opeten. Ik zei dat ik niet van plan was om chemo te doorstaan, om vervolgens te sterven aan overeten."

Esther lachte. Het was lachwekkend om Rob met overgewicht voor te stellen in plaats van de bonenstaak die hij was. "Dat heeft nog niemand bij mij geprobeerd. Ze proberen wel om me te laten stoppen met fietsen naar en van werk, maar daar ben ik tegen in opstand gekomen."

"Oh." Rob rolde met zijn ogen. "Je bent zo'n fitness freak."

"Als ik mijn haar ga verliezen, dan wil ik graag iets anders in mijn leven hebben om me goed over te voelen."

"Ik kan niet zeggen dat ik fit ben, maar mijn familie houdt nog steeds van me." Hij wees naar zijn hoofd. "Het helpt dat ik kaal veel knapper ben."

Esther lachte. "Chemo heeft je gevoel van humor in ieder geval nog niet vergiftigd. Hoe is het met je gegaan, na de laatste keer dat we elkaar gezien hebben?"

"Ik heb een paar heftige weken gehad en ik heb tien dagen niet kunnen werken." Hij schudde zijn hoofd. "Twee dagen geleden ben ik me pas beter gaan voelen."

"Ik vond al dat je er wat bleekjes uit zag."

Rob fronste. "Ik hoop dat mijn bloedwaardes in orde zijn."

"Wat gebeurt er als dat niet zo is?"

"Ze stellen de chemo uit totdat de waardes weer stijgen."

"Is het normaal dat mensen een chemo moeten uitstellen?"

Rob haalde zijn schouders op. "Ik weet het niet. Ik denk dat het normaal gesproken niet vaker dan één keer gebeurt. Ik wil hier gewoon graag zo snel mogelijk klaar zijn en nooit meer hoeven terugkomen."

"Dat is een hoop die we allemaal delen. Mag ik ook nieuwsgierig zijn en vragen in welk stadium jouw kanker oorspronkelijk zat?"

"In het tweede stadium."

"Dat is beter dan bij mij. Ik zit in stadium III. De huisarts van mijn familie zei dat ik veel te jong was om kanker te hebben." Esther klakte met haar tong. "Zo stom dat ik niet naar mijn eigen gevoel heb geluisterd."

"Wat ga je met die dokter doen?"

"Hij gaat bijna met pensioen, ik ga zijn leven niet ruïneren."

"Je bent meer vergevingsgezind dan ik zou zijn in jouw plaats."

Was dit de mogelijkheid waar ze voor had gebeden? Kon ze iets zeggen over waarom ze bereid was te vergeven? Voordat ze kon bedenken wat ze precies moest zeggen en de moed kon verzamelen om het te zeggen, kwam de verpleegkundige naar buiten en riep, "Nummer vijftien, nummer vijftien."

"Dat is mijn nummer", zei Rob en de mogelijkheid tot een zinvoller gesprek was voorbij.

Toen Esther binnengeroepen werd bij dokter Webster was ze opnieuw verbaasd over het contrast tussen zijn kantoor en de rest van de kliniek. Professioneel ingelijste certificaten hingen als bewijs van zijn vakkundigheid aan de muur. Alles was, haast obsessief, netjes. Krachtig en koud. Geen kleur, geen leven, geen persoonlijke foto's of voorwerpen. Zelfs zijn zilveren pen was zonder opsmuk, functioneel maar zonder ziel. Zijn manieren kwamen overeen met zijn kamer. Zat er ergens, diep begraven, nog iets menselijks? Wat deed hij buiten werktijd? Had hij een familie, of was hij zo volledig geformeerd uit de grond ontsproten?

Dokter Webster kwam meteen terzake. "Heb je bijwerkingen van de behandeling?"

"Alleen een paar dagen last van vermoeidheid." Zijn vragen werden routineus gesteld. Esther zou zelf het script hebben kunnen schrijven. Sue was correct geweest in haar omschrijving van dokter Webster als 'uitstekend maar zonder veel meelevendheid'.

"Je lijkt anders dan de vorige keer dat ik je zag."

Esther viel bijna van haar stoel. Hij was toch geen computer. Misschien konden deze bezoekjes toch meer zijn dat een gesprek met een robot. Hier was haar kans om te delen over de reden van de verandering in haar leven. Maar hoe kon ze het op een zinvolle manier doen? Ze oefende een manier om over het onderwerp te beginnen in haar hoofd en toen nog één. En nog één.

En de gelegenheid was voorbij. Ze bestrafte zichzelf in haar hoofd terwijl ze de kamer van dokter Webster uit liep. Ze had het verpest. Wat als ze nooit meer een andere kans zou krijgen?

<hr>

Rob Boyle kwam terug van de onderzoeksbalie. Hij zag er slecht uit. Toen hij haar zag, liep hij naar haar toe.

"Ah – ik wist wel dat als de witte cellen ooit een keer te laag zouden zijn, dat het deze keer zou zijn. Deze ronde chemo moet worden uitgesteld."

"Wat vervelend voor je. Dit betekent zeker ook dat onze toekomstige behandeling niet meer samenvallen. Dat is jammer, want je bent de vriendelijkste persoon hier."

Rob grabbelde in zijn zak. "Mijn bloedwaardes betekenen ook dat ik uit moet kijken voor infecties. Het is tijd voor een gezichtsmasker." Hij pakte er eentje uit de steriele verpakking.

Esther kon het niet helpen, ze lachte. "Ja, zorg goed voor jezelf."

Rob ging ervandoor en Esther ging zitten om te wachten, alweer. Geen wonder dat mensen zo uitgeput raakten van chemotherapie. Het was niet alleen de chemische aanval op hun lichaam. Het was ook het wachten. Wachten op uitslagen. Wachten om te zien of ze gezond genoeg waren voor de behandeling. Wachten tot hun leven weer op gang kon komen. Slechts enkelen namen de moeite om te lezen. Het was te moeilijk om te concentreren met al het gehoest en genies en willekeurige geluiden zoals die van een oudere vrouw die een ratelend karretje voortduwde.

De tweede chemosessie was net als de eerste. Opvliegers en een vreemde smaak in haar mond. Soms kreeg ze het idee dat ze zich moedwillig aan het vergiftigen was. Het maakte dat ze zich naar huis wilde haasten en onder de douche wilde stappen, alsof het gif van haar huid gewassen moest worden.

De vrouw in de stoel naast haar lag het grootste gedeelte van de tijd met haar ogen dicht, haar haar te netjes om natuurlijk te zijn. Ze dronken allebei veel vocht en stonden op hetzelfde moment op. Toen ze naar het toilet liepen, zwenkte het infuusstandaard van Esther en botste tegen die van haar buurvrouw.

"Sorry. Geen goede manier om mezelf voor te stellen."

"Het geeft niets. Een infuusstandaard is als een onhandelbaar winkelwagentje." De vrouw wees op de muur. "Vandaar de beschermende metalen strip langs de muur."

Kon Esther nog meer vragen? Of zou ze dan te nieuwsgierig lijken? "Wordt u ook behandeld voor borstkanker?"

"Ja. Ik ben bijna klaar. Godzijdank." De vrouw sprak in afgebroken zinnen alsof een te lange zin haar zou uitputten. "De vorige behandeling was het ergste. Vandaag is mijn laatste. Daarna bestralingen."

"Ik moet ook bestraald worden, maar vandaag is pas mijn tweede ronde chemo. Waar doen ze de bestralingen?"

"Andere kant van het gebouw. Het betekent dat we dezelfde specialist blijven zien."

Toen ze terug bij hun stoelen kwamen, bleven ze kletsen; een eerste gesprek waarin je aftast, elkaars naam achterhaalt en nog wat meer. De vrouw heette Anna Agosto. Ze had een Zwitserse achtergrond en was getrouwd met iemand met een Italiaanse achtergrond. Ze hadden drie dochters in de basisschoolleeftijd. Dit was haar tweede gevecht met kanker. Zou Esther haar nog een keertje zien?

Halverwege de middag was Esthers sessie klaar. Tijd om Joy Wong te ontmoeten. Ze had de hele ochtend er al naar uit gezien om tijd door te brengen met Joy.

HOOFDSTUK 21

*E*sther en Joy kozen een plekje in de schaduw, uitkijkend over een perfect bijgewerkt gazon op een groepje lampenpoetsers. De scharlaken borstels met gouden puntjes glinsterden in de zon. "Ahhh." Joy leunde naar achteren op het bankje. "Dit is beter dan vloeren dweilen. Hoe gaat het met de behandeling?"

"Ik heb er nog niet zo heel veel last van tot nu toe, maar ik verwacht dat binnenkort mijn haar uit zal vallen. Dat... dat zal moeilijk zijn." Wat was menselijke taal toch beperkt. Moeilijk was een te simpel woord om haar complexe wirwar aan gevoelens te omschrijven. Ze was altijd trots geweest op haar dikke, glanzende haar. Haar haar verliezen was als een deel van zichzelf verliezen.

Joy keek naar haar. "Ik bid voor je."

Sommige mensen zeiden dat alleen maar. Met Joy wist Esther dat ze elk woord meende. Er was iets aan Joy dat de indruk gaf van verborgen dieptes. Was het de uitdrukking in haar ogen? Alsof ze veel lijden had gezien. Wanneer zou ze meer over het verhaal van Joy te horen krijgen?

Hoewel dit pas de derde keer was dat ze elkaar zagen, was Esther haar veel dank verschuldigd. Was er iets wat ze voor haar terug kon doen? Zou Joy het waarderen als er voor haar gebeden werd? Dit hele bidden voor elkaar was nieuw voor haar. Ze was gewend om alleen in stilte te bidden of een formeel gebed te bidden voor een grote groep.

"Ik wil niet dat onze vriendschap één richting op gaat", zei Esther. "Hoe kan ik voor jou bidden?"

Joys ogen lichtten op. "Ik zou het fijn vinden als je zou willen bidden voor ogen die mogelijkheden zien en moed om die mogelijkheden te benutten."

"Ik had niet gedacht dat jij zulke gebeden nodig zou hebben."

"Elke gelovige heeft dezelfde dingen nodig. Zelfs Paulus vroeg de gelovigen om te bidden voor hem voor vrijmoedigheid. Satan gebruikt immers angst als één van zijn favoriete wapens om te voorkomen dat wij Gods werk doen."

Joy was één van de weinige mensen die Esther had horen praten over Satan alsof hij echt was. Haar vader praatte over Satan, maar gebruikte zijn naam meer als een kwaadaardige kracht om mensen angst aan te jagen zodat ze dingen zouden gaan doen.

"Ik heb hetzelfde gebed nodig. Ik heb twee mogelijkheden voorbij laten gaan vanochtend – één met een medepatiënt en de tweede met mijn specialist." Esther zuchtte. "Ik was in beide situaties niet snel genoeg met reageren. Mijn specialist maakte een opmerking over hoe ik veranderd was ten opzichte van de vorige keren dat ik er was." Ze lachte cynisch. "Ik was zo bezig met bedenken wat ik moest zeggen, dat ik helemaal niets zei."

Joy legde haar hand op Esthers schouder. "Wees niet te streng voor jezelf. Je hebt tenminste het verlangen om te delen en je ziet mogelijkheden."

Esther had dat niet als verbeteringen gezien. Alles wat zij kon zien, was hoe ver ze verwijderd was van het doel om een effectieve deler van Gods verhaal te zijn. Vanbinnen waren dingen aan het veranderen, maar ze waren nog niet zichtbaar aan de buitenkant.

Ze greep Joys arm. "Joy, ik heb hulp nodig om te weten wat ik moet zeggen."

Joy lachte, een lach die een docent geeft aan een leergierige student. "Je hebt me de vorige keer gevraagd om één van mijn favoriete gedeelten van de bijbel te delen. Mijn favoriete gedeelten zijn eigenlijk verhalen. Ik had Jozef gekozen, maar Daniël lijkt beter bij je huidige situatie aan te sluiten."

Wat voor voorgangersdochter was ze? De naam zei haar weinig. Haar kennis van het Oude Testament was nog vager dan die van het Nieuwe Testament. "Daniël. Was hij niet die man in de leeuwenkuil? En er is iets met een vurige oven."

"Ja, dat is Daniël. Ik zal beginnen met wat achtergrond, maar ik moet ondertussen wel eten. Van vloeren dweilen krijg je honger." Joy nam haar trommeltje met opgewarmde rijst, vlees en groentes, pakte een paar eetstokjes en nam drie happen eten.

"De Israëlieten moesten God gehoorzamen, maar in plaats daarvan wezen ze de Koning af en aanbaden ze afgoden. Dus, ze waren natuurlijk geen goede getuigen van Gods goedheid en kracht naar de omliggende volken." Joy nam weer twee happen.

"God zond Nebukadnezar, koning van Babylon, om hen te overwinnen en om uitvoering te geven aan Gods oordeel over Zijn Volk. Daniël en zijn drie vrienden werden gevangengenomen. Nebukadnezar koos hen uit om hen op te leiden aan zijn universiteit. Het moet niet makkelijk zijn geweest om weggerukt te worden van huis en familie die nog leefde. Het is waarschijnlijk dat hun training ook magie en waarzeggerij omvatte. Onderwerpen die verboden waren door God. Waar denk je dat ze mee worstelden?"

Joy stelde vragen die haar dwongen om na te denken.

"Oh – de gebruikelijke vragen. Waarom wij? Waarom moet onze generatie gestraft worden?" Esther staarde naar de grote boom achter het gazon. "Denk je dat ze zich wel eens afvroegen of het het waard was om God te volgen?"

"Als ze zulke vragen niet stelden, zouden ze niet menselijk zijn geweest", zei Joy. "Onder druk verlieten sommige Joden God hele-maal, maar Daniël en zijn vrienden besloten om God te vertrou-wen, wat er ook gebeurde. Omdat ze die keus maakten, gebruikte God hen om anderen te beïnvloeden."

Joy had steeds snel wat hapjes genomen terwijl ze praatten. Nu dekte ze het laatste restje af en legde de stokjes aan de kant. Ze draaide zich om naar Esther. "In het tweede jaar van zijn regering had koning Nebukadnezar een droom. Het verontruste hem en hij kon er niet van slapen. Toen zei de koning dat de magiërs en de astrologen moesten komen."

"De magiërs zeiden; 'O koning, leef in eeuwigheid! Vertel uw dienaren de droom, dan zullen wij de uitleg ervan kennen.'"

"Nebukadnezar antwoordde: 'Nee, u vertelt mij de droom en de uitleg en ik zal u belonen, maar als u de droom en de uitleg ervan niet laat weten, zult u in stukken gehouwen worden.'"

"De magiërs zeiden: 'Er is geen koning die een zaak als deze gevraagd heeft. Er is geen mens op de aardbodem die kan vertellen wat u gedroomd heeft, dat kunnen alleen de goden, die hun verblijf niet bij de schepselen hebben.'"

"Nebukadnezar werd woedend en hij beval dat al de magiërs en wijzen ter dood gebracht moesten worden. Ook Daniël en zijn vrienden moesten ter dood gebracht worden en toen ze Daniël kwamen halen, verzocht hij de koning om nog één nacht uitstel om het antwoord aan God te vragen."

Esther luisterde gebiologeerd toen Joy vertelde hoe God de droom en de betekenis had geopenbaard aan Daniël.

"Ik kan me niet herinneren dat ik dit verhaal ooit eerder heb gehoord," zei Esther toen Joy klaar was. "Ik zou vanavond graag de rest willen lezen."

"Weet je waarom ik dit verhaal met je gedeeld heb?"

"Niet echt. Het is een verhaal over iemand die vertelt over God, maar ik begrijp niet precies hoe het mij helpt."

"Laten we eer stukje dieper graven. Welke gelegenheden had Daniël om met de koning te praten?"

"Nou, het uitleggen van de droom was een geweldige gelegenheid."

"Heb je nog een andere gelegenheid gehoord?"

Waar ging Joy naar toe? "Uhh… niet echt."

"Laten we nadenken over het stukje dat Daniël bij Nebukadnezar komt. Nebukadnezar vraagt; 'Kun jij mijn droom uitleggen?' Wat verwachtte je dat Daniël zou zeggen?"

Esther miste nog steeds waar dit precies heen ging, maar de vraag die Joy stelde kon ze beantwoorden. "Ik verwachtte dat hij zou zeggen, 'Ja, dat kan ik.'"

"Maar wat zei Daniël?"

Esther klapte in haar handen. "Ik weet het nog. Hij bleef zeggen; 'Nee, dat kan ik niet. Geen mens heeft die macht. Alleen God openbaart wat verborgen is.'"

"Precies. En je moet onthouden, dat Nebukadnezar slaapproblemen had. Daniël nam een groot risico door te zeggen; 'Ik kan dat niet, maar God wel.'"

"Ja," zei Esther. "Alsof je een stok in een wespennest steekt."

"Dus waarom neemt Daniël dat risico?"

"Hij wil niet dat Nebukadnezar het verkeerd begrijpt."

"Zouden we ook kunnen zeggen dat Daniël Gods glorie niet wil stelen?"

"Oh –" Opeens viel en dingen op hun plek. "Dat deed ik met dokter Webster. Ik stal Gods glorie."

Esther staarde naar de bos lampenpoetsers en dacht aan wat ze wel en niet gezegd had.

"Toen ik niet reageerde op wat dokter Webster had opgemerkt, gaf ik hem de indruk dat ik volwassen was. Maar dat is niet waar. Ik heb me meer opgesteld als een tweejarige met een driftbui die Gods genezing eiste in plaats van te wachten op zijn plan. Als ik veranderd ben, dan komt dat door God. Hij is daar honderd procent verantwoordelijk." Ze keerde zich naar Joy. "Ik heb mijn kans verprutst. Wat als er geen andere komt?"

"Voordat we over dokter Webster praten, vraag ik me af of je nog iets anders hebt opgemerkt over hoe Daniël en zijn vrienden dit probleem aanpakten?"

Joy leek niet veel haast te hebben om tot de toepassing te komen. In plaats daarvan bleef ze hangen in wat er precies in de bijbeltekst stond, het naspeurend tot ze de goudader had gevonden, niet tevreden met alleen de kleine klompjes goud die makkelijk vindbaar zijn aan de oppervlakte. Esther liep in gedachten het verhaal nog een keer na.

"Je bedoelde dat ze baden?"

"Wanneer baden ze?"

Dat leek niet een hele moeilijke vraag. "Midden in de crisis. Ze vroegen God om de droom te openbaren."

"Wanneer baden ze nog meer?"

Waren er nog andere momenten geweest? "Ik weet het niet."

"Laat ik je helpen. God openbaarde de droom en de betekenis aan Daniël in de nacht. In de ochtend verzamelde hij zijn vrienden en prezen ze God samen. Hoe veel van ons zouden, in dezelfde situatie, vergeten zijn God te danken en direct naar de koning zijn toegesneld?" De toon die Joy gebruikte om vragen te stellen en te beantwoorden, zorgde ervoor dat Esther zich niet stom of onwetend voelde. Ze wist dat Joy meer begaan was met Esthers spirituele groei dan met het zijn van een onderwijzer.

"Ik zou het vergeten zijn." Hoe had ze dat gemist?

Joy keek op haar horloge. "Ik moet weer aan het werk." Ze ruimde haar eetstokjes en haar lunchtrommel op en praatte ondertussen door. "Wat betreft de kansen die je gemist hebt. Elke dag bid ik voor gelegenheden, maar ik bid ook dat ik ze bemerk als ze er zijn. Ik bid dat ik de juiste dingen op de juiste manier zal zeggen. Ik maakte me vroeger altijd zorgen over wat ik moest zeggen, nu vraag ik de Heilige Geest om hulp. Hij belooft ons de woorden te geven die we nodig hebben."

Joy strooide wat overgebleven rijstkorreltjes op de grond voor de vogels. "Wat ik ook geleerd heb, is dat als ik een kans mis, ik altijd kan teruggaan en zeggen; 'Weet je nog die dag toen je dit of dat zei. Mag ik je vertellen wat ik had willen zeggen?'"

"Ja – ik denk dat dat zou werken."

Nebukadnezar was niet de enige met een mysterie. Joy was een mysterie. Waarom werkte iemand die duidelijk intelligent was als een schoonmaakster in het ziekenhuis?

HOOFDSTUK 22

Twee dagen later kroop Esther de badkamer in. Ook nadat ze haar maag geleegd had bleef ze op de badkamervloer zitten en hield ze zich stevig vast aan de toiletpot. De tegels waren koud en hard en de luchtverfrisser was niet opgewassen tegen de zure lucht van braaksel.

Erger dan dit kon het niet worden.

Na twintig minuten werden haar knieën gevoelloos. Duizelig stond ze op. Licht in haar hoofd stak ze een beverige hand uit, schuifelde naar het bad en plensde koud water over haar hoofd. De badkuip vulde zich met plukken haar. Esther zonk weer neer op de vloer, legde haar hoofd op de rand van het bad en huilde.

Het kon nog wel erger worden. Veel erger. Het haar bewoog richting het afvoerputje, draaide rond en rond en verdween toen door het gat. Esther snikte.

Hoe kon zoiets onbeduidends als een pluk haar zo veel betekenen? Het woog niets, maar het verlies ervan was buitenproportioneel. Ze reikte naar beneden en trok achtergebleven haar uit het putje zodat de rest van het water weg kon lopen. Het weggooien van het kleffe hoopje in de prullenbak maakte haar opnieuw aan het huilen.

Hoeveel minuten waren er voorbij gegaan toen ze haar moeders voetstappen in de gang hoorde.

"Gaat het? We hebben niet op je gewacht met het ontbijt."

"Kom binnen." Esther trok zich omhoog.

Haar moeder wierp een blik op Esthers hoofd en vlekkerig gezicht. "Schatje, oh schatje. Wat ontzettend naar."

Esther zat op de rand van het bad en was dankbaar voor haar moeders armen om haar heen. "Ik dacht dat ik erop voorbereid was – maar dat ben ik niet. Ik voel me vies. Kijk hoe ik eruitzie... mijn haar onverzorgd, alsof ik door de motten aangevreten ben." Ze voelde zich lelijk. En Nick stond op het punt om haar te verlaten en naar Melbourne te gaan. Ze wilde niet dat hij haar zo zou herinneren.

Blanche knuffelde Esther en wreef over haar rug. Oh, de warmte van haar moeders armen. Armen die haar in het verleden nauwelijks geknuffeld hadden. Kon ze hier maar voor altijd blijven, luisterend naar het geruststellende geluid van haar moeders hartslag.

Esther snikte opnieuw en verbrak de omarming. "Mam, ik ga een douche nemen. Misschien valt de rest ook uit. Het kan maar beter allemaal gaan, dan dat er plukken achterblijven."

"Kan ik iets doen om je te helpen?"

Kon haar moeder maar met een toverstokje zwaaien en elke pluk haar weer vastmaken. Maar toverstokjes waren voor kleine meisjes. Esther leefde nu in de harde wereld van de volwassenen, waar moeders niet langer superkracht hadden en alleen bij alledaagse dingen konden helpen.

"Wil je mijn lekker zittende jeans en dat geruite shirtje op mijn bed leggen en ook de sjaal die we gekocht hebben?" De ontbijtspullen stonden waarschijnlijk nog op tafel. "Sorry van het ontbijt.

Ik kan denk ik alleen wat geroosterd brood met een heel klein beetje marmite verdragen."

"Ik zal het naar je kamer brengen. Je vader is al naar zijn werk vertrokken, dus we zijn maar met z'n tweetjes." Blanche kuste Esthers wang en liep de deur uit.

Esther struikelde over het onderste randje van de douchedeur en viel bijna met haar hoofd tegen de muur. Bewusteloos vallen zou deze dag wel helemaal afmaken.

Met het aanzetten van de kraan leken ook haar tranen weer te gaan stromen. Ze huilde en huilde en huilde. Hoe kon er zoveel vocht in een lichaam zitten? En waarom deed haar hele lichaam pijn van het huilen, alsof haar hart brak en daardoor elk lichaamsdeel niet meer goed kon functioneren. Deze golf aan emoties was beschamend. Het was maar haar. In een wereld vol leed en pijn voelde het egoïstisch dat ze zich er zo druk om maakte.

Maar haar gedachten hadden geen invloed op haar gevoelens. Er was zo'n enorm verschil tussen lezen dat 'chemotherapie ook de snelgroeiende haarcellen aantastte' en de realiteit. De brochure vertelde de feiten op een positieve manier, een onbelangrijke opoffering voor een groter gewin. Alleen, het voelde niet onbelangrijk. Het was overweldigend. Een tsunami aan emoties.

Na de lunch belde Esther naar het ziekenhuis en vroeg een extra dag vrij.

Ze bleef het grootste gedeelte van de middag in de tuin en ging naar boven om zich wat op te knappen. De sjaal om haar hoofd zou haar vader ongetwijfeld opvallen. Zou hij tactvol zijn en haar moeder er na afloop naar vragen of zou hij er tegen haar iets over zeggen? Hij was tactvol bij buitenstaanders, maar diezelfde kwaliteit liet hij binnen zijn eigen gezin niet zien.

Ze ging naar beneden en liep de eetkamer binnen. Haar vader was er al.

"Waarom draag jij in hemelsnaam zo'n sjaal? Het staat je niet." Esther klemde haar kaken op elkaar zodat ze niet in huilen zou uitbarsten. *Bedankt, pa. Precies wat ik nodig heb*. In de rand van haar gezichtsveld zag ze haar moeder naar haar vader staren.

"Ik zoek naar hoe ik hier het beste mee kan omgaan." Esther trok de sjaal van haar hoofd.

Haar vader gaapte haar aan. "D….d….dat is snel gebeurd."

"Veel te snel." Misschien moest ze het voor hem spellen, zodat hij het beter kon begrijpen. "Ik ben er kapot van."

"Nou, zo kun je er in ieder geval niet bijlopen."

"En wat wilt u dan precies dat ik doe, dat ik me de hele dag opsluit in mijn kamer?" Als dit de manier was waarop haar vader pastorale zorg verleende, dan was het niet zijn sterkste punt.

"Je hoeft niet onbeleefd te zijn."

"Het is niet mijn bedoeling om onbeleefd te zijn, maar we moeten wel de feiten onder ogen zien." Dacht hij nou echt dat zij degene was die onbeleefd was? Esther ging langzamer praten, het maakte haar niet meer uit als hij dacht dat ze neerbuigend klonk. "Ik heb kanker en ik onderga chemotherapie. Van de chemotherapie valt je haar uit."

"Kun je geen pruik gaan dragen?"

Zou hij ooit inzien dat zijn vragen haar kwetsten? Ze probeerde zich op de vraag te concentreren en zich niet beledigd te voelen. Het laatste wat ze wilde, was de relatie verstoren met de man tegen wie ze altijd opgekeken had.

"Ik was niet van plan om een pruik te dragen, maar misschien is het beter voor mijn werk." En voor haar vader en Nick. Maar ze was niet van plan om dat hardop te zeggen. Haar moeder zag er bleek en gespannen uit. De harmonie bewaren eiste zijn tol.

In de winkel was een lange toonbank waarop pruiken tentoongesteld waren. Standaarden met pruiken in verschillende stijlen en kleuren stonden verspreid door de kamer.

Blond en bruin. Rood en zwart. Kort, lang of ertussenin. De verkoopster stapte energiek op Blanche en Esther af.

"Welkom dames. Haast je niet. Dit is je unieke kans om een nieuwe look uit te proberen. Als je er altijd al stiekem naar verlangd hebt om blond of rood te zijn, grijp dan je kans."

Wat een origineel verkooppraatje.

"Het is moeilijk om je haar te verliezen maar wij zijn vastbesloten om dit gedeelte van het proces leuk te maken. Waarom kiezen jullie niet allebei iets uit de catalogus?"

"Wij allebei?" spraken Esther en Blanche in koor.

De verkoopster lachte. "Waarom niet?"

"Zullen we?" Esther trok een wenkbrauw op naar haar moeder. Tot haar verrassing moest haar moeder grinniken.

"Leid de weg. Laat ons je meest bizarre creaties zien en dan beginnen we daarmee."

Ze kozen er een aantal die ze absoluut niet zouden kopen. Terwijl ze continu giechelden, poseerden ze en trokken ze gezichten naar de spiegel. Esther had haar moeder zich nog nooit zien gedragen als een tiener. Waar had dit gevoel voor humor al die jaren onder begraven gelegen? Ze hadden bewijs van dit bizarre uur want de verkoopster maakte polaroidfoto's van hen als roodharige, blondine, met zwart kroeshaar en zelfs met een fluorescerend groene hanenkam die uit een kastje met persoonlijke bezittingen tevoorschijn was gekomen. Bewaarde de verkoopster die voor klanten die daar behoefte aan hadden?

"Zo blij dat ik gekomen ben." Esther boog voorover en zette haar handen in haar zij. "Het is te lang geleden dat ik zo gelachen heb."

Om eerlijk te zijn was lachen niet iets wat onderdeel had uitgemaakt van haar jeugd. Haar ouders waren te formeel en te afstandelijk geweest in hun opvoeding. Spelletjes spelen en maf doen was niet hun ding geweest. Hoe dan ook, de tijd van hun afspraak moest bijna om zijn, dus ze konden maar beter een keuze gaan maken.

"Een deel van mij wil heel graag mensen choqueren met de hanenkam." Esther schudde haar hoofd. "Maar helaas ga ik hem toch niet nemen. Het zal voor iedereen makkelijker zijn als ik niet voor radicaal ga. Wat denken jullie van deze zwarte pruik?"

Esther zette een pruik op met een korte stijl, de verkoopster zette hem goed.

"Wow – prachtig," zei haar moeder. "Het is verbazingwekkend hoe echt het lijkt." "Kopen mensen ook wel eens een pruik omdat ze een andere look willen en niet zo zeer vanwege chemo?", vroeg Blanche de verkoopster.

"Ja hoor, sommige mensen kopen ze alsof het een nieuw kledingstuk of een nieuwe hoed is."

"Ik kan het me niet voorstellen." Haar moeder snoof ongemanierd.

Esther kon het zich ook niet voorstellen, maar misschien was het leuk om hier te komen als je geen kanker had.

Esther wilde ook een hoofddoek kopen om binnen te dragen. Ze pakte er twee en hield ze bij haar gezicht. "Wat denkt u - deze of deze?"

"Waarom neem je ze niet allebei? Ze zijn een stuk mooier dan degene die je droeg toen we hier binnenkwamen."

Esther grinnikte. "Ik vermoed dat ik ze nog veel langer zal dragen dan nodig is." Op weg naar de auto lachte Esther opnieuw toen ze terugdacht aan hun ochtend. "Ik kan niet wachten om Gina de foto's te laten zien. Ze zal ze geweldig vinden. Misschien kan zelfs Nick erom lachen."

"Laat ze alsjeblieft aan niemand anders zien. Wat zal Nick van zijn toekomstige schoonmoeder denken?"

"Ik zal discreet zijn." Nick kon onmogelijk verbaasder zijn dan zij om haar moeder als een zorgeloos meisje te zien gedragen. Haar moeder leek altijd zo stijf, als een ijskoningin.

"Die verkoopster is geniaal," zei Esther toen ze de parkeerplaats afreden. "Ze zou een super hoog salaris moeten krijgen voor de ondergewaardeerde vaardigheid om mensen zichzelf te laten vergeten." Ze zette het knipperlicht van de auto aan en verwisselde van baan. "Wij vrouwen zijn maar bijzondere schepselen. Gisteren was ik wanhopig vanwege het verlies van wat haar, vandaag ben ik klaar om de wereld te trotseren."

HOOFDSTUK 23

Het was vrijdagavond en Esther voelde zich goed genoeg om te helpen bij de jeugdgroep. Ze keek naar Nick en hij knipoogde naar haar. Ze grinnikte en voelde zich warm worden vanbinnen. Het was geweldig om weer terug te zijn en samen te werken. De manier waarop Nick met de tieners omging, beroerde altijd iets in haar hart. Het was niet moeilijk geweest om verliefd op hem te worden.

Esther had een wedstrijdparcours uitgezet, een soort mini-olympiade, voor de bovenbouw van de jeugdgroep. De jeugdgroep bij Victory was, anders dan Nicks jeugdgroep in zijn vorige kerk, groot genoeg om onder te verdelen in een boven- en een onderbouw. Er was een aparte groep voor studenten, hoewel sommige van hen hielpen bij de jongere groepen.

Nick blies op een fluitje. De eerste persoon van elk van de twaalf teams draaide zich om en rende naar de rij tafels. Elke persoon had vijftien papieren bekertjes die in elkaar gestapeld waren. Ze moesten allemaal gebruikt worden om een pyramide mee te bouwen. Sommigen rekenden hoeveel bekertjes ze nodig hadden voor de onderste stapel, anderen begonnen direct met bouwen en pasten het model aan terwijl ze bezig waren. Esther had een team scheidsrechters dat in de gaten moest houden of de pyramide gebouwd werd uit een laag van vijf, dan vier, dan drie, twee, één. Twee stootten hun pyramide omver en moesten opnieuw beginnen.

"Schiet op, schiet op", schreeuwden de andere teamleden. Ze konden het niet zien, want ze stonden met hun rug naar de activiteit, zodat iedere persoon zelf moest bedenken hoe de piramide gebouwd moest worden.

Als de piramide gebouwd was, moest de bouwer hem weer afbreken en de bekertjes in elkaar stapelen voor het volgende teamlid. Ze renden terug naar hun team en de tweede persoon rende naar voren voor zijn beurt. Elke ronde gooide wel iemand een bekertje om. Eén teamlid stootte tegen de tafel van een ander team en de hele piramide stortte in elkaar.

"Oneerlijk, oneerlijk! Hij stootte tegen onze tafel", riep de jongen.

Esther snelde naar de tafel. "Okay, jullie waren er bijna. Stapel de bekertjes maar weer in elkaar en ren terug naar je team."

"Ga zitten als je team klaar is", schreeuwde Nick over het gejuich heen.

Drie teams stonden nek aan nek, elk had nog twee teamleden die moesten bouwen. Drie teamleden stonden op en neer te springen. Eén van de meiden struikelde en botste tegen een ander op, ze vielen over elkaar heen. Esther sprong naar voren om tussenbeide te komen, maar stopte toen ze zag dat niemand gewond was.

Nu waren er nog twee teams over. Hun teamgenoten keken toe. "Rennen, rennen," riep de helft van het team. "Niet te snel. Rustig aan", riepen de conservatieven.

De laatste personen van de twee teams renden naar hun tafel. De twee teams schreeuwden, "Ga zitten. Snel." Gelukkig stonden er geen huizen naast hun gebouw. Vrijdagavond was lawaaierig. Lawaaierig maar gezellig!

Nick klapte twee keer in zijn handen om de aandacht te trekken. De eerste activiteit was meestal de meest actieve, daarna volgden rustige bezigheden. Vanavond hadden ze twee activiteiten voor de bijbelstudie en twee erna. Hierna zouden ze een ontwerpspel gaan doen, waarbij ze veel zouden moeten samenwerken. Later zouden ze een geheugenspelletje doen en een soort spellingswedstrijd. Zouden de tieners de link zien tussen de vier activiteiten en de bijbelstudie?

In de afgelopen twee jaar, nadat Nick gekomen was, hadden ze samengewerkt om een mooie groep leiders te trainen. Elke leider had een groepje een heel jaar lang onder zijn hoede.

Het onderwerp van vanavond, wat al maanden van tevoren gepland was, was zelfvertrouwen. De groep was niet vertrouwd met bijbelstudie, maar Esther wilde hen graag de bijbel in krijgen. Ze had Gina opgebeld voor suggesties. Elke groep had een emmer vol appels en elke leider had een lijst met instructies. Het tweede spel liep ten einde en Esthers groep van tien meiden van zestien tot achttien jaar oud, kwam naar haar toe en ging op de grond zitten om de emmer heen.

"Wat gaan we doen met de appels?", vroeg één van de meer vrijmoedige meiden.

"Dat leg ik zo uit. Waarom vertel je, voordat we gaan beginnen, niet iets leuks dat je gedaan hebt in de periode dat ik er niet was."

Haar pruik zag er waarschijnlijk natuurlijk uit, want niemand van de meiden vroeg ernaar. Zelfs Nick leek op zijn gemak toen hij haar op kwam halen. Misschien raakte hij eraan gewend. Op vrijdagavond bij de jeugdgroep zijn, maakte haar leven in ieder geval weer een beetje normaal, hoewel ze er morgen de prijs voor zou moeten betalen. Gelukkig had ze nog twee dagen rust voordat ze weer aan het werk ging. Ze had niet meer geholpen bij de diensten op zondagavond sinds ze was geopereerd.

"Oké, iedereen neemt een appel", zei Esther.

Iedereen pakte een appel uit de emmer, de helft was groen en de helft was rood. Er ontstond gekibbel tussen twee die dezelfde appel wilden pakken.

"Het maakt niet uit welke appel je pakt", zei Esther. "Dit is geen wedstrijd."

Ze hielden hun appel vast en keken naar haar.

"Ik wil dat je naar je appel kijkt. Je moet hem goed leren kennen. Heel goed. Let op deukjes en plekjes. Kijk naar de kleurschakering."

"Waarom moeten we dit doen?", vroeg een meisje.

"Straks leg je je appel terug op dit kleed in het midden. Dan doe je je ogen dicht, terwijl ik alle appels door elkaar hussel. Jouw taak is om je appel weer terug te vinden."

"Onmogelijk"zei de drukste van de groep. "We kunnen ze niet uit elkaar houden." "Wel waar", zei de meest artistieke. "Er zit genoeg variatie in de kleur."

"En die van mij heeft twee plekjes."

"Jullie hebben nog een halve minuut om je appel te leren kennen. Daarna moet je hem op het kleed leggen en je ogen sluiten."

Toen alle appels op het kleed lagen, controleerde Esther of alle ogen gesloten waren en verplaatste ze de appels.

"Open je ogen."

Elk meisje keek naar de appels. Sommige rolden de appels opzij voordat ze er eentje oppakten. Sommigen pakten er eentje op en legde hem toen weer terug om een andere te kiezen. Uiteindelijk had iedereen een appel.

"Je hebt een appel, maar is het ook die van jou?"

"Ja, die van mij heeft een rare kras", zei iemand van de groep.

"En die van mij heeft een wat rozige kant", zei een ander.

In de hele ruimte waren groepjes bezig met hun opdracht. De jongens waren luidruchtiger en waren meer aan het dollen. Nick zag dat ze naar hen keek en knipoogde naar haar. Hij had nooit veel problemen met de groep. De jongens wisten hoe ver ze konden gaan en hij was altijd in voor een lolletje.

"Ronde twee", zei Esther. "Betast je appel met je ogen dicht. Kun je hem herkennen door alleen te voelen?"

"Dat betwijfel ik", mompelde Chloë. Zij was de moeilijkste om te leiden, maar ze was niet meer zo negatief als een jaar geleden.

Esther had alle activiteiten thuis uitgeprobeerd. Het had geen zin om mensen te vragen het onmogelijke te doen. Toen ze klaar waren met de tweede ronde vroeg één van de meiden, "En als we aan ze ruiken? Zouden we ze dan kunnen herkennen?"

"Ik weet het niet. Waarom proberen we het niet uit?"

Andere groepen zagen dat ze aan hun appels roken en volgden het voorbeeld. De helft van de groep slaagde. Het was makkelijker om de rode appels te onderscheiden.

"En wat nu?"

Esther keek naar Nick, die op haar seintje zat te wachten. Ze waren goed op elkaar afgestemd vanavond, maar vanaf maandag zou hij naar Melbourne vliegen en zou hij nog maar vijf dagen per maand hier zijn. Waarom had hij zijn vertrek niet uitgesteld? Hun relatie stond al onder genoeg spanning.

Nick ging staan en klikte de microfoon aan. "Is er een groepje dat nog meer tijd nodig heeft?" Niemand stak zijn hand op. "Kan iedereen de appels weer terug in de emmer stoppen? We hebben een team van ouders in de keuken paraat, die de appels gaan omtoveren in appelcrumble voor aan het eind van de avond."

"Bah, we hebben ze allemaal vastgehouden", zei een jongen uit het groepje van Nick. Zijn stem was hard genoeg om de ruimte te vullen. Nick gaf een plagende tik op zijn schouder. "Ze zullen ze wassen en koken, slimpie."

Daarna ging iedereen weer terug naar zijn groepje om de studie af te ronden. "Wat hebben we geleerd van de appels?", vroeg Esther.

De meisjes praatten over wat hen was opgevallen en over hoe verrast ze waren dat het zo makkelijk was geweest om hun eigen appel te identificeren.

Esther had kopietjes gemaakt van het bijbelgedeelte. Het liefst had ze bijbels uitgedeeld, maar de andere leiders hadden dat niet gewild omdat ze bang waren hoe de tieners er op zouden reageren. Esther bad dat dit snel zou veranderen. Hoe konden ze van tieners verwachten dat ze zelf de bijbel gingen lezen als ze er nooit één in hand kregen, zelfs niet in de jeugdgroep?

"Op het bovenste gedeelte van je blaadje staan paragrafen uit Psalm 139, vers dertien tot zestien. Een psalm is een soort gedicht of lied en deze is geschreven door koning David, ongeveer drie-en-een-half duizend jaar geleden. Je zult verrast zijn over hoe relevant het nog is. Sarah, zou jij het willen lezen?

"Want Ú hebt mijn nieren geschapen, mij in de schoot van mijn moeder geweven. Ik loof U omdat ik ontzagwekkend wonderlijk gemaakt ben..."

De woorden hadden een tijdloos ritme, wat hen een bedacht-zame stilte in leidde. Ze praatten tien minuten over Gods intieme kennis van elk mens.

Als laatste vroeg Esther, "Als deze psalm gaat over hoe God over ons denkt, welk verschil kan dat dan maken voor ons leven?"

Esther was bemoedigd door de diepte van de discussie. Ze hoopte dat de meiden binnenkort zouden leren om voor elkaar te bidden. Maar voor vandaag deed ze het voor.

De meesten van de groep bogen hun hoofden. "Lieve Hemelse Vader, U bent een groot en machtige schepper maar U bekommert zich ook om de kleine details van ons leven. Dank U dat U ons alle-maal uniek hebt gemaakt. Help ons om nooit Uw liefde en zorg voor ons te vergeten. Help ons om ook anderen te behandelen als speciaal en kostbaar, amen."

Esther keek de kring rond en elk meisje glimlachte. "Er zijn nog twee activiteiten en we doen ze in ons groepje, maar we strijden wel tegen de andere groepjes. Ik heb alle vier de spelletjes bewust gekozen. Ik ben benieuwd of jullie begrijpen waarom ik juist deze heb gekozen."

Tijdens de spelletjes rook de ruimte naar appel, kaneel en

bakpoeder. Zelfs Esther had geen moeite om een schaaltje appel-crumble met ijs te eten. Nick liep naar haar toe en kneep in haar hand.

"Dat was geweldig. Goed gedaan."

Zijn complimentje en affectie warmde haar tot in haar tenen. Waren ze over de hobbel in hun relatie heen?

HOOFDSTUK 24

Esther zat achterin de kerk en het voelde alsof de oogkleppen, die ze haar hele leven had gedragen, waren afgerukt. De muziek was hetzelfde. De dienst was hetzelfde. Maar zij was niet langer dezelfde.

Zoals gewoonlijk eindigde de muziek abrupt en sprongen de spotlights aan, waardoor haar vader in een zee van licht stond. Indrukwekkend, maar waar was de nederigheid van Johannes de Doper die had gezegd 'Hij moet meer worden, ik echter minder'? Tijdens deze show draaide alles om haar vader, niet om wie het eigenlijk moest gaan. Jezus werd zelfs nauwelijks genoemd en ze waren al vijfendertig minuten bezig.

Het bijbelgedeelte ging over Hebreeën 11. Haar vader had één vers uitgekozen, 'Zonder geloof is het echter onmogelijk om God te behagen... Hij beloont wie Hem zoeken'. Natuurlijk stond het de spreker vrij om te focussen op een enkel vers, maar als hij dat deed, wat liet hij dan weg? En kwam de boodschap die gebracht werd overeen met de strekking van het hoofdstuk?

Esther opende haar bijbel om het vers in de context te lezen. De verhalen van Adam en Abel, Jozef en Jefta, Samson en Samuël werden genoemd. Gezegend worden en een zegen zijn. Het meeste had ze nog nooit gelezen.

Esther las gefascineerd. Het hoofdstuk werkte toe naar een hoogtepunt dat klonk als iets voor Victory. Mensen die overwonnen, want *'zij zijn aan de scherpte van het zwaard ontkomen en hebben hun doden teruggekregen door opstanding uit de dood.'*

Toen veranderde de toon. *'Zij zijn gestenigd, in stukken gezaagd... met het zwaard ter dood gebracht. Ze hebben rondgelopen in geitenvellen. Zij leden gebrek, werden verdrukt en mishandeld.'*

Daar had Victory nog nooit over gepreekt. Ze bleef bij de volgende zin hangen. *'De wereld was hen niet waard...en deze allen hebben, hoewel zij door het geloof een goed getuigenis van God gekregen hebben, de vervulling van de belofte niet verkregen.'*

Haar ogen vulden zich met tranen. Had ze eerder niet een vergelijkbare zin gelezen? Ze keek de tekst door en vond het in vers dertien. 'Deze allen zijn in het geloof gestorven. Zij hebben de vervulling van de beloften niet verkregen, maar hebben die vanuit de verte gezien ... Daarom schaamt God zich niet voor hen om hun God genoemd te worden.'

Esther stopte met lezen en sloot haar ogen. Voor de mensen in Hebreeën betekende Jezus vertrouwen, bereid zijn om te sterven. Zo was zij niet. Waarom niet? Wat had haar gemaakt tot iemand die Jezus wilde volgen om gezegend te worden? Iemand die niet had ingezien dat Jezus het waard was om aanbeden te worden, of ze nu iets van Hem ontving of niet.

Ze huiverde door de schoonheid van de laatste zin. 'Daarom schaamde God zich niet voor hen om hun God genoemd te worden.' De tranen stroomden nu over haar wangen. Oh, als deze zin over haar zou gaan. Een leven leiden dat haar Hemelse Vader trots maakte.

Haar vader sloeg op de kansel en Esther schrok op. Hoe lang was ze al aan het dagdromen? Ze probeerde zich te concentreren, maar nu ze heilig water had geproefd, smaakte haar vaders woorden naar zaagsel.

Hij sprak veel over mensen die gezegend zouden worden, maar er werd wel een blanco cheque bij verwacht. De vragen dreven als luchtbelletjes aan de oppervlakte. Waarom waren mensen hier? Wat zochten ze? Wat gebeurde er als ze het niet zouden vinden?

En tot slot, was zij in staat om in Victory te blijven?

Op het moment tijdens de dienst dat iedereens aandacht naar voren was gericht, glipte Esther naar buiten. De enige privéruimte die ze kon vinden, was een toilethokje. Ze deed de deksel naar beneden en ging erop zitten. *Oh Heer. Wat moet ik doen? Ben ik te kritisch? Ben ik arrogant? Moet ik iets tegen mijn vader zeggen?* Die gedachte beangstigde haar.

Ze was ongeveer drie geweest toen ze voor het eerst haar vaders boosheid had ervaren. Ze had het niet aangedurfd om de vraag te stellen, want haar moeder gedroeg zich als een onzichtbare geest en er hing een spanning in de lucht. Maar uiteindelijk had ze haar geduld verloren en had ze met haar lepel op de tafel geslagen.

"Waar is - ?" had ze gevraagd. Ze bedoelde het grote meisje die haar wereld vulde met knuffels, gelach en liedjes. Ze kon de naam van het meisje niet meer herinneren vanwege wat er daarna gebeurd was.

Haar vader had naar haar gekeken als een jager in één van haar prentenboeken. Hij zag wit om zijn mond. Ma rende weg naar de keuken, maar Esther zat vast in haar kinderstoel. Ze herinnerde zich de zure smaak van angst en het verlangen om naar haar slaapkamer te rennen, onder haar bed te kruipen en haar handen voor haar ogen te doen.

Die dag had de stilte voortgeduurd. De stilte voor de storm. Haar vaders stem siste. Ze was altijd al bang geweest voor slangen. "Je. Mag. Nooit. Meer. Naar. Haar. Vragen."

"Waarom niet?"

Haar vaders gezicht veranderde van wit naar rood. Ze was een onzichtbare lijn gepasseerd. Ze had niet overgegeven, maar onder haar vormde zich een warme plas. Opgesloten in haar stoel. Opgesloten in haar schaamte en schrik. Opgesloten bij deze man die haar angst aanjoeg.

Ze deed het enige wat ze kon en zette het op een brullen. Toen haar moeder kwam aanrennen om haar te redden, had haar vader naar voren geleund en tegen haar gesproken met een stem die haar kippenvel gaf.

"Ze was gewoon de dochter van een zendelingenechtpaar dat op bezoek was. Ze is weer terug naar haar ouders gegaan."

Esther had nooit begrepen waarom haar vader zo had gereageerd of waarom zulke gewone woorden zo angstaanjagend konden klinken. Maar ze had gezworen nooit meer haar vader te provoceren. Alles om de rust te bewaren. Alles om te voorkomen dat haar vader weer zou veranderen in een hondsdol beest.

En ze had zich aan die belofte gehouden, tot op de dag van vandaag.

Maar vandaag herinnerde ze zich Abraham. Abraham wist niet waar hij naartoe ging. Hij wist niet hoe lang de reis zou duren. Hij kende alleen Diegene die hij volgde. Was zij bereid hetzelfde te doen?

Esther ging de zaal niet meer binnen. Ze sloop naar buiten en ging naar huis. Haar ouders waren zelden voor twee uur thuis op zondagmiddag.

Om half drie gingen ze lunchen. Nick was er niet bij, hij zou bij zijn familie eten. Morgen zou hij naar Melbourne vliegen om aan zijn opleiding te beginnen. Esthers emoties waren zo afgestompt de laatste tijd, dat ze niet wist wat ze precies voelde bij het feit dat hij wegging. Als hij weg was, zou het waarschijnlijk tot haar doordringen. Hij had al gewaarschuwd dat de opleiding ook zijn avonden zouden vullen, dus het was waarschijnlijker dat ze zouden schrijven dan bellen.

Maar er leken zich nu eerst hier thuis meer uitdagingen voor te doen.

Kwam nu haar beproeving? Net zoals Daniël had gehad, met Nebukadnezars eten? Een eerste voorlopige beproeving om haar voor te bereiden op nog grotere die gingen komen? Zou ze haar Hemelse Vader behagen of zou ze toch gaan voor het behagen van haar aardse vader?

Ze had pijn in haar buik en ze worstelde met het eten op haar bord. Ze had nog tijd om te bidden. Haar vader zou wachten tot het einde van de maaltijd voordat hij een serieus onderwerp zou aansnijden. Hij vond dat er van de maaltijden genoten moest worden. Maar na het toetje vouwde hij zijn servet op en legde het op de tafel.

"Nick vertelde me dat je vandaag niet zo aan het opletten was. Hij zei dat je van slag leek en eerder bent weggegaan."

Heer, geef me woorden om te spreken. Haar handen waren klam en ze veegde ze af aan haar rok.

"Ik heb Hebreeën 11 helemaal gelezen en ik was daar erg door geraakt. Het was anders dan ik gedacht had – "

"Wat bedoel je?" Zijn vraag was een waarschuwingssignaal, bedoeld om haar in te dammen.

Denk aan Daniël. "Het gaat over mensen die op God vertrouwden maar niet zagen waar ze op hoopten."

Haar vader was stilgevallen. Ze was niet gek. Het was slechts uitstel van executie.

"Ik moest huilen toen ik las over al die mensen die werden vervolgd en vreselijk moesten lijden. Daardoor vroeg ik me af waarom wij nooit – " Haar stem brak. Met deze vraag zou ze een grens over gaan in hun relatie. "Waarom praten we niet meer over lijden in de kerk?"

Esther hoorde hoe haar moeder snel inademde.

"Mensen willen niet luisteren naar lijden", zei haar vader.

Hoe lang was het geleden dat iemand haar vader had durven te bevragen? Esther stuurde nog een gebedspijl naar boven. "Maar pa, Jezus heeft zelf gezegd dat een ieder die Hem zou volgen, vervolgd zou worden. Het is het bewijs dat wij zijn discipelen zijn."

"Als je een boodschap over lijden preekt, dan heb je geen kerk om voor te preken."

"Maar dat moet toch niet uitmaken als het de waarheid is?" *Oh, pa, waarom gaat het altijd over de omvang van de kerk?*

Haar moeder maakte opnieuw onbedoeld een geluid. Blanche pakte een paar borden op en holde naar de keuken, als een dier dat op de vlucht is voor een aardbeving.

"Wat probeer je te zeggen?" Haar vaders stem klonk kalm, maar ze had deze stem eerder gehoord. De valse kalmte van een plas water in het noorden van Australië, waar een krokodil zich verschool onder de oppervlakte van het water.

Durfde ze verder te gaan? Daniel riskeerde onthoofding. Haar leven stond niet op het spel. "Ik maak me zorgen. Tot voor kort geloofde ik dat als ik genoeg geloof had, ik genezen zou worden. Maar ik kan die belofte niet in de bijbel terugvinden. Ik had het mis."

Haar vader staarde haar aan en zijn blik leek dwars door haar heen te willen boren. "Dus als ik je goed begrijp - ." Zijn stem droop van sarcasme. "Jij leest nu een paar weken in de bijbel en dat staat gelijk aan de vijftig jaar dat ik de bijbel lees?" Opnieuw de rustige, doelbewuste woorden.

"Ik wil er geen wedstrijd van maken. Ik zeg alleen dat als ik het mis had, anderen het ook mis zouden kunnen hebben. Pa, wat als Victory de mensen de verkeerde kant op leidt?"

Een spiertje in haar vaders kaak spande zich aan. "Ik kan niet geloven wat ik hoor. Bedoel je te zeggen dat ik een leugenaar ben?" Zijn stem was niet langer laag en vlak.

"Dat hoop ik niet. Ik vraag me af of de kerk zich richt op de dingen waar Jezus zich op richtte – op het kruis en eer geven aan God."

Haar vader vouwde zijn armen over elkaar. "Ik zal doen alsof we dit gesprek nooit hebben gehad. Dat dit één of ander akelige bijwerking is van de chemotherapie." Hij had haar niet stil kunnen krijgen, dus nu probeerde hij vraagtekens te zetten bij haar vermogen om te spreken.

"Pa, doordat ik ziek was, werd ik gedwongen de bijbel te lezen. Ik kan mijn twijfel en vragen niet negeren. Binnen je gezin blijf je van elkaar houden, ook als je het oneens met elkaar bent –."

Haar vader stak zijn arm in de lucht. "Daar ben ik het niet mee eens. Het gezin is een plek waar je elkaar liefhebt door de ander door dik en dun te steunen."

Ze wou graag haar vermoeidheid aanwenden om ervandoor te gaan. Maar zou dat liefhebben zijn? Ze was niet langer bereid om een compromis te sluiten om de harmonie te bewaren. Het werd tijd om een leven te leiden dat haar Hemelse Vader trots zou maken. Hoe langer ze uitstelde om haar kruis te dragen, hoe moeilijker het zou worden om er een gewoonte van te maken.

"Maar wat als iets dat we geloven verkeerd is? Dan moeten we dat toch aangeven?"

Haar vader leunde voorover, dreigend als een schaduw in de nachtmerrie van een kind. "Beschuldig je me ergens van? Ik heb een succesvolle kerk gesticht en heb een enorm aantal volgelingen door mijn boeken en 'Hour of Victory'. Wil je zeggen dat al die mensen het mis hebben?"

Hoe rampzalig dat hij dit als bewijs van zijn gelijk zag.

"Het enige dat ik doe, is vragen stellen. Ik zal u zeggen, dat is niet makkelijk in dit gezin."

"Je klinkt als je grootmoeder. Ik zie wel dat het goed is dat Nick naar mij toe is gekomen om zijn zorgen over je emotionele gesteldheid met me te delen."

"Ik had het prettiger gevonden als hij eerst naar mij was gekomen." Esther zuchtte. "Pa, laten we het voor nu hierbij laten. Het spijt me dat ik u van slag heb gemaakt, maar ik vind wel dat ik de vrijheid zou moeten hebben om vragen te stellen."

"Ik vind dat je je vrijheid misbruikt." Hij schoof zijn stoel naar achteren, liep de deur uit en de trap op.

Esther bleef zitten, er woedde een enorme chaos in haar hoofd. Kon ze hier blijven wonen als haar vader niet om kon gaan met twijfel en vragen? En het ergste van alles, als hij nooit of te nimmer kritiek zou kunnen verduren?

HOOFDSTUK 25

*E*sther arriveerde in een beter humeur voor haar derde ronde chemo. Gisteren waren een lange brief en een grote bos bloemen van Nick aangekomen. Hij sprak dan misschien wel niet over kanker, hij was wel genereus als het om cadeautjes ging. En vanochtend had ze gebeden dat ze niet alleen alert zou zijn voor mogelijkheden om haar geloof te delen, maar dat ze ook de wijsheid zou hebben om te weten hoe ze dat moest doen.

Rob Boyle zat in de onderzoeksruimte.

"Dat is een verrassing", zei Esther. "Ik dacht dat onze behandelingen niet meer samen zouden vallen."

Hij keek nors. "De afgelopen weken waren verschrikkelijk. Mijn witte bloedlichaampjes waren laag, ik ben ontelbare keren naar de tandarts geweest vanwege een infectie. Toen dat eindelijk over was, kreeg mijn vrouw de griep en moest ik het huis verlaten, om te voorkomen dat ik het ook kreeg. Ik ben twee dagen bij mijn moeder geweest en zij is een zuurpruim."

"Dat klinkt niet heel geweldig."

"Niet geweldig - ." Zijn stem steeg. "Het was de hel. Pas aan het einde van de week werd alles weer een beetje normaal. De kliniek wilde mijn chemo drie dagen geleden al inplannen, maar ik wilde liever op dezelfde dag met mensen die ik al ken."

Heer is dit mijn kans? Geef me de woorden. "Daar ben ik blij om. Het is zoveel makkelijker als je mensen om je heen hebt die je kent."

"Heb jij nog iets amusants beleefd?" Hij wees op haar hoofddoek. "Ik zie dat je lid geworden bent van de club der kalen?"

"Dat was niet bepaald amusant, maar laat ik je vertellen over mijn belevenissen in de pruikenwinkel."

Rob moest hard lachen om haar verhaal. "Bedankt, het is fijn om iets te horen waar ik om kan lachen." Hij hield zijn hoofd schuin. "Het moet vast vreemd geweest zijn om jezelf te zien als blondine of roodharige."

Esther klopte op haar tas. "Ik heb foto's bij me en ik haal ze tevoorschijn als ik het nodig heb om te lachen."

"Lachen lijkt inderdaad het beste medicijn."

Esthers hart versnelde en haar handen voelden klam. "Ik ben het met je eens dat lachen geweldig is, maar voor mij persoonlijk is bidden de beste manier om te ontspannen."

Robs wenkbrauwen gingen omhoog. "Je bedoelt een rozenkrans of zoiets?"

"Nee, geen standaard gebed. Ik bedoel mijn hart delen met Jezus, Hij weet wat ik doormaak en Hij is bij me bij elke stap op de weg." Door haar nervositeit waren haar zinnen te lang en onsamenhangend. *Help me, Heer.*

"Volgens mij bestaat er wat twijfel over de vraag of Jezus werkelijk bestaat. Misschien had Hij beter kunnen voorkomen dat je kanker kreeg?"

Dank u, Heer. Ik kan vertellen over mijn eigen reis. "Weet je, ik dacht eerst hetzelfde. Ik nam aan dat ik zou genezen voordat ik geopereerd moest worden. Toen dat niet gebeurde, was ik boos en teleurgesteld."

"Maar dat ben je nu niet meer, dat kan ik zien. Je bent niet eers van plan om die dokter aan te klagen die zei dat je te jong was om kanker te krijgen."

"Nee, het laatste wat ik nodig heb is meer stress. De dokter weet het – mijn moeder heeft het hem verteld – maar ik heb haar ook gevraagd hem gerust te stellen."

"Je bent een beter persoon dan ik. Ik had hem in zijn sop laten gaarkoken." Rob schudde zijn hoofd.

Esther lachte. "Dat was verleidelijk, maar ik ben niet per se een beter persoon dan jij. Het is meer dat mijn houding en mijn verwachtingen over mijn ziekte zijn veranderd omdat ik de bijbel goed ben gaan lezen." Joy had gelijk gehad. De Heilige Geest gaf haar de woorden om te spreken wanneer ze die nodig had.

"Ik ben verbijsterd. Je bent een fysiotherapeut, maar toch lees je een oud boek vol sprookjes."

Esther werd warm. Ze moest zijn commentaar niet persoonlijk opvatten. Hij dacht niet anders dan de meeste Australiërs. "Weet je, als Isaac Newton en zijn tijdgenoten jou hoorde praten, zouden ze denken dat je gestoord was. In hun dagen studeerden christenen de wetenschap en wezen de niet-christenen dat af." Haar woorden stroomden nu alsof er een verstopping in een waterpijp was opgelost. "Christenen geloofden dat God een geordende wereld had geschapen. Dus gingen ze op zoek naar de wetten die achter deze structuur zat."

Rob kneep zijn ogen samen. "Ben je zeker van je feiten?"

Dit was leuk. Haar recente leeswerk bleek handig te zijn. "Geloof niet op basis van wat ik zeg. Ga zelf op onderzoek uit. Als jij zegt dat de bijbel vol sprookjes staat… heb je hem ooit zelf gelezen?"

"Ik moest verplicht naar zondagsschool, zo nu en dan."

Geen wonder dat hij zo tegen de bijbel was. "Wat vervelend dat je je gedwongen voelde om daarheen te gaan."

"Mijn ouders stuurden me omdat zondagsschool gratis oppas

betekende." Hij trok een gezicht. "Ik vond het vreselijk om daar te zijn."

"Daar kan ik me iets bij voorstellen." Kon ze nog iets zeggen zonder dat het hem al te vreemd in de oren klonk? "Misschien moet je een gokje wagen en iets lezen als Lucas. Ervaar of het klinkt als een sprookje." Rob bleef ontspannen. Esther vervolgde: "Het komt op mij over als een goed onderzocht historisch document."

"Nummer dertig, nummer dertig", riep de omroeper.

"Dat ben ik." Rob stond op. "Vandaag is mijn laatste dag chemo, maar ik kom ongeveer elke drie maanden terug. Ik zal naar je uitkijken. Misschien doe ik wel wat je gezegd hebt."

Esther trilde, maar niet van angst. Meer van opwinding. Haar geloof delen voelde als een shot cafeïne. Het voornaamste leek te zijn, hard bidden, je angst overwinnen en je mond openen. Ze dankte God voor deze mogelijkheid. Meerdere keren had het geleken alsof de woorden zomaar uit haar mond rolden.

Er waren nog tien nummers voor haar. Was er nog iemand anders met wie ze kon praten? Nee – ze leek omgeven door mensen met de ik-onderga-het-maar-praat-met-niemand-houding. Er was één dame met wie ze de vorige keer had geprobeerd een gesprekje aan te knopen, maar die had haar toen afgewezen. Esther zag haar vandaag niet, maar ze voegde haar toe en haar steeds langer wordende gebedslijst. Waarom was die vrouw zo?

Nu ze niemand had om mee te praten, ging ze borduren en ze bad voor Rob en anderen met wie ze had gepraat of met wie ze snel hoopte te praten. Rond tien uur arriveerde Anna, de dame van het infuus, maar ze zwaaide alleen en ging direct door naar het bloed-onderzoek.

Een minuut later kwam de boze vrouw uit een zijkamertje, ze huilde. Ze ging zoveel mogelijk in een hoek zitten.

Esther wilde niet met haar praten. Ze voelde er niet veel voor om opnieuw afgewezen te worden. Maar hoe kon ze voor haar bidden en niet met haar praten? Haar gewoonte om haar vader tevreden te stellen, maakte dat ze dat ook bij anderen deed. Deze gewoonte moest ze maar afleren. Dat zou niet vanzelf gaan. Er ging een minuut voorbij, toen twee.

Esther stond op, liep naar de vrouw en hield haar een pakje zakdoeken voor. "Is het één van de moeilijkere dagen?"

"Als je borstkanker hebt, is elke dag moeilijk." De vrouw staarde haar aan, waardoor Esther wilde dat ze geen moeite had gedaan.

Heer, geeft U mij de juiste woorden. "Is er een reden dat vandaag moeilijker is dan normaal?"

De vrouw snoof. "Ben jij zo iemand die onophoudelijk praat en iedereen lastigvalt?"

Hoe kon ze het juiste doen als ze zich elke keer zou terugtrekken? Deze vrouw had hulp nodig, hoewel ze dat misschien zelf nog niet wist. "We hoeven niet te praten, maar je leek zo van slag dat ik dacht, ik probeer het eens."

De vrouw kreunde. "Ik waardeer de gedachte, maar ik ben niet echt geschikt gezelschap op het moment."

Dit was iets waar ze op kon reageren. "Kanker is uitdagend, frustrerend en nog ontelbaar veel dingen meer."

"Ja, het zit vandaag echt tegen, mijn witte bloedcellen zijn te laag." Een traan drupte van haar neus. "Ik heb mezelf helemaal opgepept voor de behandeling. Nu zal ik moeten wachten."

"Bij mij is dat nog niet gebeurd. Moet je ook nog bestralingen ondergaan?"

"Nee, de kanker is snel ontdekt."

"Je hebt geluk!" Esther kromp ineen, slechte woordkeuze. "Die van mij werd laat ontdekt. Het derde stadium."

De dame snoot haar neus. "Weet je, je bent de eerste die tegen me zegt dat ik geluk heb gehad. Stadium II is in vergelijking met jou nog niet zo heel erg."

Pfff, ze had het niet compleet verpest. "We zijn allebei beter af dan iemand in het vierde stadium."

De vrouw grinnikte. "Ja. Nou mevrouw geluk, mijn naam is Liz, hoe heet jij?"

"Esther." Ze schudden handen. "Dit is het moeilijkste wat me ooit is overkomen. Het moeilijkste voor mij was dat ik dacht dat ik genezen zou worden. Ik was kapot toen dat niet gebeurde."

De vrouw keek verbaasd. "Je bedoelt genezen worden door God of zoiets?"

"Ja." *Dank U Vader, dat zij U ter sprake heeft gebracht. Wilt U helpen dit gesprek verder te laten gaan.*

"Wat een toeval. Ik ging vroeger naar een kerk waar ze heel veel gebedsgenezingen deden. Ik ben weggegaan toen ik niet genezen werd. Ik werd er moe van dat iedereen me vertelde dat het mijn schuld was, sindsdien ben ik niet meer naar de kerk geweest."

"Betekent dat dat je God ook hebt verlaten?"

"Jazeker. Ik wilde niets met hun god te maken hebben. De god van Victory maakte dat ik me schuldig voelde en ongeschikt."

Esther wilde zich achter haar stoel verschuilen of weglopen. Dit was niet het moment om te vertellen wat haar band met Victory was. "Heb je ooit bedacht dat de god waarover je hoorde in de kerk misschien niet dezelfde was als de God van de bijbel?"

Liz schudde haar hoofd. "Nee, dat heb ik nooit bedacht."

"Wat tegen jou is gezegd, hebben mensen ook tegen mij gezegd. Ik gaf mijn 'zwakke geloof'–" Esther zette aanhalingstekens met haar handen, "- de schuld van het feit dat mijn kanker niet werd genezen. Het was verwarrend. Toen ben ik de bijbel voor mezelf gaan lezen, hele stukken in plaats van kleine stukjes."

Liz zei niets maar keek ook niet weg.

"Ik ontdekte dat mij een verkeerde kijk op de waarheid was aangeleerd. Jezus is prima in staat om om te gaan met mijn twijfel. Ik zou niet weten hoe ik dit zonder Hem moest doorstaan."

Liz sloeg haar armen om haar middel. "Als je zo behandeld bent als ik, dan kost het tijd om daar overheen te komen."

"Ik wou dat ik het weg kon nemen wat er tegen je gezegd is." Hoe zeer was Liz gekwetst door Victory.

"Zo makkelijk gaat het niet." Toen Liz naar de receptie geroepen werd, zei ze; "Bedankt dat je met me gepraat hebt."

Anna kwam de wachtruimte weer binnen, nog voordat Esther geroepen was door zuster O'Reilly . Ze ging naast Esther zitten.

"Er lijken vandaag meer mensen te zijn. Hoe lang ben je al aan het wachten?"

"Sinds negen uur."

"Mooi borduurwerk. Ik hou van patronen van wilde Australische bloemen of vogels, niet van die zoete patronen."

"Ik ben het helemaal met je eens."

De twee kletsten een paar minuten over alledaagse onderwerpen.

"Ik vind het fijn om met je te praten," zei Anna. "Op de één of andere manier lijk jij de vrede te kunnen bewaren tussen al de gebrokenheid van onze levens."

"Ik ervaar ook vrede." *Geef me de woorden, Heer.* "Weet je waarom?"

"Geen idee." Anna krabde aan haar neus. "Ik schat zo in dat je geen drugs gebruikt. Doe je aan yoga of zo? Vertel me er alsjeblieft meer over."

"Nee." Esther lachte. "Ik heb geen speciale techniek. Ik volg Jezus. Ik praat met Hem en luister naar Hem. Hij is het die mij vrede geeft."

Anna leunde naar voren en fluisterde. "Bedoel je dat Hij tegen je praat?"

"Niet zoals jij het je voorstelt. Hij praat tegen me door Zijn woord, de bijbel. Het is een beetje alsof –" Esther hield haar hoofd schuin. "- alsof de bijbel Gods brief aan ons is."

"Ik heb nog nooit iemand het zo uit horen leggen. Ik ben katholiek en mijn familie is super religieus. Elke week naar de mis, etcetera – ." Ze draaide een rondje met haar hand.

"Lezen jullie de bijbel?"

Anna kneep haar ogen samen. "Eigenlijk vreemd dat we dat niet doen."

"Heb je ooit gedacht dat het misschien relevant voor je kon zijn?"

"Nee. Hoe helpt het jou in een situatie als de onze?"

Esther bad voor de juiste woorden. "De bijbel stelt me gerust dat God van me houdt, hoewel sommige mensen en religies zouden zeggen dat kanker een bewijs is dat ik vervloekt bent. Hij is altijd bij mij en dat is een grote troost als ik me zorgen maak over de toekomst."

"Daar maak ik me ook druk om. Ik ben bezorgd om wat er gaat gebeuren met Tony en de meiden als ik dit monster niet kan verslaan."

"Ik begrijp je zorgen, maar ik leer stap voor stap hoe ik mijn zorgen aan Jezus kan geven. Hij neemt de last van mij weg."

"Veertig, nummer veertig," riep de verpleegkundige.

"Dat ben ik. Ik moet gaan." Esther vouwde haar borduurwerk op.

Zuster O'Reilly onderwierp haar aan de gebruikelijke stroom vragen. Esther liet haar de kaart zien waar ze alle bijwerkingen op moest noteren. Ze was haar eigen verpleegkundige geworden en noteerde wanneer ze last had van constipatie (vaak), of haar nagels gebroken waren (niet echt, maar ze hadden ook geen gezonde roze kleur meer), of ze misselijk was (heel erg) en of ze nog gewoon ongesteld werd (dat was het geval). Het leek wel alsof ze weer op school zat, met elke dag huiswerk. Gelukkig had ze tot nu toe nog niet zo vaak hoeven overgeven.

"Hoe gaat het op emotioneel vlak met je?"

"Nou, even denken. Ma is behulpzaam en op mijn werk zijn ze

begripvol. Ik heb veel om dankbaar voor te zijn." Voordat Esther nog iets anders kon zeggen, plaatste zuster O'Reilly de canule en gaf aan dat de volgende cliënt kon komen.

***

*E*sther plofte op de chemostoel en deed de voetensteun omhoog. Ze kon niet verwachten dat ze elke gelegenheid kon aangrijpen om over Jezus te praten, dus waarom nam ze het zichzelf dan kwalijk? Het was meer dan het niet pakken van een kans. Ze wilde niet met zuster O'Reilly praten.

Waarom niet? Anna en Liz hadden duidelijk behoefte aan iets. Mensen als zuster O'Reilly of Michelle waren zo aardig, dat het een belediging leek om te suggereren dat ze Jezus nodig hadden. Hier moest ze met Joy over praten. Vandaag zouden ze binnen moeten praten, aangezien ze nog vastgekluisterd zat aan haar 'cocktail'.

HOOFDSTUK 26

*E*sther kon nauwelijks wachten totdat Joy ging zitten. "Je zult niet geloven wat er zojuist gebeurd is – Ik heb vandaag drie mogelijkheden gehad om over Jezus te praten!"

Joy glimlachte, als een docent die tevreden is dat zijn pupil het geleerde in de praktijk toepast. "Heb je gebeden voor mogelijkheden?"

"Ja, elke dag."

"Dan ben ik niet verbaasd. God heeft gewoon je gebeden verhoord."

Er viel een stilte toen Esther nadacht over deze uitspraak en het tot haar door liet dringen.

"Laat ik eens kijken of ik kan raden met wie je gepraat hebt", zei Joy. "Was het de boze mevrouw, dokter Webster en de natuurkundeleraar?"

"Twee van de drie zijn goed. Ik heb nog geen kans gehad bij dokter Webster, maar met de anderen heb ik geweldige gesprekken gevoerd. Ik zei onverwachte dingen."

"Had ik niet gezegd dat de Heilige Geest je de woorden zou geven? Het enige bijzondere is jouw verbazing."

"Hmm… ja, het is vreemd hoe verrast ik ben dat God gebeden verhoord." Wat was anders het nut van bidden als ze dat niet geloofde? Maar er was een groot verschil tussen iets geloven met haar hoofd en geloven met haar hart, of waar haar geloof dan ook huisde.

Wat was het toch met mensen, dat zelfs met drie succesvolle gesprekken, ze wilde praten over het gesprek dat niet succesvol was?

"Ik heb één kans laten schieten, met zuster O'Reilly. Ik vind het moeilijk om met haar over mijn ervaring te praten, ook met Michelle van de receptie. Het zijn zulke aardige mensen en het lijkt een belediging om met hen over Jezus te praten."

"Dat is interessant. Denk je dat aardige mensen niet gered hoeven te worden?"

Esther had al geweten dat Joy deze vraag zou stellen, dus ze had wat tijd gehad om erover na te denken. "Als je het zo stelt, weet ik dat ze Jezus nodig hebben, maar mijn hart worstelt om het met mijn hoofd eens te zijn op dit punt."

"Kan je een verhaal bedenken waar het goede nieuws aan een aardig persoon wordt verteld?"

Esther ging in haar gedachten de bijbel langs. "Zou… zou Nicodemus in deze categorie vallen?"

"Absoluut. Maar voordat ik dat verhaal ga vertellen, wat weet je van de Farizeeën?" Terwijl Esther de tijd nam om na te denken, begon Joy aan haar lunch.

"Ze waren een soort Joodse religieuze leiders. Waren ze niet nogal fanatiek over vasten en bidden?"

"Ja", zei Joy. "Als je een stereotype zou moeten kiezen van een 'goed' persoon, dan zou een Farizeeër de logische keuze zijn. Hoe was hun bijbelkennis?"

"Waarschijnlijk uitstekend."

"Meer dan uitstekend. Het heeft me jaren gekost om bijbelverhalen nauwkeurig te leren. Zij konden hele bijbelboeken woord voor woord opzeggen. Dus, als ik het verhaal vertel, vergeet dan niet dat Jezus tegen een Farizeeër praat, een moreel oprechte bijbelexpert."

Iets hield Esther al een langere tijd bezig. "Joy, waarom vertel je me bijbelverhalen, in plaats van dat je bijbelstudie met me doet?"

"Ik vroeg me al af wanneer je me dat ging vragen. In de eerste plaats is dat de manier waarop ik het geleerd heb. Maar de echte reden is dat verhalen vertellen ons in staat stelt om ze te horen en te onthouden, alsof we ze nog nooit eerder gehoord hebben. De makkelijkste manier om het verschil tussen verhalen lezen en verhalen vertellen te begrijpen is om beide uit te proberen."

Dat was een goede suggestie maar Esther wist niet wie ze kon vragen om dat te doen. Nick zou geen tijd hebben, tenminste niet de komende zes maanden.

Joy zette haar half opgegeten lunch neer zodat ze zich kon concentreren op het verhaal. "Op een nacht kwam een religieuze leider naar Jezus om met Hem te praten. Hij zei *'Rabbi, wij weten dat U van God gekomen bent als leraar, want niemand kan deze tekenen doen die U doet, als God niet met hem is.'*

Jezus antwoordde, 'Als iemand niet opnieuw geboren wordt, kan hij het Koninkrijk van God niet zien.' Nicodemus zei, 'Hoe kan een mens geboren worden als hij oud is? Hij kan toch niet voor de tweede keer in de schoot van zijn moeder ingaan en geboren worden?'.

'Bent u de leraar van Israël en weet u deze dingen niet?', zei Jezus. 'Als ik aardse dingen tegen u zei en u niet gelooft, hoe zult u geloven als Ik hemelse dingen tegen u zeg?'"

Nadat Joy klaar was met het vertellen van het verhaal, zei ze, "Laten we nog een keer door het verhaal gaan en help me om de gaten op te vullen."

Het klonk een beetje kinderachtig, zoals de saaie begrijpelijk-inzicht vragen die ze als zesjarige moest beantwoorden. Maar

Esther was Joy zoveel verschuldigd dat ze haar hier niet mee ging lastigvallen.

"Hoe begint het verhaal?"

Dat was makkelijk. "Op een nacht kwam een Farizeeër, Nicodemus genaamd, om met Jezus te praten."

"Kun je herinneren wat hij zei?"

Esther had slechts de halve zin goed onthouden. Joy corrigeerde haar en herhaalde toen de hele zin. "Wat zei Jezus dat je moest doen om het Koninkrijk van God te zien?"

"Opnieuw geboren worden."

"Dat klopt. Jezus zei, *'Als iemand niet opnieuw geboren wordt, kan hij het Koninkrijk van God niet zien.'* Wat zei Nicodemus in reactie hierop?"

Zo gingen ze het hele verhaal zin voor zin door. De methode had simpel geleken, maar het werd haar nu duidelijk. Het verhaal werd zo in haar geheugen geprent.

"Okay, kan jij het verhaal nu vertellen?"

Esther had ongeveer negentig procent correct en Joy vulde de ontbrekende stukjes aan. Ze herhaalden het nog drie keer en toen voelde Esther zich zelfverzekerd genoeg om het verhaal aan iemand anders te vertellen, als ze zelf bleef oefenen. Het was tenslotte maar een kort verhaaltje.

"Ben je klaar om het te bespreken?"

Esther wist niet precies welk gedeelte ze het leukste vond. Het verhaal leren of dieper graven tijdens de bespreking. Het verhaal leren gaf haar een gevoel van voldoening. Joys lunchtijd duurde zo kort dat ze maar iets van een minuut per vraag hadden. Wat spreekt je aan in dit verhaal? Welke vragen heb je? Wat leren we over mensen en over Jezus van dit verhaal?

Nadat ze de basisvragen hadden behandeld, vroeg Joy, "Als Nicodemus zo'n goede man was, waarom zei Jezus dan dat hij 'opnieuw geboren' moest worden?"

Esther staarde naar de muur aan de overkant om goed na te

kunnen denken. "Omdat het niet voldoende was om een bijbelexpert en een goed persoon te zijn. Hij had Gods nieuwe leven nodig."

"Ja, maar waarom? Wat zegt de bijbel over mensen?" Esther genoot ervan dat Joy haar altijd nieuwe dingen liet inzien. Dit was geen moeilijke vraag. *We zijn zondaars, we rebelleren tegen God.*"

"De bijbel gebruikt veel verschillende woorden om onze situatie te omschrijven, zoals in de duisternis wandelen of gescheiden zijn van God. Ik vind persoonlijk Paulus' omschrijving in Efeze heel duidelijk. Daar staat dat we *'dood waren door de overtredingen en de zonden'*. Dat is een zorgwekkende diagnose."

"Ja en de meeste Australiërs zijn het daar niet mee eens."

"Het is zelfs een nog grotere belediging in China. Ik zei altijd dat de bijbel ons 'wandelende lijken' noemt. We zien er levend uit, maar in onze harten zijn we als een dorre tak, droog en zonder leven."

Esther blies haar adem uit. "Dat klinkt beledigend."

"Het is zeker een aanval op onze trots. Dat zijn van die dingen van de bijbel waar ik van houd, het slechte nieuws wordt altijd eerst verteld. Als we eenmaal de noodzaak zien dat we gered moeten worden, wordt het goede nieuws verteld. Goed nieuws is als een diamant. Het is het beste zichtbaar tegen een zwarte achtergrond."

"Dus als iemand te aardig lijkt, moet ik mezelf herinneren aan het verhaal van Nicodemus en me realiseren dat iedereen Jezus nodig heeft." Dat beeld sprak tot haar verbeelding. Esther keek naar de klok aan de muur. "De tijd vliegt als wij elkaar ontmoeten. Ik zal blijven bidden voor mogelijkheden om met Michelle en zuster O'Reilly te praten."

"Dus heeft je leven meer betekenis tegenwoordig?"

"Dat zeker. Ik begin te begrijpen waarom ik hierdoorheen moet gaan. Zonder kanker zou ik jou nooit hebben ontmoet en dan zou ik mezelf nog steeds misleiden met denken dat ik Jezus ken."

Esther huiverde. "Het is eng om te bedenken hoe ik was. Ik zou voor een miljoen dollar niet mijn leven van toen met mijn leven van nu willen ruilen."

Joy stond op, klaar om weer aan het werk te gaan.

"De volgende keer dat we afspreken", zei Esther, "zou ik graag jouw verhaal willen horen. Ik weet wel dat je uit China komt, maar ik zou graag willen weten hoe het komt dat je zo perfect Engels spreekt."

HOOFDSTUK 27

*E*sther had haar vijfde chemokuur afgerond. Nick was thuis voor het weekend en ze waren uitgenodigd voor een feestje. Het feit dat hij in Melbourne zat was moeilijk, maar niet zo moeilijk als ze gedacht had. Ze schreven elkaar om de paar dagen. Nick noemde de kanker zelden, maar hij schreef altijd veel over wat hij allemaal leerde.

Ze had zich met zorg gekleed en ze voelde prikkels van opwinding door haar lichaam gaan. Ze wierp nog een laatste blik in de spiegel om haar pruik en lippenstift te controleren, toen stopte ze nog snel wat in haar tas, waaronder een mondkapje en steriele doekjes. Een koor aan stemmen waarschuwden haar voor het gevaar van infecties. Wat zouden ze ervan vinden dat ze naar een feestje ging? Maar ze wilde een gewoon leven. Zoals dit verlovings-feestje.

Nick arriveerde om zeven uur en lachte zijn vertrouwde lach, de lach die haar herinnerde aan de man op wie ze verliefd was geworden. "Nieuwe jurk? Het staat je geweldig."

Wonder boven wonder pakte hij zelfs haar arm. Zoals vuur papier verslindt, trok de warmte van zijn aanraking door haar vingers naar haar tenen. Hij raakte haar tegenwoordig nauwelijks meer aan. Misschien zou vanavond een nieuwe start zijn.

Het feest was al goed op gang gekomen tegen de tijd dat zij aankwamen. In de bomen hingen vrolijke blauwe lichtjes. Drankjes bubbelden. IJs tikte in de glazen. Stemmen zoemden. Ze liepen de tuin in. In gesloten ruimtes huisden ziektekiemen.

"Hé, Nick", zei iemand.

Een andere stem zei, "Nick, hoe gaat het?"

Niemand zei Esther gedag. Deze ervaring had ze dagelijks. Mensen wisten niet wat ze moesten zeggen, dus zeiden ze niets. Ze was een vreemde geworden, omhuld met een kleed van onzichtbaarheid.

Nick werd overal gevraagd, maar haar aanwezigheid drukte op de feestvreugde. Esther wees met haar kin dat ze met iemand van haar vrienden ging praten. Nick begreep wat ze bedoelde en knikte.

In de groep waren ook twee van haar bruidsmeisjes. Ze had nauwelijks nog van hen gehoord nadat de bruiloft was uitgesteld. Haar komst bracht een ongemakkelijke stilte te weeg. Iemand vroeg, "Hoe gaat het met je?" maar zodra de vraag gesteld was, richtten de meesten hun aandacht op het gras alsof ze de grassprietjes wilden tellen.

"Oh, dat had ik niet moeten vragen – niet zo tactvol."

Esther glimlachte vriendelijk om aan te geven dat ze zich niet beledigd voelde. "Je probeert vriendelijk te zijn. Dat begrijp ik." Ze wilde de ongemakkelijke start graag achter zich laten en verder gaan. "Ik geef toe dat de vierde en vijfde chemokuur een uitdaging waren, maar ik ben blij dat ik hier ben."

De helft van de groep vermeed haar aan te kijken. Wilden ze iets vragen maar durfden ze het niet? Uiteindelijk sprak iemand anders.

"Het neefje van mijn vriendje had kanker. Ze zijn er te laat achter gekomen – "

Oh nee, niet weer. "Ik hoop dat je me niet onbeleefd vindt", zei

Esther, "maar weet je wat ik graag zou willen? Ik zou het heerlijk vinden als we vanavond niet over kanker kunnen praten. Kanker domineert mijn leven. Ik zou heel graag willen horen waar jullie mee bezig zijn geweest. Is dat oké?"

Ze was bevreesd geweest om zo direct te zijn, maar de spanning nam af. Misschien hoefde ze, als ze bij deze groep bleef, dezelfde toespraak niet nog een keer te herhalen. De kanker-horrorverhalen die ze hoorde waren ongelofelijk. Was het een wedstrijd om de ergste scenario's te vertellen? Ze sloten allemaal af met "ze zijn gestorven", alsof het niets was. Het zou een opluchting zijn om over bezoekjes aan het strand, promoties en nieuwe baby's te praten.

Obers liepen rond met dienbladen met hapjes. Door de chemo-therapie was Esther haar smaak verloren, maar als ze at zag ze er normaal uit. Ze voelde zich niet normaal. Had de afgelopen tijd haar versneld volwassen gemaakt ten opzichte van haar leeftijdsge-noten? Hun gepraat leek zinloos geklets en niet een gesprek tussen volwassenen.

Ze verlangde naar een echt gesprek, met iemand als Joy Wong. Was er iemand als Joy hier? Esther stond op haar tenen en keek rond. Ze zag Gina in haar eentje staan in een uithoek van de tuin. Ze maakte zich los van de groep en liep op Gina af, stoelen, obers en groepjes mensen omzeilend.

"Wat goed je te zien, Gina." Esther kuste haar wang. "Dank je wel voor alle kaartjes. Ze zijn heel bemoedigend voor me."

"Ik hoop dat ik je niet hebt overweldigd."

"Helemaal niet. Buiten jou was er een verdovende stilte. Ik ben bang dat in onze kerk mensen zich schamen voor kanker."

"Ik wil al een poosje met je praten over de kerk", zei Gina. "Ik zou graag je advies willen."

"Luister", Esther hield haar hand op. "Voordat je verder gaat, mag ik misschien eerst iets met je bespreken wat ik al heel lang op mijn geweten heb?"

"Natuurlijk."

"Het gaat over de bruidsmeisjes voor mijn bruiloft. Ik ben bang dat ik je gekwetst heb door je niet te vragen."

Gina slikte. Was ze meer gekwetst dan Esther had gerealiseerd? "Ik zal toegeven dat ik teleurgesteld was, maar ik begreep het wel. Het is moeilijk kiezen als je talloze vrienden hebt."

Gina benaderde de situatie op de meest gunstige manier. "Echte vrienden zijn zeldzamer dan ik dacht." Esther greep Gina's arm. "Jij bent als goud. Het spijt me dat ik je niet gevraagd heb als bruidsmeisje. Ik wilde het wel, maar ik ben bang dat ik me door mijn vader onder druk heb laten zetten bij het nemen van de beslissing." Ze schoof met haar voeten. "Ik had tegen hem in opstand moeten komen. Het spijt me – ik zat fout."

Gina keek om zich heen. "Ik begrijp wel waarom je vader je onder druk heeft gezet. Victory zit vol met mensen die er perfect uitzien. Ik pas er niet tussen en dat gaat ook nooit gebeuren. Sommige mensen denken dat ik dubbel vervloekt ben. Dit ..." ze wees naar haar middel. "En dit..." ze knikte naar haar vergroeide enkel, waardoor ze mank liep. "Daar wilde ik ook met je over praten. Ik ga Victory verlaten en ergens anders naar toe. Ergens waar ik geaccepteerd word zoals ik ben."

"Oh Gina, wat vind ik dat naar om te horen!" Esther legde haar hand op Gina's schouder. "Je bent het beste van Victory op het moment. Ik heb mijn eigen beslissing steeds voor me uit geschoven. Het zal niet makkelijk zijn om weg te gaan, met Nick die jeugdleider is."

"Niet makkelijk?" Gina knipperde. "Ik had geen idee dat je zoiets zelfs maar overwoog. Als jij weggaat zal dat een groot probleem zijn voor jouw ouders – en Nick." Een ober kwam langs en ze pakten beiden een stukje mini quiche. Toen hij weer verder liep, ging Gina verder, "Ik voelde wel dat je aan het worstelen was. Ik voel me een beetje een watje dat ik vertrek en jou achterlaat."

"Luister, zou je hierover met me willen bidden?"

"Wat dacht je van donderdag na het werk? Ik kijk ernaaruit!" Terwijl Esther de afspraak op een stukje van haar servet noteerde met een geleende pen, viel er een grote druppel regen. En toen nog één en nog één. In de haast om naar binnen te komen raakte Esther Gina uit het oog. Ze kwam uiteindelijk onder aan de trap terecht. Ze keek de kamer rond op zoek naar Nick en begaf zich in de menigte op zoek naar hem, waarbij ze langs tientallen feestgangers liep, waaronder een man die hoestte zonder zijn mond te bedekken.

"Ik moet je vragen om me naar huis te brengen", zei ze in zijn oor.

Hij keek om zich heen. "Wat is er mis?"

Lette hij op haar of was hij afgeleid door mensen die met hem wilden praten? "Het was prima toen we buiten waren, maar nu zit iedereen binnen opgesloten en er is één gast die overal aan het hoesten is."

Nick stak zijn hand op naar iemand achter haar. "Wat is het probleem met dat hoesten?" Ze probeerde niet te snuiven van verontwaardiging. Luisterde hij ooit? Ze wist dat hij druk was in Melbourne, maar zijn gebrek aan erkenning van de kanker was belachelijk.

"Ik had vanavond eigenlijk beter niet kunnen komen", zei ze zo geduldig mogelijk. Moest ze het voor hem spellen? "Ik heb bijna geen immuunsysteem. Van zelfs een verkoudheid kan ik al koorts krijgen –"

Nick keek niet begrijpend. Ze moest het inderdaad voor hem spellen. " – en door koorts beland ik in het ziekenhuis."

Nick keek haar eindelijk aan. "Ik dacht dat je bijna klaar was met dat chemo gebeuren."

Eindelijk luisterde hij naar haar. "Dat ben ik ook, maar mijn immuunsysteem is zwak op het moment."

"Is er geen andere mogelijkheid?"

"Ik zou een mondkapje kunnen dragen maar ik denk niet dat er veel mensen zullen zijn die dan een gesprekje met me zullen aanknopen."

Hij hief zijn handen omhoog. "Geen mondkapjes alsjeblieft, ik breng je naar huis."

"Sorry dat ik je avond verpest."

Nick gromde. "Ik ga weer terug naar het feest, nadat ik je thuis heb afgezet."

"Oké, dat begrijp ik."

In stilte reden ze naar huis. Esther was nauwelijks de deur binnengestapt toen Nick weer wegreed. Was haar hoop dat hij haar misschien een knuffel zou geven ten afscheid naïef? Hij had haar als een melaatse behandeld sinds de diagnose, zelfs nadat ze hem had gerustgesteld dat de kanker niet besmettelijk was. Cadeautjes en bloemen waren prettig, maar ze had een vriend nodig. Een vriend die van haar hield, dwars door alle moeilijke omstandigheden. Was dat te veel gevraagd?

Esther ging de volgende ochtend niet naar de kerk. Op maandagochtend werd ze wakker met koorts. In de middag was de koorts tot gevaarlijke hoogte gestegen.

HOOFDSTUK 28

*E*sthers moeder reed haar naar het ziekenhuis. Nadat ze haar behandelkaart had laten zien, werd Esther in een speciale wachtruimte geïsoleerd. In het volgende uur verslechterde haar situatie. Ze had overal pijn en ze klappertandde.

De dokter deed een kort onderzoekje. "Je moet twee dagen opgenomen worden om intraveneuze antibiotica te krijgen."

Esther voelde zich te ziek om in discussie te gaan. De eerste dag kreeg ze nauwelijks mee, maar na vierentwintig uur was ze genoeg opgeknapt om verveeld te zijn van het staren naar de muur.

Nick was weer teruggegaan naar Melbourne. Zouden ze ooit nog tijd samen hebben? Zijn cursus was zelfs nog niet voor de helft voorbij en het nam nu al alles in beslag. Tegenwoordig was de enige tijd die ze samen hadden een vijfenveertig minuten durende lunch op vrijdagmiddag en wat gestolen minuutjes bij de jeugdgroep of in de kerk.

Zelfs de lunches op zondag met haar ouders werden gedomineerd door haar vader, die Nick ondervroeg over wat hij geleerd had. Esther was teruggebracht tot een figurant in het leven van haar verloofde. Ze was het zat dat buitenstaanders, die de frustraties van haar situatie niet kenden, haar vertelden hoeveel geluk ze had gehad. Had ze zich nu maar uitgesproken toen ze de kans had gehad. Haar kanker was een heel plausibel excuus om de opleiding in Melbourne uit te stellen.

Terwijl Esther wachtte op bezoekers zette ze de ouderwetse radio aan die was ingebouwd in het nachtkastje. Ze draaide aan de knop om op een zender af te stemmen. Toen ze langs een station draaide herkende ze een bekende stem; snel draaide ze de knop weer terug. Het moest een herhaling zijn van haar vaders 'Hour of Victory'. Hij sprak over goddelijke genezing. Esther stak haar hand uit om van zender te veranderen. Ze had er geen behoefte aan om nog meer over dit onderwerp te horen. Maar voordat haar hand bij de radio was hoorde ze een vrouw in het publiek vragen, "Maar wat als, ondanks alles wat je doet, iemand niet geneest?"

Haar vader pauzeerde. Hij hield er niet van om gehaast te spreken. "Ik ken iemand die in deze categorie valt. Vanaf het begin is duidelijk geweest dat ze niet in genezing gelooft."

Esthers maag draaide. Hij zei dit toch niet echt? Ze hoorde de vrouw een kreet van ontzetting slaken, maar haar vader was nog niet klaar.

"We moeten onszelf genezen zien en uitreiken naar de belofte van overwinning in Jezus' naam."

Had haar vader haar de hele tijd haar 'zwakke geloof' kwalijk genomen? Zou iedereen die dit hoorde, iedereen die hen kende, weten dat zij deze 'iemand' was?

De vrouw was volhardend. Wie had haar toegelaten in het programma?

"Maar er moet toch ook een andere uitleg mogelijk zijn?"

"Zoals ik zei, als het niet het gebrek aan geloof is, dan moet je kijken of er onbeleden zonde in hun leven is."

Oh, pa. Esther voelde een steek in haar hart. Ze wilde de radio uitzetten, maar nu zat ze gevangen. Ze kon niet doen alsof ze het niet gehoord had. Haar vader walste over de vrouw heen. Zelfs al zei ze iets wat klopte, zou haar vader een stap terug doen en 'sorry' in de uitzending zeggen? Dat was niet waarschijnlijk.

De vrouw had nog een vraag.

"Doctor MacDonald, u lijkt een zware last van verantwoordelijkheid op mensen te plaatsen. Er zijn toch ook voorbeelden in de bijbel waar mensen niet genezen werden?"

Haar vader ging in de aanval, hoewel hij het verbloemde met een vriendelijke stem. "Waarom vertelt u mij er niet één?"

"Geeft u mij een moment."

Haar vader was niet van plan de vrouw tijd te gunnen. "Kunt u een verhaal noemen uit het Nieuwe Testament?", zei hij met een stem waar een hint van minachting doorklonk. "Nee? En uit het Oude Testament dan?" Als een bokser die haar eerst van rechts aanviel en daarna van links, gunde hij haar geen moment om na te denken. De vrouw had geen kans tegenover zo'n ervaren tegenstander. "Je kunt geen situatie bedenken, of wel?"

"Ik heb wat meer tijd nodig."

"Ik ben bang dat we geen tijd meer hebben", zei haar vader. "Schrijf ons als je iets kunt bedenken en dan zullen we met liefde je brief beantwoorden."

Esther kon zich levendig voorstellen hoe haar vader zijn zelfvoldane lach aan het publiek zou tonen terwijl hij de show afrondde.

"Dat was het voor vandaag. Alle luisteraars, ik wil jullie graag uitdagen. Werk aan je geloofsspieren. Heb je genezingskracht nodig? Bel dan naar de hotline voor genezing." Het programma sloot af met een overwinningslied. Haar vader had een landelijke wedstrijd uitgeschreven om de ideale muziek te vinden waar hij het programma mee kon beginnen en eindigen.

Esther stak een trillende hand uit om de radio af te zetten. Ze kon zichzelf niet meer misleiden over de standpunten van haar vader. Hij zat gevangen in de wereld die hij voor zichzelf had geschapen. Hij geloofde dat niet-genezen gelijkstond aan mislukking – een mislukking in geloof of moraliteit. Ze was altijd trots op hem geweest. Nu schaamde ze zich.

Esther kon wel mensen bedenken wiens gebeden niet verhoord waren. Tenminste, niet zoals ze gedacht hadden. Jozef, die tot slaaf gemaakt en in de gevangenis gegooid was, niet wetend wanneer en of hij bevrijd zou worden. Abraham, wachtend op een zoon, zich afvragend of God hem vergeten was. En dan al die duizenden anonieme mannen en vrouwen die stierven terwijl Jezus op aarde rondliep en die niet opgewekt werden uit de dood?

Esther had heimelijk wat onderzoek gedaan naar mensen die uit Victory vertrokken waren. Het was geen groot aantal. Sommigen gingen weg omdat ze het onderwijs van haar vader afwezen. Sommigen gingen weg omdat ze dachten dat ze niet aan de maatstaven voldeden. Sommigen waren zo gekwetst, dat ze niet alleen Victory de rug toe keerden, maar ook God. De standpunten van haar vader beïnvloedden duizenden, tienduizenden.

Oh Heer. Help hem om de waarheid te zien. Laat hem anderen niet misleiden. Laat mij zien wat ik moet doen.

Was dat de stem van haar Hemelse Vader? *"Mijn kind, volg mij..."*

Toen Paul Webster zijn hoofd om de hoek stak, verslikte Esther zich in een slok water.

"Ik hoorde dat je hier was en dacht, ik loop even naar binnen om te kijken of ze goed voor je zorgen."

Esther hoestte. "Ik dacht dat mensen van uw status de assistenten stuurden of de telefoon gebruikten."

"Eh – ja." Hij vermeed haar aan te kijken. "Ik – ik was in de buurt. We willen graag dat je hier zo snel mogelijk weg bent, zodat we de chemo af kunnen ronden voor de kerst. Iedereen geeft ons de schuld als ze een verschrikkelijke kerst hebben."

Waarom was dokter Webster bij haar langsgekomen? Had het

iets te maken met al haar gebeden voor hem? "Hoe brengt u de kerst door?"

"Ik neem een paar dagen vrij. Mijn kinderen komen vaak op Tweede Kerstdag."

Dus hij had toch een normaal leven. "Hoe oud zijn ze?"

"Veertien en zestien. We zien elkaar niet meer zo vaak, nadat hun moeder vertrokken is."

Tjonge, hij deelde persoonlijke dingen. "Het spijt me dat te horen. Dat moet moeilijk zijn."

Hij vermeed haar in de ogen te kijken, alsof hij zich schaamde over welke kant het gesprek op ging. "Het is eigenlijk wel begrijpelijk, ze zagen me nauwelijks." Hij pakte haar medischdossier aan het voeteneinde van het bed. Had hij spijt dat hij uit zijn medische rol was gestapt? "Hoe dan ook, ik wilde je waardes controleren. Het is niet ongebruikelijk om een terugval te hebben in dit stadium van de behandeling."

"Ik voel me een stuk beter dan de afgelopen dagen." Ze volgde zijn gesprekslijn maar ze bad dat ze, op de één of andere manier, op een dag de kans zou krijgen om over diepere dingen te praten.

"Weet je nog waar we het de vorige keer over hadden?" vroeg hij.

"Welke onderwerp bedoelt u precies?" Ze probeerde neutraal te klinken. Waar ging dit heen?

"Sinds de eerste keer dat ik je ontmoet heb, zit ik over iets te piekeren. Eerst kwam ik tot de conclusie dat alle religieuze types beter met kanker en de behandeling om konden gaan. Maar ik heb, wat onwillig, moeten toegeven dat ik het mis had."

Zou het dan eindelijk gebeuren? Durfde dokter Webster het aan om diepere onderwerpen aan te roeren? Er trok een angstscheut door haar heen. Wat als ze het verknalde? Ze kon beter maar controleren wat hij bedoelde, voordat ze al te enthousiast werd. Misschien bedoelde hij niet wat hij leek te zeggen. "Waarover had u het dan mis?"

"Ik heb me gerealiseerd dat niet elke religie het verschil maakt. Degene die jouw ... Ik heb geprobeerd om er een beschrijving voor te vinden. Misschien 'rustig vertrouwen' of 'tevreden vreugde'. Zij zijn allemaal volgers van Jezus, niet slechts kerkgangers of volgers van andere religies."

Ongelofelijk. Een direct antwoord op haar gebeden. Het was prima om vanbinnen een feestje te vieren, maar ze moest hem niet laten schrikken.

"Ik herken de mensen die religie als een steun gebruiken en een manier om te ontkennen wat hen overkomt. Zo ben jij niet."

Dus hij was niet zo ongevoelig als hij overkwam. *Heer, geef me moed en wijsheid.* "Ik leer steeds meer om mijn Hemelse Vader te vertrouwen. Zelfs de dood is niet langer een verschrikking, omdat het betekent dat ik direct naar Jezus ga."

Hij zette een stap naar achteren. "Nou, nou, niet overdrijven. Dat geloof je toch zeker allemaal niet?"

"Wat niet?"

"Dat gedoe over de hemel."

"Het is een totaalpakket. Ik kan niet stukjes uit de bijbel pakken die me aanspreken. Het is of Gods woord of het is dat niet. Als het niet zo is, dan verspil ik mijn tijd en misleid ik anderen."

Dokter Webster leunde naar voren. "Ik had niet gedacht dat je een gokker was, iemand met blind vertrouwen."

"Het is geen gok als het gebaseerd is op bewijs", zei Esther. "U zou het eens moeten onderzoeken. Ik zou u een boek kunnen lenen dat ik erg behulpzaam vond."

Hij trok een gezicht. "Ik weet niet of ik klaar ben voor die uitdaging."

"Ik zal bidden dat u het snel zult zijn", zei Esther grijnzend.

"Ik hoef me geen zorgen te maken om je gezondheid. Je kunt je nog steeds staande houden in een debat." Hij stak zijn hand in de zak van zijn jas. "Dat vergat ik bijna, Michelle heeft me je afsprakenkaart gegeven." Hij gaf het aan haar. "Tegen die tijd moet je de laatste behandeling wel aan kunnen. In het nieuwe jaar begin je met zes weken bestraling."

Terug naar de harde realiteit van het leven met kanker. Zou het niet geweldig zijn als ze het een hele dag kon vergeten? "Ik heb nog geen kans gehad om na te denken over de bestralingen. Hoe vaak heb ik dat?"

"Vijf dagen per week, maar het duurt maar vijftien minuten."

"Nog iets om naar uit te kijken."

"Het niet te vergelijken met chemotherapie. Je voelt niets en er zijn maar een paar bijwerkingen."

"Bedoelt u dat mijn haar misschien weer zal aangroeien?" Esther voelde aan haar hoofd.

"Over een paar maanden herken je je zelf niet meer." Hij keek op zijn horloge. "Hoe dan ook, ik moet gaan. We zien je snel weer. Sterkte." Hij liep de kamer uit.

Wonderen gebeurden nog steeds. Had de man die zo ondoordringbaar als een steen leek, zojuist over de bijbel gesproken? En zelf het onderwerp ter sprake gebracht? Esther sloot haar ogen om te bidden dat er nog meer gesprekken zouden volgen.

---

*E*en voetstap wekte haar uit haar gedommel.

"Oh, dokter Singh." Esther schoof omhoog, zodat ze weer rechtop zat. "Waar heb ik dit genoegen aan te danken?"

"Je kunt me maar beter niet dokter Singh noemen hier. Dit is een persoonlijk, niet een professioneel bezoek. Ik was aan het lunchen met Sue en ze vertelde me dat je hier was. Mijn naam is Sitara."

"Wat een prachtige naam. Wat betekent het?"

"Ster."

"De mijne ook. Mijn ouders vonden Esther prachtig klinken. Ik denk dat ze hoopten dat ik zou gaan schijnen als een ster."

Dokter Singh ging niet zitten, maar bleef naast haar bed staan. "Over heel de wereld hebben ouders dezelfde wensen voor hun kinderen."

Esther had niet verwacht dat ze ooit een gelegenheid zou krijgen om iets te delen met dokter Singh en nu was ze hier! Misschien kon ze één of twee zaadjes planten, zelfs al zou zij ze geen water kunnen geven. Ze kon er toch op vertrouwen dat God iemand anders in haar leven zou plaatsen om het op te volgen? "Ik ben genoemd naar Esther, een beroemde koningin tijdens het Perzische rijk. Ken je het verhaal van Esther?"

"In de bijbel?"

"In het Oude Testament. Het is een spannend verhaal over een poging tot moord, een duivels plot en een kering in het lot." Esther gebruikte haar handen en benadrukte haar gezichtsuitdrukkingen, alsof ze een verslaggever in een film was.

"Klinkt als een bestseller, maar ik geloof niet dat ik er de tijd voor heb", zei dokter Singh. "Ik ben op de hoogte van de medische kant van jouw situatie. Maar ik ben meer geïnteresseerd in hoe het met je gaat."

Esther lachte in zichzelf. Het was haast onmogelijk om Sitara's vraag te beantwoorden zonder over haar geestelijke reis te praten. Maar hoe kon ze het vertellen zodat het kort en ter zake was?

"In het begin was het moeilijk, maar het gaat nu veel beter met me. Ik had een soort spirituele crisis waardoor ik gedwongen werd na te denken over wat ik precies geloof. Het was een hobbelige rit, maar ik begin Gods plan er in te herkennen."

"Ik neem aan dat je spreekt over de god van de bijbel?"

"Ja, Die. Door mijn crisis ging ik begrijpen wat het betekent om Jezus te volgen. Dat heeft een groot verschil gemaakt."

Dokter Singh zuchtte. "Zover ben ik niet. Ik heb de goden uit mijn verleden afgewezen, maar ik ben nog niet klaar om ze te vervangen."

Nog iemand om voor te bidden. Esthers gebedslijst was propvol mensen die het nodig hadden om Jezus te ontmoeten. Haar gebeden waren vroeger zo oppervlakkig en egocentrisch. "Ik gun het iedereen om de vrede en vreugde te krijgen die ik heb gevonden."

"Ik ben blij voor je." Dokter Singh liep naar het einde van haar bed. "Sorry voor het korte bezoekje. Ik kan maar beter weer aan het werk gaan."

Esther dankte God voor de twee mogelijkheden. Terwijl ze aan het bidden was, reed een verpleeghulp een nieuwe patiënt de kamer in. Ze maakten zich duidelijk minder zorgen over haar immuunsysteem dan gisteren. *En ja Heer, ik bid ook voor de nieuwe patiënt die zojuist verplaatst is naar mijn kamer. Helpt U mij om mogelijkheden te hebben om te delen met haar.* Toen ze klaar was met bidden, keek ze op de klok. Bijna vijf uur, Gina en Joy zouden snel komen.

Gina smeekte al weken of ze Joy mocht ontmoeten. Nu zouden ze eindelijk Joys eigen verhaal horen.

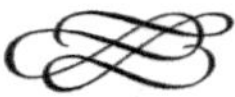

HOOFDSTUK 29

Esther trok haar benen op onder de dekens zodat Gina aan het voeteinde kon zitten. Daarmee bleef de enige stoel in de ruimte beschikbaar voor Joy.

"Joy, waarom begin je niet met iets over je familie te vertellen?"

"Ik ben de oudste van twee zusjes. Ik was ambitieus en vastbesloten om medicijnen te gaan studeren, dus ik was de hoop van mijn ouders voor de toekomst." Joy pauzeerde om hen aan te kijken. "Maar de geschiedenis stond op het punt mijn plannen te verwoesten."

"Bedoel je voorzitter Mao?" Esther trok haar neus op.

"Ja. Nu veroordelen velen hem, maar toen werd Mao Zedong gezien als een held die aanbeden moest worden omdat hij de natie grootmaakte." Joy spreidde haar armen uit. "Ik droomde ervan om een medisch specialist te worden in een glorieus rijk. Het mocht niet zo zijn. Mao lanceerde wat jullie kennen als de Culturele Revolutie."

"Welk jaar was dat?"

"Negentienzesenzestig. Ik was net klaar met de middelbare school toen alle universiteiten werden gesloten en de autoriteiten ons het binnenland in stuurde." Joy ging verzitten. "Destijds voelde het als een groots avontuur – maar het zou snel een nachtmerrie blijken. Voedsel werd gerantsoeneerd en meestal was het werk zinloos."

Geschiedenis, waar Esther alleen uit tweede hand van had gehoord, kreeg nu een gezicht.

"De Culturele Revolutie proclameerde dat het erop uit was om oud denken en oude tradities te vernietigen. Ik was verdacht omdat mijn beide ouders leraren waren." Joy grimaste. "De leiders stimuleerden hun volgers om iedereen aan te geven die de oude tradities waardeerden. Verscheidenen van mijn voormalige klasgenoten zagen hun kans, niet alleen om mij naar beneden te halen, maar ook om beloond te worden voor hun verontwaardiging."

"Het moet vreselijk zijn geweest."

"Veel erger dan vreselijk. Veel van wat goed was in mijn land, verdween. Meer dan anderhalf miljoen mensen stierven in gevangenissen en werkkampen."

Esther zag in gedachten lange rijen anonieme grijze gezichten die hun dood tegemoet marcheerden.

"Ik was één van de gelukkigen", zei Joy, haar lippen in een dunne witte streep. "Ik overleefde."

Esther greep haar knieën vast. "Waardoor heb je het overleefd?"

"Uiteindelijk was het Gods genade, hoewel ik dat toen nog niet wist." Joy schudde haar hoofd, haar ogen stonden verdrietig. "Voordat ik gevangen werd genomen, verafschuwde ik christenen. Ik zag hen als slaven van het Westerse gedachtegoed en dus, verraders. Christenen kregen de zwaarste straffen opgelegd en moesten het moeilijkste werk doen. Zij waren alles wat de communisten het meest vreesden – mensen die trouw waren aan een universele Koning."

"Ja", zei Gina. "Ik kan begrijpen dat ze zich daardoor bedreigd voelden."

"Maar hoe meer de christenen werden vervolgd", zei Joy, "des te meer hadden zij anderen lief en straalden ze Jezus' licht uit." Ze twijfelde een lang moment. "Ik beschouw Mao nu als de grootste evangelist van de wereld."

Esther ging rechtop zitten. "Wat bedoel je?"

"Het is nogal een verbijsterend standpunt en pas na jaren van reflectie ben ik tot dit standpunt gekomen. Mao's moeite om de kerk te vernietigen, schiepen juist de ideale omstandigheden voor de kerk om te groeien."

Esther zag haar eigen verwarring weerspiegeld in het gezicht van Gina.

"Ik zal het uitleggen aan de hand van een voorbeeld van een beroemde Chinese prediker. Toen hij gevraagd werd of hij angst had voor vervolging, pakte hij een glas van de tafel en liet het op de grond vallen." Joy liet een denkbeeldig glas op de grond vallen. Toen stond ze op en stampte ze op de grond.

Wat was ze toch aan het doen?

"Was hij gek?" vroeg Gina.

"Zijn luisteraars dachten destijds van wel, maar de prediker zei; 'De vijanden van Gods volk zullen je vervolgen en proberen op je te stampen. Maar hoe meer ze stampen, hoe meer stukjes er ontstaan.' Zoals in Handelingen, bleven de christenen die verspreid werden het goede nieuws delen."

"Dat is een prachtig voorbeeld", zei Esther. "Ik ben zo bemoedigd als ik voorbeelden hoor van mensen die vervolgd werden en hun geloof behouden hebben."

"Deze christenen deden me versteld staan. Wat hen ook werd aangedaan, ze bleven overstromen van vreugde. Ze zongen de hele tijd. Ze gebruikten hun eigen bloed om op de muren van hun cel te schrijven en het was mijn taak om hun woorden er weer af te schrobben. Ze schreven *Jezus is naar de wereld gekomen om zondaars te redden, van wie ik de voornaamste ben'* of *'Hierin is de liefde, niet dat wij God lief hebben gekregen, maar dat Hij ons heeft liefgehad en dat Hij zichzelf voor ons gegeven heeft.'* Wie was deze Jezus waar ze over schreven? En wat voor 'liefde' was dit?"

Tranen prikten in Esthers ogen. Christenen waren onbegrijpelijk voor buitenstaanders.

Joy schraapte haar keel. "Hoe kon ik liefde begrijpen? In mijn wereld bestond er geen liefde. Er was alleen jezelf. In mijn wereld hadden mijn klasgenoten het overleefd door mij te veroordelen."

"Het klinkt als een nachtmerrie", zei Gina. "Wat gebeurde er?"

"Ik hoefde niet veel langer te peinzen over deze liefde. Een paar oudere christelijke dames deelden hun dekens met mij en gaven mij het beste van hun eten. In feite hongerden ze zichzelf uit voor mij." Een traan liep over Joy's wang. Ze nam een schone zakdoek uit haar zak en snoot haar neus. "Ik nam hun geschenken aan, maar ik wilde zeker niet één van hun worden. Ik was van plan om te overleven, niet om mezelf op te offeren."

"Er moeten toch ook christenen zijn geweest die zichzelf niet opofferden?" zei Esther.

"Deze christenen noemden zichzelf vaak al snel geen christen meer. De gevangenis scheidde de echte snel van de valse. Vervolging louterde het goud van alle onzuiverheden. En niemand kon misleid worden door wat echt was."

Er viel een stilte.

Het beeld van goud paste perfect bij Joy. Uit het lijden was vierentwintig karaats goud in haar leven voortgekomen. Stralend, voor iedereen te zien.

"Hier is maar zo weinig vervolging", zei Esther. "Ik ben zo blij om te horen dat God vervolging ten goede keert."

"Ja", zei Gina. "Waarom denk je dat we niet veel te maken krijgen met vervolging?"

Joy gaf geen antwoord.

"Misschien omdat er niet een heel groot verschil is tussen christenen en niet-christenen", zei Esther. Het zou goed zijn om een andere keer nog verder te praten over Gina's vraag. "Joy, hoe ben je één van die mensen geworden die je verachtte?"

"Deze vrouwen brachten me onbedoeld in de problemen. Ze hielden zoveel van me, dat de bewakers aannamen dat ik één van hen was. Mijn gevangenisstraf werd verlengd met drie jaar omdat ik 'een christen geworden was'. Ik was woedend vanwege deze valse beschuldiging, dus ik nam me voor om meer aandacht te besteden aan wat ze zeiden. Als ik moest lijden als een christen, kon ik maar beter ook gaan genieten van de voordelen."

Ze lachten allemaal. "Het klinkt alsof God een vreemd gevoel voor humor heeft."

"Dat heeft Hij ook. Hij doet vaak precies het tegenovergestelde van wat we verwachten. In de gevangenis gebruikte Hij deze analfabete oude dames om Zijn doel te bereiken. Ze vertelden me verhalen. Ze kenden elk maar een paar verhalen, maar samen kenden ze er wel honderd. We organiseerden een verhalenschool en ik ontdekte wat de chronologische volgorde was van de verhalen. We hadden niet veel eten voor onze lichamen, maar deze verhalen gaven voedsel aan onze harten."

Achter het gordijn waar de andere patiënt lag, was het volkomen stil. Esther had al een hele tijd geen bladzijde omgeslagen horen worden. Ze waren niet de enigen die naar Joy luisterden.

"Wat gebeurde er daarna?" vroeg Esther.

"Om de paar dagen leerden we een nieuw verhaal en elke dag deelden we het met tien anderen. We vertelden verhalen, terwijl we de vloer schrobden en in de soep roerden. We vertelden zelfs verhalen terwijl we wachtten in de rij, fluisterend aan de persoon voor en achter ons.

Het moest op een drukke mierenhoop hebben geleken. "Hoe meer verhalen we leerden, hoe sneller we ze leerden. De gevangenis werd een heilige plek. Als we in de isoleercel gezet werden, dan vertelden we verhalen hardop. Soms hoorden we een schoen over de grond schrapen aan de andere kant van de deur."

"Kwam er ook een bewaker tot geloof?" Gina's ogen werden groot van verbazing.

"Ze zouden hun baan verliezen als het algemeen bekend werd, maar we vermoedden van wel omdat ze ons vriendelijker behandelden." Joy staarde naar haar voeten. "Bijna al deze vrouwen stierven in de gevangenis."

Gina snikte en tranen welden op in Esthers ogen. Zulke trouwe vrouwen. Zou zij zich ooit zo opofferen voor anderen? Het was makkelijk om aardig en genereus te zijn zolang het niets kostte. Maar ware liefde had een prijs.

"Voordat de vrouwen stierven lieten ze me beloven dat als ik vrij zou komen, ik Engels zou leren en christelijke boeken zou gaan vertalen, zodat de gelovigen verzekerd waren van goed geestelijk voedsel."

"Hoe lang verbleef je in de gevangenis."

"Twaalf jaar."

Gina staarde haar verbijsterd aan. "Twaalf jaar! Dus je was al dertig jaar toen je uit de gevangenis kwam! Twaalf jaar gevangen en zonder reden..."

"Als je er vanuit een werelds perspectief naar kijkt, lijkt het inderdaad weggegooide tijd. Maar als ik erop terug kijk, zie ik het als Gods genade aan mij. Doordat ik door onrechtvaardigheid moest lijden, heb ik heel lang en grondig gezocht naar rechtvaardigheid. Het maakte dat ik verlangde naar een liefde en veiligheid die niet afgepakt kon worden."

Esther kneep in Joys hand. "Bedankt dat je dit verhaal met ons wilde delen. Ik weet dat het niet makkelijk voor je is om dit te herleven. Wat gebeurde er toen je vrij kwam?"

"Het was te laat om dokter te worden, maar ik kon wel de dromen die anderen voor mij hadden vervullen. Dus ik leerde Engels."

"Hoe was dat mogelijk?"

"Toen ik vrij kwam, lanceerde Deng Xiaoping zijn 'open deur' beleid. Dit betekende dat ik oude tekstboeken kon vinden, als ik extreem voorzichtig was – en door mijn tijd in de gevangenis had ik geleerd om voorzichtig te zijn. Door een serie wonderen, kregen we een korte golf-radio. We leerden als team samen. Eindelijk kwam mijn gedrevenheid van pas. Overdag werkte ik als schoonmaakster want christenen werden vaak beperkt tot arbeidersbaantjes. Ik vond het ideaal. Ik dweilde en oefende ondertussen op mijn Engelse zinnen met mijn nieuwe vocabulaire. En ik herhaalde tien verhalen per dag."

Esther kon het niet laten om het te vragen. "Luisterde je naar de BBC? Want ik vind dat je klinkt als hun omroepers."

Joy lachte. "Ja, inderdaad. Het was een wat vreemde manier om een taal te leren. Sommigen van het team kopieerden de bijbel, maar onze focus lag op boeken voor voorgangers."

"Ik weet dat Westerse mensen probeerden de bijbel China in te smokkelen", zei Gina. "Ik neem aan dat bijbels nu niet meer nodig zijn, nu ze officieel geprint worden in het land?"

"Velen denken als jij, maar het printen wordt nog steeds strikt gecontroleerd. De officiële drukkers richten zich op buitenlandse klanten. Alleen staatskerken kunnen bijbels kopen, maar de meerderheid van de gelovigen zitten in ondergrondse kerken. Er is een grote honger naar Gods woord in mijn land."

"Ik wou dat Australiërs net zo hongerig waren naar Gods woord", zei Gina. "Hoe ben je in Australië terecht gekomen?"

"Dat maakte geen onderdeel uit van mijn plan." Er was een zweem van een glimlach te zien om Joys mond. "Het gebeurde omdat ik in de gevangenis trouwde."

De ogen van Gina en Esther sperden open. Esther zei, "Hoe was zoiets mogelijk?"

"Regels worden niet overal in China hetzelfde gehanteerd." Joy haalde haar schouders op. "Er was een plotselinge verandering van beleid en huwelijken werden gepromoot. Niet omdat ze aardig waren, maar zodat er meer soldaten zouden komen. Ik kreeg een echtgenoot toegewezen, maar we zagen elkaar nauwelijks."

Hoe moest dat zijn om een echtgenoot toegewezen te krijgen? Hoe kon Esther haar comfortabele leven, vol met keuzemogelijkheden, vergelijken met een leven vol ontberingen, honger en opsluiting?

Een glimlach lichtte Joys gezicht op. Was het de gloed van een gekoesterde herinnering?

"Zelfs in het geval van een echtgenoot was God genadig. Mijn man was ook kort daarvoor christen geworden. We brachten onze eerste nacht God prijzend door vanwege Zijn goedheid om ons aan elkaar te koppelen, zelfs al kregen we slechts voor één avond per maand toestemming om samen te zijn."

Wat een huwelijk. En zij klaagde over Nick die steeds twee weken afwezig was. Waar was Joys echtgenoot nu?

Een wolk overschaduwde Joys glimlach. "We hebben samen slechts één kind gekregen en zij werd geboren tijdens mijn hechtenis. Waarschijnlijk hadden de jaren van zwaar werk onze vruchtbaarheid afgenomen. Ik werd nog een keer zwanger, maar ik kreeg een miskraam." Joy klemde haar tanden op elkaar, alsof ze vocht tegen de tranen. "En mijn man, mijn lieve man..." De tranen wonnen het gevecht. "Hij was zo verzwakt door de gevangenis, hij stierf, tien jaar na ons huwelijk."

Joy was niet de enige die huilde. Ze zaten met hun hoofden gebogen en tranen drupten van hun neus en kin. Achter het gordijn hoorden ze ook een snik. Esther trilde. Het leven was zo oneerlijk. Had God het leven van Joys echtgenoot of haar tweede kindje niet kunnen sparen? En waarom moesten ze zoveel lijden, terwijl de mensen van Victory zo weinig leden.

Gina groef in haar tas en diepte een pakje zakdoeken op waarvan ze uitdeelde.

Esther ademde trillend in. "Wat vreselijk."

"Je hoeft geen medelijden met me te hebben. God is alleen goed en genadig voor mij geweest."

"Ik denk niet dat veel mensen het met je eens zullen zijn."

"Dan hebben ze het mis. Ten eerste", Joy hield één vinger in de lucht, "door de gevangenis werd mijn trots afgelegd en heb ik Jezus gevonden." Ze hield een tweede vinger omhoog. "Ten tweede zou ik de vriendschappen die ik in de gevangenissen heb gesloten voor niets willen ruilen." Ze ging verder met aftellen op haar vingers. "Ten derde, een christelijke echtgenoot met wie ik nooit ruzie heb gemaakt. Niet veel getrouwde stellen kunnen dat zeggen. Ten vierde, een prachtige dochter die van Jezus houdt. Zelfs mijn miskraam was een zegen. God bracht het kindje thuis voordat het vermoord zou worden door het nieuwe één-kind beleid van de overheid." Ze snikte. "God is mij niets verschuldigd."

Esther keek naar Gina. "Je begrijpt waarom ik gek ben op de tijd die ik met Joy kan doorbrengen. Haar naam, die vreugde betekent, is goed gekozen. Haar dankbaarheid en vreugde zijn aanstekelijk."

"Hopelijk krijg ik ook snel deze besmettelijke ziekte", zei Gina. "Joy, je hebt nog niet verteld waarom je hier in Australië bent."

"Toen mijn dochter achttien werd, versoepelde de Chinese overheid de regels voor studeren in het buitenland. Ze won een beurs en kwam hier een paar dagen voor het Tiananmenprotest, waarbij honderden doden vielen. Kunnen jullie je dat nog herinneren? Op 4 juni 1989. Daardoor kon ze in Australië blijven en mij over laten komen. Ik worstelde met de vraag of ik het land moest verlaten of moest blijven. Ik ben gekomen vanwege de toegankelijkheid tot boeken. Ik let goed op om alleen de beste te kiezen. Boeken waardoor de kerk niet in problemen komt."

"Iemand die jou ziet, kan nooit bedenken hoeveel pijn en moeite je gehad hebt in je leven", zei Esther. "Door je accent dacht ik dat je in een rijk gezin was opgegroeid."

"Ook rijkdom is geen garantie op een makkelijk leven."

"Hoe kan het dat je niet bitter geworden bent?" zei Gina.

"Ik heb Esther al eerder verteld dat het verhaal van Jozef heel bepalend voor mij is geweest. Hij weigerde verbitterd te raken door de ongerechtigheid die hem overkwam. Weet je nog wat Jozef zei tegen zijn broers die hem als slaaf verkocht hadden?"

"Help ons een handje."

"Hij zei, 'wees niet bedroefd en laat jullie ogen niet in toorn ontvlammen omdat jullie mij hiernaartoe hebben verkocht, want God heeft mij vóór jullie uitgezonden tot behoud van jullie levens.' Het is moeilijk om vast te houden aan wraak als ik zoveel voorbeelden om me heen heb van vergeving. Niet alleen mensen in de bijbel, maar ook mijn eigen mensen in de gevangenis. Als ik een dokter was geworden, had ik misschien mijn doelen bereikt maar was ik rijk, leeg en alleen geëindigd."

Ze ging staan en legde haar hand op Esther en Gina's schouders. "Gods wegen zijn altijd beter dan de onze."

HOOFDSTUK 30

$\mathcal{E}$sther werd op woensdag ontslagen uit het ziekenhuis en op donderdagochtend werd er een brief van Nick bezorgd. Hij had een enorme bos bloemen gestuurd toen ze in het ziekenhuis lag, maar ze hadden nog nauwelijks gepraat na de avond van het feest. De bloemen lieten haar bloed koken. Snapte hij het niet? Ze wilde met hem praten, geen bloemen krijgen. Elke dag bad ze dat Nick met haar zou praten over dingen die ertoe deden. God had al zoveel gebeden beantwoord. Waarom zou Hij deze niet ook beantwoorden?

Esther pakte de brief, snelde naar haar kamer en scheurde de envelop open.

Zoals je weet, kwam het nieuws dat je kanker hebt als een enorme schok. Ik begrijp het nog steeds niet, waarom wij?

Voortgang.

Nick bracht eindelijk het onderwerp kanker ter sprake. Zijn brieven maakten haar gek, omdat ze alleen ging over zijn opleiding en het dagelijks leven, alsof alles verder prima ging en ze twee vrienden waren bij wie alles op rolletjes liep. Ze waren niet zomaar vrienden. Ze waren twee mensen die op dit moment drie maanden getrouwd zouden moeten zijn.

Waarom bleef Nick nog steeds hangen bij 'waarom wij'? Waarom kon hij niet verder komen dan deze eerste reactie? Had ze erop moeten staan om samen naar een maatschappelijk werker te gaan? Ze ging weer terug naar de brief. *Oh Jezus, laat deze brief alstublieft een begin van een doorbraak zijn.* Dat hij bleef zwijgen over haar kanker had haar angst aangejaagd, want het leek niet normaal. Maar misschien betekende zijn stilte dat hij dingen aan het verwerken was. Het was niet zijn schuld dat hij dingen langzamer verwerkte.

IK HEB VEEL NAGEDACHT TOEN JIJ IN HET ZIEKENHUIS LAG. IK BEN ZELFS MET EEN VRIEND GAAN PRATEN DIE ONCOLOOG IS EN IK HEB HEM VERTELD OVER JOUW DIAGNOSE.

Dit klonk als een positieve stap. Maar had de oncoloog hem verder geholpen?

IK WILDE WETEN WELKE KANS OP GENEZING JE HEBT. HIJ WAS NIET ERG HOOPVOL. HIJ ZEI DAT JE ZESTIG PROCENT KANS HAD DAT JE LANGER DAN TIEN JAAR ZOU LEVEN.

Dat was een stomp in haar maag. Paul Webster had een percentage van zeventig procent genoemd. Nu had iemand zomaar tien procent gestolen. Niet tien procent van iets abstracts als geld of bezittingen, maar tien procent van haar leven.

Ze legde de brief weg en sloeg haar handen voor haar ogen. Ze begon te trillen, het begon bij haar benen en liep omhoog langs haar lichaam. Een verschrikkelijke angst drong haar hart binnen. Veertig procent kans dat, zelfs als ze haar behandeling zou afmaken, ze niet langer dan vijf jaar zou leven. Zou ze ooit haar eigen kinderen kunnen vasthouden? Hen zien opgroeien en trouwen? De vragen stapelden zich op en ze werd eronder bedolven.

Ze had naar deze brief uitgekeken. Nu maakte het haar depressief.

Esther rechtte haar rug en pakte de brief weer op.

DAT PERCENTAGE VAN ZESTIG PROCENT SCHUDDE ME WAKKER. IK BEN DERTIG JAAR OUD. IK WIL EEN GEZIN STICHTEN.

Hij was niet de enige die dat wilde, dus waarom werd zij niet genoemd?

IK HEB MIJN VRIEND GEVRAAGD HOE GROOT DE KANS OP HET KRIJGEN VAN KINDEREN IS NA CHEMOTHERAPIE. HIJ ZEI DAT DE MEESTEN WEL ZWANGER KUNNEN WORDEN, MAAR DAT HET MOEILIJKER IS EN LANGER DUURT. IK HEB MEZELF AFGEVRAAGD OF IK BEREID BEN OM DIE PRIJS TE BETALEN.

Het trillen begon opnieuw en de pagina's die ze vast had, begonnen te schudden. Zijn vragen klonken niet als iemand die bezig was dingen te verwerken. Ze klonken meer als een kapitein die van plan was het schip te verlaten. Ze klemde een hand onder haar been om het trillen te stoppen en dwong zichzelf verder te lezen.

Ik heb tien jaar lang mijn plannen aan de kant moeten schuiven toen mijn vader stierf en ik weet niet of ik dat nog een keer kan doen. Ik heb mijn beslissing uitgesteld, omdat ik hoopte dat ik de persoon was die dat wel kon. Ik wilde dat ik een soort held kon zijn, maar ik heb ontdekt dat ik dat niet ben.

Tranen drupten van Esthers kin. Ze kon de herinnering aan de dag van hun verloving niet stoppen, aan hoe Nick zijn gezicht eruit had gezien nadat ze 'ja' had gezegd op zijn aanzoek. De herinnering was zout op de wond van haar hart. Het leek zo oneerlijk. Had God, na alles waar ze doorheen was gegaan, haar relatie met Nick niet kunnen beschermen en herstellen?

De vraag was een eerste wortel van bitterheid. Ze slikte, alsof ze een vieze smaak in haar mond had.

Heer, help me om net zo te zijn als Joy en Jozef. Laat de bitterheid geen grip op mij krijgen. Maar Heer, laat deze brief niet eindigen zoals ik vermoed. Ik geloof niet dat ik nog meer kan verdragen.

Maar het leek erop dat ze toch meer moest verdragen, want de brief was nog niet klaar.

Persoonlijk ben ik ook erg bezorgd over de twijfels die je hebt, waardoor je kritisch bent over het onderwijs van je vader. Heeft je vader gelijk? Was het een gebrek aan geloof waardoor je niet bent genezen? Of is er zonde in je leven, die de genezing in de weg staat?

Nee, nee, nee. Nick was de laatste persoon waarvan ze wilde dat hij beïnvloed werd door haar vaders onderwijs. Waarom was hij niet naar haar gekomen om over deze dingen met haar te praten? Waarom, o waarom, had ze niet meer haar best gedaan om met hem te communiceren? Ze hadden begeleiding moeten krijgen van iemand die dezelfde dingen had meegemaakt. Hoewel ze zich beroerd voelde, las ze verder.

NAAR MIJN MENING PAST JOUW HOUDING NIET BIJ IEMAND DIE DE VROUW IS VAN DE VOORGANGER.

Klap na klap. Wat verwachtte Nick van een vrouw? Wilde hij iemand die altijd maar braaf knikte? Ze was zeker geweest dat Nick de juiste persoon voor haar was. Nu was ze er helemaal niet meer zo zeker van. Ze was nergens meer zeker van.

DUS IN ALLE OPZICHTEN IS HET BETER OM ONZE VERLOVING TE VERBREKEN. HET LIJKT EROP DAT WE TOCH NIET ZO GOED BIJ ELKAAR PASSEN ALS WE EERST DACHTEN. IK LAAT JE VRIJ OM DE WEG TE VOLGEN DIE JIJ DENKT TE MOETEN NEMEN.
NICK.

Esther staarde naar de kleine vlek in het tapijt waar ze ooit inkt had gemorst, haar hoofd was leeg. Alleen in een droge woestijn. Dorstig en stervende. Hoe kon het nu zo lopen? Nick liet het klinken alsof ze morgen doodging. Alsof hij haar een plezier deed.

Juist op het moment dat ze een vriend het hardst nodig had.

Nick nam afstand van haar lijden. Wat een zwakke steun bleek hij te zijn. Van de buitenkant leek hij sterk, maar vanbinnen was zijn karakter aangevreten – aangevreten door het onderwijs van haar vader, waardoor alleen nog de buitenkant intact was gebleven.

Wat voelde ze? Boosheid en bedroefdheid. Frustratie en medelijden. Haar arme moeder, ze had gezwoegd op een trouwjurk die nooit gedragen zou worden. En pa, hij zou er kapot van zijn dat hij de zoon zou verliezen die hij gekozen, begeleid en aangemoedigd had.

Ze ging liggen en sloeg op haar kussen. Beter dan huilen. *Heer, geef me kracht om een brief terug te schrijven. Een brief die opbouwt in plaats van verwoest.*

Ze had de energie niet om direct terug te schrijven, maar ze bleef bidden. Voordat ze het wist, was het donker. Hoe laat was het? Ze had zich al uren in haar kamer teruggetrokken. Waarom waren haar ouders niet gekomen om te kijken hoe ze eraantoe was? Ze keek naar de deur. Een wit blaadje stak onder de deur door.

Ik heb geklopt maar ik kreeg geen antwoord. Ik ga er vanuit dat je nog steeds erg vermoeid bent. Het eten staat in de magnetron. Pa en ik zijn buiten de deur.

Gelukkig. Ze was er nog niet klaar voor om iemand onder ogen te komen. Ze had tijd om Nick te schrijven en zichzelf weer op te kalefateren. Als haar licht uit zou zijn voordat haar ouders terugkwamen, kon ze hen misschien tot morgenochtend vermijden. Als ze haar vanavond zouden zien, moesten ze wel blind zijn als ze niet zouden merken dat er iets mis was.

Esther ging zitten en nam een papiertje uit haar la. Dit was een brief die ze met de hand zou schrijven, ook al moest ze hem misschien een aantal keer overschrijven. Het was niet het moment voor een onpersoonlijke, getypte brief. *Heer, ik ben gekwetst en verwond. Help mij U te eren en niet uit te halen in boosheid.*

Ze pakte haar pen op en begon te schrijven.

LIEVE NICK,

IK WAS TELEURGESTELD TOEN IK JE BRIEF ONTVING. IK HAD GEHOOPT DAT JE IN DEZE MOEILIJKE TIJDEN AAN JEZUS ZOU VASTHOUDEN EN HEM ZOU VRAGEN OM WIJSHEID.

Esther herlas de tweede zin. Nee. Het klonk teveel als kritiek. Ze streepte het door en ging verder. Ze zou de brief later overschrijven.

DIT IS DE MOEILIJKSTE TIJD VAN MIJN LEVEN, MAAR IK ZOU HET VOOR NIETS WILLEN RUILEN. IK HEB ZOVEEL OVER MEZELF GELEERD. KANKER HEEFT ME NAAR JEZUS GELEID EN HEEFT ME GELEERD HEM TE VERTROUWEN IN DONKERE TIJDEN. IK WEET NIET HOE MIJN WEG ERUIT GAAT ZIEN, MAAR IK WEET DAT JEZUS DE CONTROLE HEEFT.

Ze herlas wat ze gelezen had. Ze wilde Nick geruststellen dat het goed met haar zou gaan. Maar ze wilde niet dat hij dacht dat ze hardvochtig was door te vermijden over hun relatie te schrijven. De eerste zinnen van haar brief waren een herinnering voor haarzelf aan wat belangrijk was. Dat zou ze de komende dagen nodig hebben.

BEDANKT DAT JE JE UITGESPROKEN HEBT. DE AFGELOPEN

MAANDEN ZIJN PIJNLIJK VOOR ME GEWEEST, OMDAT WE NIET MET ELKAAR LEKEN TE COMMUNICEREN. EEN DEEL DAARVAN IS MIJN SCHULD. IK HEB, DENK IK, NIET GOED BEGREPEN HOEVEEL JE GEWORSTELD HEBT. IK WAS TE DRUK BEZIG MET DE KANKER EN DE CHEMO EN IK HAD GEEN ENERGIE MEER VOOR JOU. DAT SPIJT ME.

Nu ze begonnen was met schrijven, vloeide een deel van haar pijn via de inkt op het papier.

DE PROGNOSE VAN JOUW VRIEND OVER MIJN CONDITIE IS ONTNUCHTEREND.

Een traan drupte op het papier en liet twee woorden in elkaar overlopen.

IK BEGRIJP DE KEUZE DIE JE GEMAAKT HEBT, GEDEELTELIJK. WAT ZOU IK GEDAAN HEBBEN ALS ONZE SITUATIE ANDERSOM ZOU ZIJN? IK HOOP DAT JE MET TWEE HANDEN ZULT BLIJVEN VASTHOUDEN AAN JEZUS.

Esther leunde naar achteren. De belangrijkste dingen had ze gezegd en ze wilde er niet op door blijven gaan. Ze kauwde op het uiteinde van haar pen. Hoe moest ze eindigen?

IK ZAL JE RING TERUGGEVEN ZODRA MIJN OUDERS HET NIEUWS WETEN.

Inmiddels was ze geoefend in het brengen van slecht nieuws aan haar ouders, maar dat maakte het niet makkelijker.

DIT IS EEN GOED MOMENT VOOR MIJ OM EEN ANDERE KERK TE ZOEKEN. IK DENK HIER AL EEN HELE TIJD OVER NA. ALS IK VICTORY VERLAAT, ZAL DAT VOOR ZOWEL JOU ALS MIJN OUDERS GEMAKKELIJKER ZIJN.

WEES EEN MAN NAAR GODS HART.

ESTHER

Ze vertrouwde het zichzelf niet toe om nog meer te schrijven. Wraak had ze altijd veracht, maar er waren momenten in het leven dat een persoon niets liever wilde dan de genoegdoening ervaren van het openhalen van iemands gezicht, iemand slaan of bespugen.

Met haar laatste kracht schreef Esther de brief over op een schoon wit papier, adresseerde de envelop en postte hem in de brievenbus op de hoek van de straat.

Ze zou Gina morgen voor haar werk bellen en zichzelf uitnodigen voor het eten.

HOOFDSTUK 31

*E*sther drukte op Gina's deurbel, binnen hoorde ze een ketel fluiten. Gina leidde Esther haar studio in zonder een vraag te stellen. Het zelf geborduurde kussen en Gina's kunstwerken pasten bij het stucwerk die de gele kleur van zonnebloemen had. Esther voelde zich omarmd door de huiselijkheid. Esther krulde haar voeten onder zich in één van de twee stoelen die in de minuscule woonkamer gepropt waren en nam de pepermuntthee aan die Gina haar aanbood.

Gina ging in de andere stoel zitten. "Wil je eerst eten of eerst praten?"

"Beter eerst praten, anders wordt het ongemakkelijk – oh sorry –" Esthers tranen begonnen te stromen. "Ik had gehoopt dat ik dit kon doen zonder te huilen."

Gina strekte haar hand uit naar achteren en pakte een doosje tissues van het aanrecht. "Huisjes zo klein als een konijnenhok hebben zo hun voordelen."

Esther depte haar ogen en snoot haar neus. Haar nieuws zat vast in haar keel, zo groot en stevig als een cricketbal.

"Is er iets met Nick gebeurd?"

Ach, Gina begreep wel waar dit om ging. "De trouwerij is afgeblazen." Zo bot gezegd klonk het niet eens zo erg. Toch sneden de woorden door haar hart. Ze knipperde toen de gevolgen van deze woorden haar opnieuw raakten.

"Definitief?"

"Ja." Nog een steek in haar hart.

"Is het zijn beslissing of de jouwe?"

"Zijn." Ze kon niet meer opbrengen dan antwoorden die uit één woord bestonden.

"Gaat het?"

Hoe kon ze die vraag beantwoorden. Hoe ging het met haar? Ging het goed omdat ze nog uit bed kon komen? Nog kon werken? Vragen kon beantwoorden?

"Eerlijk gezegd weet ik niet hoe het met me gaat. Ik weet niet meer wat het betekent dat het 'goed gaat'. Het voelt alsof ik teveel rondes in een bokswedstrijd heb gevochten."

Gina legde een hand op haar schouder. "Ik was al bang dat dit zou gebeuren. Heeft hij het je afgelopen weekend verteld, toen hij thuis was?"

"Had je dat verwacht? Hier, lees zijn brief maar."

Gina nam de brief aan maar opende hem niet. "Weet je zeker dat je wilt dat ik hem lees?"

"Het is makkelijker dan dat ik moet proberen te vertellen wat er in staat, ik zou de hele tijd moeten huilen." Esther zat met haar handen gevouwen om het theekopje. De warmte deed haar aan Gina denken – bemoedigend, opmerkzaam en een rots van praktische vriendelijkheid en gezond verstand.

Gina las de brief door en las hem toen langzaam nog een keer. "Heb je een antwoord geschreven?"

"Ik heb een brief teruggeschreven, maar wees niet bezorgd, ik heb niet zomaar wat geschreven." Esther snikte. "Eerst kon ik het niet. Ik was teveel van slag. Toen heb ik gebeden wat ik moest schrijven."

"Hoe hebben je ouders gereageerd?"

"Ik heb het lef nog niet gehad om het ze te vertellen – ik wilde graag eerst naar jou gaan en er met jou over praten."

Gina leunde naar achteren en ze waren beiden stil.

"Wat vind je het moeilijkst op dit moment?" vroeg Gina na een lange pauze.

Wist Esther het antwoord hierop? Ze was gekomen omdat ze erop kon vertrouwen dat Gina haar met wijsheid van God zou helpen om dingen duidelijker te zien.

"Ik weet niet goed of ik het kan uitleggen, maar ik zal het proberen. Toen Nick vroeg of ik met hem wilde trouwen, leefde ik in een roes. Hij paste bij mijn familie en we leken het perfecte koppel."

Gina keek haar aan en knikte af en toe.

"Toen we verloofd waren, stapten we in de mallemolen van alle voorbereidingen. Er waren zoveel dingen waar we over na moesten denken. En zoveel mensen met meningen." Geen van tweeën noemde haar vader. Dat was niet nodig. Esther schudde haar hoofd uit frustratie. "Sorry dat ik in kringetjes praat."

"Blijf het proberen. Ik heb geen haast."

"Misschien is wat ik bedoel te zeggen, dat het verloofd zijn een bron aanboorde in mijn hart. Ik begon te fantaseren over onze toekomst, die een liefhebbende man en prachtige kinderen omvatte. Dus misschien ben ik vooral verdrietig vanwege het verlies van wat had kunnen zijn." Esther nam twee slokjes thee.

"God heeft ons gemaakt voor familie en kinderen, dus ik kan je verdriet wel begrijpen."

"Ja, maar ik zou verdrietig moeten zijn vanwege het verlies van Nick. Zijn verlies zou me zo moeten raken, niet het verlies van mijn dromen. Ik voel me schuldig omdat ik daar niet zo verdrietig om ben." Esther liet haar hoofd hangen. "Eigenlijk voel ik me zelfs een beetje opgelucht en daar schaam ik me voor."

Gina zei niets. De stilte die viel was een stilte tussen twee vrienden die op hun gemak bij elkaar waren. Waarom voelde ze zich schuldig? Was het een vals schaamtegevoel of was het een waarschuwingssignaal voor dieperliggende dingen? Had ze wel van Nick gehouden? Of was het eigenlijk iets anders geweest?

Gina raakte haar knie aan. "Waar denk je aan?"

"Ik schaam me om het te zeggen." Esther keek Gina aan. "Heb ik wel echt van Nick gehouden? Of heb ik mezelf misleid?"

"Jezelf misleiden is zo gebeurd. We richten ons op de dingen aan de buitenkant, de dingen die er op de lange termijn niet toe doen."

"Gina –" Esther trok haar knieën tegen haar borst. "Ik denk dat ik verliefd was op het verliefd zijn. Nick en ik hadden zoveel met elkaar gemeen, maar over diepere dingen praatten we niet. Natuurlijk, we werkten samen, maar dat betekent misschien niet meer dan dat we goede collega's zouden kunnen zijn."

"Denk je dat de goedkeuring van je vader ook heeft meegespeeld?"

"Ik ben bang van wel. Ik werd er moe van dat iedereen me behandelde alsof er prikkeldraad om me heen zat. De enkeling die daar doorheen probeerde te komen, kreeg nooit de goedkeuring van mijn vader. Het was een opluchting dat ik een vriendje had die ik ook thuis kon uitnodigen. En het was niet vervelend dat hij knap en sportief was en aanbeden werd door andere vrouwen in de kerk." Esther zuchtte. "Ik ben dwaas geweest."

"De problemen kwamen niet alleen van jouw kant."

Esther zuchtte van pijn en vermoeidheid. "Ik ben zo teleurgesteld in hem. Ik bleef vasthouden aan mijn fantasie van de man van mijn dromen." Ze staarde naar het plafond. "Op veel manieren is onze relatie maanden geleden al gestorven. Nick is nooit verder gekomen dan de 'waarom ik' fase. Dat mijn vader het mis kan hebben, zal hij niet eens overwegen, dus hij gelooft dat ik gezondigd heb of niet genoeg geloof heb om genezen te worden. Als ik andere mogelijkheden opper, dan denkt hij dat ik mijn zonde probeer te bedekken."

"Ze zitten allebei gevangen in hun eigen denken."

"Ja." Esther masseerde haar pijnlijke nek. "Nick zit al sinds de ontdekking van de kanker in de ontkenningsfase. Door zijn brief heeft hij tenminste toegegeven dat hij geen held is. Er zijn veel momenten geweest na de diagnose dat ik met de vraag geworsteld heb of ik de verloving zou moeten verbreken. Het leek te veel gevraagd van Nick om bij iemand te blijven met stadium III kanker. Ik weet niet zeker wat ik zou hebben gedaan als ik in zijn schoenen stond."

"Ik wou dat hij op dat punt gestopt was met schrijven", zei Gina. "Voor die reden kan ik wel begrip hebben, maar door de kritiek die hij verderop in de brief geeft, heeft hij mijn respect verloren."

"Denk je dat de dood van zijn vader invloed heeft op zijn vermogen om mijn vaders fouten te kunnen zien?"

Gina trok een wenkbrauw op. "Wat bedoel je?"

"Pa is veel meer dan alleen Nick zijn baas. Hij is zijn surrogaat-vader geworden. Ik weet uit eigen ervaring hoe moeilijk het is om vraagtekens te zetten bij iets wat mijn vader doet. Ik kan het Nick niet kwalijk nemen dat hij dat risico niet wil nemen."

"Het klinkt alsof ik beter twee keer zo veel kan bidden voor je vader."

"Ja, graag. We hebben het nodig. Als ik vooruitkijk, dan lijkt alles donker en verwarrend."

"Kun je helemaal geen hoop zien?"

"Je kent het antwoord. Ik vertrouw erop dat Jezus de macht heeft. Ik kan dat nu niet zien, maar ik geloof toch dat Hij regeert en dat Hij me niet zal verlaten."

Gina glimlachte, een glimlach van iemand die zich verheugt op een nieuwe dag. "Het is een wonderbaarlijke hoop, niet waar?"

"Ik maak me, net als om Nick, ook zorgen om mijn moeder. Ze zijn beiden diep toegewijd aan mijn vader. En pa heeft een gebeurtenis met de omvang van iets als Hiroshima nodig om te veranderen."

"Laten we hopen dat zoiets niet gebeurt. Waarom bidden we nu niet voor hem?"

Zij en Gina bogen hun hoofden en Gina bad.

"Heer, heb genade met Nick. Hij zal nu pijn hebben en zich een mislukking voelen. Heer, help hem dingen niet onder het kleed te vegen. Help hem de dingen die diep in hem verborgen liggen te confronteren. Help hem om naar U toe te keren als Vader en niet naar William. William kan fouten maken, U zult dat nooit doen."

Gebed was een geweldig iets. Zelfs al waren de woorden niet bijzonder, een bovennatuurlijke rust daalde neer in haar hart.

"En geef moed aan Esther als ze haar ouders het nieuws moet vertellen. Wilt U de hele familie helpen om elkaar te versterken en niet uiteen te vallen."

Ja, Esther was bang dat dat zou gaan gebeuren, dat ze uit elkaar zouden vallen. Gina bad nog even door.

"Amen", zei Esther. "Ik kan je niet genoeg bedanken dat je naar me luistert. Je bent zo'n bemoediging voor mij."

"Ik heb veel geleerd door te kijken naar jou en hoe jij hier doorheen gaat. Ben je klaar om te eten?" Gina stond op en liep naar de keuken. "Niets bijzonders, gewoon een biefstukje met groenten."

Ze aten, met een dienblad balancerend op hun knieën, in een gemoedelijke stilte. Gemoedelijk omdat het een stilte was tussen twee echte vrienden die elkaar vertrouwden en respecteerden.

"Heb jij al een andere kerk gevonden?" vroeg Esther, nadat ze haar laatste hap had doorgeslikt.

"Ik heb de tijd genomen en er een aantal bezocht. Wil je met me meekomen aankomende zondag?"

Dat was precies wat Esther wilde. "Het zou voor iedereen veel makkelijker zijn als ik deze zondag niet in Victory ben. Hoe laat begint de dienst?"

HOOFDSTUK 32

$\mathcal{E}$sther arriveerde de volgende ochtend op haar werk met wallen onder haar ogen door het gebrek aan slaap. Als ze niet al zoveel vrije dagen had opgenomen, dan zou ze vandaag vrij-nemen om geestelijk bij te komen. Haar emoties waren één puin-hoop. Spijt en teleurstelling. Opluchting, dat ze niet meer hoefde te worstelen om de relatie vooruit te krijgen. Boosheid, op zichzelf dat ze niet proactiever was geweest en begeleiding had gezocht voor haar en Nick. En angst, bij de gedachte het nieuws aan haar ouders te moeten vertellen. Misschien had ze het haar ouders al moeten vertellen, maar ze hadden elkaar nog nauwelijks gezien.

En bovendien, ze zou het gesprek pas aangaan nadat ze heel veel gebeden had.

Ze opende haar kluisje, stopte haar tas en vest erin, deed het deurtje dicht en draaide hem op slot. Haar kaak en nek deden pijn van de spanning. Esther spande haar kaak aan door een gaapbeweging te maken en rolde met haar schouders. Vandaag was het een tanden-op-elkaar-en-doorgaan dag. Er konden maar beter geen moeilijke gevallen zijn.

Toen ze bij de kluisjes vandaan liep, riep de receptioniste haar toe.

"Esther, er is een briefje gekomen van de palliatieve afdeling."

Wie kende ze daar? Esther scheurde de envelop open.

LIEVE ESTHER, IK HOOP DAT JE NOG WEET WIE IK BEN. MIJN NAAM IS ANNA AGOSTO. WE HEBBEN ELKAAR VOOR HET EERST ONTMOET TOEN ONZE INFUSEN MET ELKAAR IN DE KNOOP RAAKTEN IN DE CHEMO ZAAL.

Natuurlijk herinnerde ze zich Anna, maar waarom schreef ze aan iemand die ze nauwelijks kende?

DIT BRIEFJE IS GESCHREVEN VANAF DE PALLIATIEVE AFDELING, DUS JE ZULT BEGRIJPEN DAT HET NIET ZO GOED MET ME GAAT. DE KANKER IS TERUG EN ER IS ME GEZEGD DAT DE RESTERENDE TIJD WEKEN OMVAT, ZO NIET DAGEN. IK WIL JE OM EEN GUNST VRAGEN; ZOU JE DE MOED HEBBEN OM ME TE BEZOEKEN TIJDENS JE LUNCHPAUZE? IK HEB JE VRIENDELIJKHEID GEWAARDEERD EN IETS DAT JE GEZEGD HEBT, HEEFT ME AAN HET DENKEN GEZET.

Waarom kreeg ze uitgerekend vandaag deze mogelijkheid, nu ze er zelf zo doorheen zat? Wat zou ze gezegd kunnen hebben in het korte gesprekje met Anna dat zo'n indruk had gemaakt? Misschien hadden haar gebeden meer impact gehad dan haar woorden.

Palliatieve zorg was de wachtkamer van de dood, om daar een bezoek af te leggen, betekende dat ze de dood onder ogen moest komen. Maar maakte het uit of ze zich daar oncomfortabel bij zou voelen of dat ze zich niet op en top voelde vandaag? Als er een kans was om te vertellen over Jezus, zelfs al was het maar een kleine kans, dan moest ze niet twijfelen.

Esther belde en liet een bericht achter dat ze tussen de middag langs zou komen. Gedurende de ochtend waren haar gedachten in drieën gesplitst, tussen de cliënten, gebed voor Anna en haar eigen persoonlijke pijn.

*D*e palliatieve zorg in hun ziekenhuis blonk uit. De afdeling was omringd door prachtige tuinen, de muren waren behangen met kunst, gedoneerd door dankbare families als aandenken aan hun familieleden. Er waren alleen privékamers en de bezoekuren waren op de persoon afgestemd. Esther arriveerde op de afdeling en liep Anna's kamer binnen. Anna richtte zich wat op in haar bed en stak haar hand uit.

"Hartelijk dank dat je gekomen bent. Ik zou er begrip voor hebben gehad als je een bezoek niet aan had gekund."

"Ik wilde je niet laten zitten en ik hoefde alleen maar de straat over te steken."

Dertig minuten voor een gesprek. Zou het lang genoeg zijn? *Laat dit gesprek op gang komen, Heer.* Esther herinnerde zich wat Anna had geschreven en dat zou een natuurlijke start van het gesprek zijn. "Je schreef in je briefje dat ik de vorige keer iets gezegd hebt dat je aan het denken had gezet."

"Je zei dat je je geen zorgen hoefde te maken over de toekomst omdat Jezus je lasten draagt. Zo ken ik Jezus niet."

Anna's woorden staken Esther in haar hart. Piekeren over problemen was niet vertrouwen op Jezus. En door haar gepieker van de afgelopen tijd had ze niet goed meer kunnen slapen.

"Eigenlijk weet ik gewoon niet hoe Jezus in het hele plaatje past. Ik ga naar de mis, maar dat is een traditie waar ik nooit veel over na heb gedacht." Anna gebaarde naar de kamer om zich heen. "Mijn aanwezigheid hier brengt al mijn twijfel aan het licht."

Wat bijzonder dat een gesprek dat Esther zich nauwelijks herinnerde, zo'n impact had gehad. En dat God haar, ondanks haar eigen zwakheid, gebruikte. "Waar ben je het meest bang voor?"

"Waar begin ik? Ik maak me het meest zorgen om mijn familie. Hoe zal het voor Tony zijn als alleenstaande ouder met drie jonge dochters? Wat als hij weer gaat trouwen?" De vragen stroomden uit haar, alsof ze al heel lang opgesloten hadden gezeten. "Zal zijn nieuwe vrouw mijn meisjes de liefde en zorg geven die ze nodig hebben? Ze zijn zo jong. Hoe zullen mijn dochters zich redden zonder mij?"

Ze begon te huilen.

"Waar zijn de tissues als je ze nodig hebt?" vroeg Esther. Anna hikte. "Ze zijn op de grond gevallen."

Esther deed een greep onder het bed en gaf ze aan Anna. Anna wreef over haar wangen. "Ik huil de hele tijd in mijn eentje en probeer dat niet te doen waar anderen bij zijn."

"Huil gerust terwijl ik er ben."

"Daarom wilde ik graag dat je zou komen. Ik voel dat je me begrijpt en ik moet met je praten. Mijn man is een rots, maar hij is aan het verdrinken in zijn verdriet. En de maatschappelijk werkers kunnen hem onvoldoende steun bieden."

Esther wist wat ze moest aanbieden, maar was ze er klaar voor om zo betrokken te raken bij de problemen van een vreemde? Nu ze zelf al meer dan genoeg had? Maar ze wist wat Jezus wilde dat ze zou doen. "Zou het helpen als ik zou komen tijdens mijn pauzes?"

"Het voelt als te groot om dat te vragen. De meeste mensen vermijden me."

"Ik volg Jezus", zei Esther. "Ik geloof niet in vermijden."

"Dat is wat me aan je opgevallen is", zei Anna. "Je bent bereid om de confrontatie aan te gaan. Bij jou hoef ik niet te doen alsof –" Ze greep Esthers hand. "Esther, ik ben zo bang. Soms is het verbergen van mijn angst het moeilijkste. Tony heeft brede schouders, maar ik wil hem niet nog meer belasten."

"Laten we een afspraak maken", zei Esther. "Als ik hier ben, kun je zeggen wat je wilt en zoveel huilen als je wilt, hoe zielig of bizar het ook mag lijken."

"Dat is een opluchting." Anna liet Esthers hand los. "Soms denk ik dat ik uit elkaar ga knallen door alles binnen te houden."

Esther legde haar hand even op die van Anna. "Waar ben je, naast de zorgen om je familie, nog meer bang voor?"

"Ik ben bang voor de pijn in de laatste dagen – en bang voor de afhankelijkheid. Ik maak me zorgen dat ik de controle over al mijn lichaamsfuncties zal verliezen." Ze trok haar neus op. "Dat zou beschamend zijn. Ik wil niet dat Tony's laatste herinneringen aan mij hem doen walgen." Ze huiverde. "Ik wil met waardigheid sterven."

"Deze plek is erop gericht om mensen met waardigheid te laten sterven."

"Ja, ze zijn geweldig op het gebied van 'waardig sterven', maar ze kunnen niet omgaan met mijn grootste angst." Anna liet haar stem zakken. "Esther, ik ben bang om alleen te sterven. En ik ben bang dat zelfs als deze kamer vol staat met mensen, ik me nog steeds alleen zal voelen." Anna staarde naar de deur. "Ik vraag me af of deze wereld alles is dat er is." Ze leunde naar voren en fluisterde, "Klink ik gestoord?"

"Ik denk van niet", zei Esther. "Je stelt de juiste vragen. De meeste mensen vermijden ze."

"Maar ben jij dan niet bang voor de dood?" Anna balde haar vuisten boven op haar dekbed. "Waarom ben je niet bang? Dat wil ik het allerliefste weten. Wat jij hebt… Is dat er ook voor mij?"

Esthers hart maakte sprongetjes. Ze had gebeden dat ze iemand zou ontmoeten die oprecht verlangde naar meer. Ze maakte zich er nog steeds druk om dat ze het zou verpesten, maar Joy bleef haar eraan herinneren dat ze de woorden zou krijgen die ze nodig had.

"Ik ben niet bang voor de dood, omdat ik weet waar ik naartoe ga. Of liever – naar Wie ik toe ga. Jezus heeft me beloofd me nooit te verlaten en ik geloof Hem."

"Hoe kan ik geloven als jij? Ik ken Jezus al mijn hele leven maar Hij is altijd op afstand geweest." Ze keek uit het raam. "Het is nooit bij me opgekomen dat Hij relevant kon zijn voor mijn leven."

Heer, laat dit gesprek verder gaan. "Het is makkelijk om iets over Jezus te weten, maar we kennen Hem dan zoals we een beroemde filmster kennen die we in een film gezien hebben." Zou Anna de vergelijking oppakken? "Iets over iemand weten is iets heel anders dan iemand persoonlijk kennen."

"Hoe leer je Jezus persoonlijk kennen?"

Heer, geef me de juiste woorden. "Hoe heb je je man leren kennen?"

Anna straalde. "Ik heb hem op de universiteit ontmoet en we waren bijna elke dag samen. We praatten samen en trokken samen op."

Esther knikte. "Jezus leren kennen gaat op dezelfde manier. Het grote verschil is dat Jezus niet fysiek aanwezig is, dus we leren Hem kennen door verhalen en getuigenissen."

"Ik begrijp het niet." Anna fronste haar voorhoofd. "Jij was er niet bij toen Jezus leefde."

"Dat klopt." Esther lachte. "Maar vier verschillende mensen hebben het verhaal van Zijn leven opgeschreven. Ze hebben niet alleen verteld hoe zij over Hem dachten, maar ook hoe Zijn vijanden op Hem reageerden." Kon ze nog meer zeggen? "Zou je het leuk vinden als ik een paar van die verhalen zou vertellen, elke keer dat ik op bezoek kom?"

"Verhalen?" zei Anna. "Ja, ja, ik vind het fijn om naar verhalen te luisteren. Misschien vergeet ik daardoor even mijn situatie." Uit haar reactie maakte Esther op dat Anna 'verhalen' niet als 'geschiedenis' zag. Geen probleem. De Auteur van deze verhalen was prima in staat om Anna's aannames te veranderen.

Anna ging verliggen.

"Je hebt pijn hè?" vroeg Esther.

"Ik heb de verpleegster gevraagd mijn medicatie wat uit te stellen, zodat ik alerter zou zijn voor jouw bezoek."

Zou Anna zich wel op het verhaal kunnen concentreren? "Kun je het nog tien minuten volhouden? Dan vertel ik je een kort verhaal over een stervende man die Jezus ontmoette."

"Kort klinkt goed." Anna schudde haar kussens een beetje op.

"Ik zal met een korte introductie beginnen. Dit verhaal is over een crimineel die de doodstraf kreeg en gekruisigd werd. Ons verhaal vindt plaats in de laatste uren van zijn leven."

"Is dit één van de misdadigers die met Jezus werd gekruisigd?"

"Heb je dit al eens gehoord?"

"Ja, maar ik heb er nooit over nagedacht dat het iets voor mij kan betekenen."

"Ik denk dat je het wel relevant zult vinden. Het verhaal loopt misschien wat stroef want ik heb het niet echt voorbereid, maar ik zal mijn best doen." Esther ging rechtop in haar stoel zitten. "Oké – Jezus was gekruisigd met een misdadiger aan Zijn rechterkant en een misdadiger aan Zijn linkerkant. Terwijl Jezus daar hing, zei Hij; *Vader, vergeef het hun, want zij weten niet wat zij doen.*'"

Anna zat onbeweeglijk terwijl Esther verder ging.

"De religieuze leiders kwamen en spotten met Jezus, 'Anderen heeft Hij verlost, laat Hij nu Zichzelf verlossen als Hij de Christus is.' Eén van de misdadigers viel hen bij. 'Ja, als U de Christus bent, verlos dan Uzelf en ons.'" Esther legde de spot in haar stem. "Maar de andere misdadiger zei tegen de eerste, 'Vreest u zelfs God niet, nu u hetzelfde vonnis ondergaat? Wij verdienen het om hier te hangen, maar deze man Jezus heeft niets verkeerds gedaan.' Toen zei hij tegen Jezus, 'Heer, denk aan mij, als U in Uw Koninkrijk gekomen bent.'"

Esther pauzeerde. "En Jezus antwoordde; *Voorwaar, zeg ik u, heden zult u met Mij in het paradijs zijn.*'"

"Dit verhaal is bekend. Het is denk ik een onderdeel van de Paaslezingen."

"Ja, waarschijnlijk. Heb je genoeg energie om er een paar minuutjes over te praten?"

"Dat denk ik wel. Er is zoveel dat ik niet begrijp."

Joy had voorgedaan hoe ze vragen kon stellen, dus Esther wist in grote lijnen wat ze moest doen. "Wat denk je dat de tweede dief voelde, toen hij daar aan het kruis hing?"

Anna hield haar hoofd schuin. "Angst in ieder geval. En misschien spijt dat hij zijn leven vergooid had en de mensen die hij liefhad, gekwetst had."

Dat was een goed begin, Anna leek op haar gemak bij het beantwoorden van de vragen. "Waar zou hij bang voor zijn?"

"Voor de pijn van het doodgaan", antwoordde Anna, toen tuitte ze haar lippen. "Misschien was hij bang voor… wat er met hem zou gebeuren na zijn dood? Ja." Ze knikte. "Ik denk dat dat zijn grootste zorg was. Ik deel die zorg en ik ben lang niet zo slecht geweest als hij. Ik heb altijd geprobeerd mijn best te doen. Het gekke is dat ik niet weet of het genoeg is. Ik ben nog steeds bang."

Ze keek naar Esther. "Als ik zeker wist waar ik naartoe zou gaan, zou ik niet angstig zijn, toch?"

Wow, dit was opwindend, Anna was echt betrokken. "Je hebt gelijk. Gered worden gaat niet over goed doen. Ik bedoel, wie kan Gods standaard van volmaaktheid evenaren?" Ze waren beiden een lange tijd stil.

Toen vroeg Esther, "Wat gebeurde er met de tweede misdadiger? Wat zei Jezus tegen hem?"

"Vandaag zul je met Mij in het Paradijs zijn."

"Dus hij is gered?"

"Ja…." Anna kneep haar ogen half dicht. "Maar ik begrijp niet waarom, hij heeft het niet verdiend."

"Dit verhaal heeft vele mensen versteld doen staan. Laten we teruggaan om te kijken of we kunnen ontdekken waarom Jezus hem accepteert." Anna leek haar vermoeidheid te zijn vergeten. "Het eerste wat de tweede dief zei, was; 'Vreest u zelfs God niet? Wij verdienen hier te zijn, maar Jezus heeft niets verkeerd gedaan." Wat kunnen we leren van wat hij zegt?"

"Hij lijkt heel duidelijk te zijn, toch? Hij bedoelt dat hij zelf niets anders verdient dan de kruisiging en dat Jezus onschuldig is en het niet verdiende om dood te gaan."

"Ja", zei Esther. "Maar hoe wist hij dat Jezus onschuldig was?"

"Kon het zijn dat – hij verhalen gehoord had over Hem?"

"Dat is een hele goede mogelijkheid. Per slot van rekening reisde Jezus drie jaar lang door heel Israël, terwijl hij mensen onderwees en wonderen deed. Er moeten geruchten en roddels rond zijn gegaan. Welke andere mogelijkheden zou de misdadiger hebben gehad om te leren?" *Dank U Heer, dat U de woorden geeft voor wat ik moet zeggen of vragen.*

"Oh, ik weet het." Anna's vuisten sloegen aan beide kanten van haar lichaam op het bed. "Hij had Jezus de hele dag gezien en opgemerkt hoe Hij anderen behandelde."

"De Romeinse soldaten zullen Jezus een mysterie hebben gevonden", zei Esther. "Ze waren eraan gewend om uitgescholden te worden, maar Jezus bleef stil. Toen de mensen Hem mishandelden en bespotten, vergaf Jezus hen. Dus, tot nu toe hebben we twee dingen ontdekt." Esther stak haar wijsvinger op. "De misdadiger weet dat hij een zondaar is." Esther stak nog een vinger op. "En ten tweede, hij weet dat Jezus een onschuldige man is die vergeeft wie Hem pijn doen. En nu de volgende zin, "Jezus, denk aan mij als U in Uw Koninkrijk komt."

Anna sloot haar ogen. Was ze er niet meer bij? Moest Esther wachten of moest ze er vandoor gaan en Anna met rust laten? *Heer, wilt U Anna helpen om de dingen aan elkaar te kunnen koppelen. Ze heeft jarenlang willekeurige stukjes van de puzzel gehoord.*

Anna's ogen sprongen open en ze greep Esthers arm. "Ik heb me iets geks gerealiseerd. Op alle plaatjes die ik van Jezus heb gezien, is

Hij verfomfaaid. Zijn haar hangt slap, Hij zit onder de wonden en bloed. Hij lijkt een volkomen mislukking. Niet een Koning. En zeker niet in staat om iemand te redden."

"Wat bedoel je precies?"

"De misdadiger zei; 'Denk aan mij als U in Uw Koninkrijk gekomen bent'. Hij ziet geen mislukking – hij ziet een Koning." Anna's stem was omhooggeschoten en alle sporen van vermoeidheid waren verdwenen. "Hij ziet een Koning die Zijn Koninkrijk binnen gaat. Hoe is dat mogelijk?"

"Dat heb ik nog nooit gezien. Ik denk dat alleen God hem die waarheid heeft kunnen laten zien."

"Denk je, heeft God dat gedaan?" Anna's stem was hijgerig. "Denk je dat God zojuist hetzelfde bij mij gedaan heeft?"

"Weet je, ik denk van wel!" Esther grijnsde naar Anna. "Jouw opwinding is besmettelijk. Er is mij ook iets nieuws opgevallen. De misdadiger vraagt aan Jezus om hem te herinneren. Hij vraagt Hem niet om redding." Anna keek naar Esther alsof ze een vreemde taal had gesproken. "Zoals de meesten van ons denkt de tweede misdadiger dat redding alleen weggelegd is voor goede mensen en hij weet dat hij niet aan de standaard voldoet."

Anna stuiterde van opwinding. "Maar Jezus gaf hem wat hij niet verdiende. Hij wordt gered en dat betekent..." ze keek omhoog naar het plafond "....dat betekent dat redding niet gebaseerd is op wat we doen." Haar gezicht straalde van vreugde. "Het leven is geen examen waar we voor slagen of zakken. Het is gebaseerd op de vraag of Jezus ons accepteert of niet."

"Ik word helemaal enthousiast van jou. Die man had geen enkele mogelijkheid om goede dingen te doen en zo Jezus' goedkeuring te ontvangen. Hij kon moeilijk tegen de soldaten zeggen; 'Hé daar, laat me eens van het kruis. Ik moet gedoopt worden en geld aan de armen geven en mijn ouders helpen.' De tijd om dat te kunnen doen, was voorbij. Alles wat hij deed was toegeven dat hij onwaardig was en hij herkende de waarde van Jezus." Esther pauzeerde en nam de tijd, zodat de waarheid in hun beide harten kon bezinken. "En toch accepteerde Jezus hem."

"Ik ken het woord 'genade'", zei Anna. "Is dat het woord dat e zou gebruiken voor dit verhaal?"

"Genade – onverdiende gunst", zei Esther. "Ja- dit verhaal is een perfecte illustratie van dat woord."

Anna ging weer goed liggen met een vermoeide, maar tevreden glimlach.

"Ik ben zo blij dat je gekomen bent. Het meeste van de religie waar ik mee opgegroeid ben, voelde aan als een onbekend zwart gat. Ik denk dat ik nu het belangrijkste puzzelstukje heb gevonden. Die misdadiger zal nog steeds geleden hebben, maar hij zal niet meer angstig zijn geweest. Hij wist waar hij naartoe ging –"

"- en hij wist Wie hem zijn toegang tot de hemel zou garanderen." Esther was zo enthousiast dat ze Anna's zin afmaakte. "Hij kwam samen met de Redder binnen."

"Anna, ik moet nu echt gaan. Mijn volgende cliënt is er over vijf minuten. Vind je het leuk als ik morgen weer kom?"

"Maar morgen is het zaterdag."

Iemand over Jezus vertellen was stukken beter dan zitten te kniezen om Nick. "Ik ben vrij en ik vind het fijn om te komen. Morgen kunnen wij bij het begin van Gods verhaal beginnen."

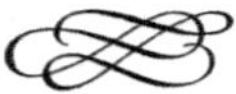

HOOFDSTUK 33

Twee dagen later aten Esther en haar ouders de gebruikelijke late zondagslunch in de eetkamer.

"Pa, heeft u nog wat van Nick gehoord?" vroeg Esther.

Haar vader keek niet op van wat hij aan het doen was, boter smeren op een broodje. "Nee en dat is vreemd, want normaal gesproken belt hij me halverwege de week. Hij heeft al een poos niet meer bij ons gegeten."

God had haar de openingszin gegeven die ze nodig had. "Ik betwijfel of hij de komende tijd een bezoek zal brengen."

Haar vader liet zijn mes vallen. "Wat probeer je te zeggen?"

"Nick heeft de verloving verbroken." Makkelijke woorden om te zeggen, maar zo moeilijk om te accepteren.

Haar moeder gaf een luide snik en sloeg haar handen voor haar ogen, maar haar vader bleef doorvragen. "Je bedoelt, definitief?"

"Ja, definitief." Waarom voelde zoveel van hun recente conversaties alsof ze moest zwoegen om een idioot de conclusies van een gesprek te laten inzien? "Hij wil niet meer met me trouwen."

"Waarom dan niet? Je zult snel weer beter zijn en je zult er weer goed uit zien."

Waarom kon hij niet op iets belangrijks focussen? Waarom moest ze praten over dingen waarover ze liever niet sprak? "Hij denkt van niet. Een vriend van hem heeft gezegd dat mijn overlevingskansen niet zo hoog zijn als mij gezegd is. Hij heeft besloten dat het niet de moeite waard is om rond te blijven hangen."

"Oh, Esther – wat vreselijk voor je." Haar moeders gezicht was zo wit als een doek.

"Natuurlijk was hij overstuur", zei haar vader.

"Dokter Webster is optimistischer."

"Waarom heb je zo lang gewacht voordat je het ons verteld hebt?" Hij hield ook nooit op.

"Ik weet het pas een paar dagen en we hebben elkaar nauwelijks gezien deze week."

"Was je daarom niet in de kerk vanochtend?"

Esthers maag verkrampte. Ze had gehoopt dat ze deze twee gesprekken niet tegelijkertijd zou hoeven voeren. Maar natuurlijk had haar vader met zijn arendsoog haar afwezigheid opgemerkt. "Eigenlijk overwoog ik al een tijdje om ergens anders naartoe te gaan. Gina en ik zijn naar de baptistenkerk vlakbij het ziekenhuis gegaan."

"Wat bedoel je daar mee? Ben je van plan Victory te verlaten?" De vraag spoot eruit als water uit een brandslang. "En wat denk je dat dat voor indruk maakt? Mijn eigen dochter die ergens anders naartoe gaat."

Esther leunde naar achteren, omvergeblazen door zijn spervuur. Maar ze zou zich niet laten overdonderen door hem. Die tijd was geweest. "Pa, waarom gaat het om wat voor indruk dat maakt? Draait het niet om doen wat God van ons vraagt?"

"Ik begrijp niet wat je zegt. Bij Victory draait alles om het eren van Jezus."

Ze ging hier niet op in. Alles wat ze zou zeggen, zou beschouwd worden als een persoonlijke aanval. "Ik heb de afgelopen maanden moeite gehad om naar Victory te gaan."

"En waarom zou dat moeilijk zijn?"

Waar moest ze beginnen? "Hoe meer ik in de bijbel lees, hoe minder ik me er op mijn gemak voel."

Er viel een langdurige stilte. Buiten ronkte een grasmaaier, maar binnen kraakte de kamer van onuitgesproken spanning. Haar moeder vluchtte de keuken in. Alledaagse bezigheden in de keuken gaven haar een acceptabel excuus weg te lopen zodra ze de spanning voelde van een naderend conflict.

Heer, ik heb uw hulp nodig – nu.

Haar vader liep rood aan. "Wat impliceer je daar mee?" Zijn stem was kalm, ijzig kalm, als de stilte voor de storm.

"Pa, u weet dat ik moeite heb met de boodschap die gebracht wordt in Victory. We hebben er na de preek over Hebreeën over gepraat."

"Het komt op mij over dat jij worstelt met jouw houding ten opzichte van veel dingen. In het begin heb ik het nog toegeschreven aan de druk waar jij onder stond, maar jouw aanvallen worden steeds moeilijker te negeren."

Dus nu lag het aan haar. Op de één of andere manier hielp het haar om in te zien welke manipulatietechnieken haar vader gebruikte, daardoor had hij minder vat op haar. Haar hart stroomde over van medelijden en verdriet. Ze had geweten dat dit gesprek moeilijk zou zijn. Moeilijk? Het was bijna onmogelijk.

"Het spijt me dat u denkt dat het aan mijn houding ligt." Ze ging niet haar excuus aanbieden voor wat ze inhoudelijk had gezegd. "Ik heb geprobeerd respectvol te blijven, terwijl ik nadacht over mijn zorgen."

"Ontevredenheid en twijfel kunnen als een lopend vuurtje overslaan." Iemand had op het knopje van de preekmodus gedrukt. "Je hebt invloed, simpelweg door het feit dat je mijn dochter bent. Als jij niet meer komt zullen de mensen vragen gaan stellen."

Waarom draaide het uiteindelijk allemaal om zijn reputatie? "Ik had gedacht dat het makkelijker voor u zou zijn als ik niet meer naar Victory ga. Per slot van rekening weet iedereen dat ik kanker heb."

"Als mensen daarnaar vragen, wat ze zelden doen, heb ik manieren om daar antwoord op te geven."

"Ja, ik hoorde uw antwoord een paar weken geleden op *Hour of Victory*."

Esther probeerde niet sarcastisch te klinken. "Het is makkelijk om mij de schuld van de kanker te geven."

"Ik heb je naam nooit genoemd."

Blijkbaar had ze toch sarcastischer geklonken dan de bedoeling was. *Oh, pa.* Ze kreeg pijn in haar hart van dit gesprek. Ze overzag niet meer hoe dit nog goed kon eindigen.

"Dat was ook niet nodig. U hebt uzelf heel duidelijk gemaakt. Het is een zware last voor iemand die kanker heeft om te horen dat het zijn eigen schuld is."

Ze trok haar schouders op. "Hoe is dat anders dan het boeddhistische concept van karma? 'Als je goed doet, dan zul je goede dingen ontvangen en als je slecht doet, word je vervloekt.' Iemand kan zijn hele leven bezig zijn om uit te zoeken wat hij verkeerd heeft gedaan. Het antwoord kan simpelweg zijn dat we in een gebroken wereld leven."

Haar vader snoof. "Dit is precies de houding waarmee ik moeite heb."

"U schijnt in een wereld te willen leven waar iedereen het met u eens is." Esther probeerde zo vriendelijk mogelijk te spreken.

Ze zag de roodheid uit zijn nek omhoog trekken. "Wil je nu zeggen dat ik mensen dwing het met me eens te zijn?"

Niet een vraag waarop ze een direct antwoord moest geven. "Dat hoop ik niet. Het baart me wel zorgen dat iedereen die het met u oneens is, de kerk verlaat."

"Dat is hun keus."

"Pa, ik wil deze discussie niet voortzetten." Ze kon inmiddels wel zien waar dit gesprek naartoe zou gaan. "Ik ben in staat om het oneens met mensen te zijn en toch met hen samen te leven."

"Dat ben je dan nu niet meer in staat om te doen." Zijn toon klonk neutraal, alsof hij in discussie ging over wie de was moest doen.

Esther liet haar adem ontsnappen. Bedoelde hij nu wat ze dacht dat hij bedoelde?

"Wat wilt u zeggen?"

"Ik wil geen negatieve mensen in mijn huis." Hij hamerde herhaaldelijk met zijn vinger op de tafel. "Mensen die alles onder-mijnen wat ik heb opgebouwd."

Het leek of een stofzuiger alle lucht uit haar longen zoog. *Heer, geef me wijsheid.* "Bedoelt u dat ik ergens anders moet gaan wonen?"

"Ik zeg slechts dat je over je houding moet nadenken en moet besluiten wat het belangrijkste voor je is."

Dus daar was het ultimatum. Buigen voor haar vaders wil of vertrekken. Er gebeurde iets in haar hoofd, alsof ze van versnelling veranderde. Ze had haar hele leven geprobeerd het haar vader naar zijn zin te maken. Geprobeerd zijn goedkeuring te winnen, om vervolgens te zwoegen om die te behouden. Ze had het mis gehad. Zij was een deel van de reden geworden waarom haar vader zo was. Hoe kon haar vader veranderen als iedereen om hem heen knikte en 'ja' zei op elk woord dat hij sprak?

Voor haar lagen twee wegen. De brede weg van de meerderheid of de smalle weg die gepaard ging met een hoge prijs. "Moet het een keus zijn tussen mijn geweten en mijn huis?"

"Ik zeg niet dat dat de keuze is." Haar vader klonk zo redelijk. "Als jij leert respectvol te zijn, kun je hier gewoon blijven."

"Ik kan niet blijven onder die voorwaarden." Esther schudde haar hoofd. Als ze nu een compromis sloot, zou ze haar vader de mogelijkheid ontnemen om te veranderen. De smalle weg zou eenzaam worden, maar in hart steeg een onwrikbaar voornemen om hem toch te bewandelen. "Pa, wat u nu ook zult denken, ik houd van u."

"Je klinkt precies als je grootmoeder." William schoof zijn stoel naar achteren, stormde de deur uit en knalde die achter zich dicht. Esther verzamelde de overgebleven borden en liep de keuken in. Haar moeder stond in de keuken en omklemde het aanrecht met wit weggetrokken knokkels.

"Ma, het spijt me. Ik had gehoopt dat we hier op een goede manier over konden praten – "

"Dus ik raak jou ook kwijt?" De stem van Blanche trilde.

"Ik denk niet dat ik er direct uitgegooid word, maar ik ga wel kijken waar ik kan gaan wonen. Ik zal op mijn werk rondvragen." Haar moeder begon te huilen.

"Ma, het spijt me. Ik was al bang dat dit zou gebeuren. Pa schaamt zich voor de kanker. Het zal makkelijker zijn als ik niet in de kerk ben." Ze sloeg haar handen om haar moeder en trok haar tegen zich aan.

"Kun je je niet alsnog bedenken? Als je niet meer naar Victory komt, zal ik je nooit zien. Probeer het glad te strijken."

Ze verlangde er naar om toe te geven, maar ze wilde niet als haar moeder worden. Een vrouw die concessies deed, waardoor haar eigen persoon in de verdrukking kwam.

"Ik zie niet in hoe ik zou kunnen blijven. Sinds de eerste dag dat ik echt ben gaan lezen in de bijbel, is het vermoeden gaan groeien dat het verstrekkende gevolgen zou hebben." Ze knuffelde haar moeder. De afgelopen maanden waren ze naar elkaar toe gegroeid. "Je kunt me komen opzoeken als ik een plek heb gevonden om te wonen."

"Ik weet niet wat je vader daarvan zal zeggen."

"Als je er geen groot punt van maakt, zal hij je vast niet tegen-houden." Haar moeder legde haar hoofd op Esthers schouder. "Eén dag per keer, ma. We volgen Jezus dag voor dag en laten de toekomst aan Hem over." Ze sprak voornamelijk tegen zichzelf. Dit waren de waarheden die ze moest horen.

Ma lachte flauwtjes toen ze zich losmaakte uit de omhelzing. "Op dit moment zijn we beiden gebaat bij rust."

"Ik ben het met u eens. Het is een uitdagende week geweest." Esther nam wat tissues uit de doos op het aanrecht, voorbereid op wat ging komen. "Oh, nog een laatste vraag. Wat is oma's voornaam?"

Blanche sperde haar ogen open. "Je wilt haar toch niet proberen te vinden?"

"Pa hoeft het niet te weten, tenzij u iets zegt. Hij beschuldigde me dat ik net als haar was." Esther mondhoek krulde. "Als ze op mij lijkt, is ze misschien wel een geweldig persoon."

"Maak alsjeblieft geen grapjes."

Als ze geen grapjes zou maken, zou ze instorten. "Volgens mij kunnen we alle humor gebruiken."

"Haar naam is Naomi."

"Dat maakt het wat makkelijker. Er zullen waarschijnlijk een heleboel Macdonalds staan in het telefoonboek."

Toen Esther boven was, met het telefoonboek op haar schoot, liet ze haar vingers glijden langs alle Macdonalds'. Er waren er maar drie die een 'N' als initiaal hadden. Eén daarvan lag op de route naar haar werk. Morgen na haar werk zou ze deze eerste mogelijkheid verkennen.

HOOFDSTUK 34

Het huis stond in een rustige, doodlopende straat. Het was een huis in oude stijl, gemaakt van hout en geverfd in licht goud met kastanjebruine afwerkingen die oplichtten in de late zon. De tuin stond vol geurende planten, witte, roze, paarse en blauwe.

Esther twijfelde. Ze kon moeilijk op de deur kloppen en zeggen; 'Ik denk dat ik misschien uw kleindochter ben?'. Bovendien wist ze niet eens zeker of dit de goede N. MacDonald was. Waarschijnlijk was het makkelijker om te zeggen. 'Ik zoek Naomi Macdonald, die een zoon heeft, William.'

Een buurman die voorbij liep, staarde haar aan. Ze kon maar beter in actie komen, voordat mensen dachten dat ze niets goeds in de zin had. Esther duwde haar fiets de straat over, door de poort en het pad op, waarbij ze uitkeek voor onvriendelijke honden. Ze zette haar fiets aan de kant, liep de twee treden van de veranda op en bonkte op de deur met de klopper. Binnen bewoog iemand en het kraken van de vloer gaf aan dat iemand de deur naderde. De binnendeur ging open en voordat Esther iets kon waarnemen, hoorde ze de oude dame naar adem snakken.

"Rachel, ben jij dat?"

"Nee, sorry, mijn naam is Esther Macdonald."

De hand van de oude vrouw vloog naar haar mond. "Je bedoelt toch zeker niet Williams Esther?"

Het onmogelijke was gebeurd, ze had bij de eerste poging haar grootmoeder gevonden. "Ja, ik ben de dochter van William en Blanche." Esthers stem trilde van opwinding.

"Ik kan het niet geloven. Laat me deze deur van het slot halen." Naomi frummelde aan het slot. "Sorry, ik ben veel te onhandig. Kun je misschien achterom lopen?"

"Mag ik mijn fiets meenemen?"

"Natuurlijk. Neem de poort aan de zijkant."

Deze vrouw leek niet echt afschrikwekkend. Eigenlijk heel gewoontjes, zoals een oma hoorde te zijn. Ze woonde zo dicht bij haar werk dat ze elkaar misschien wel voorbij waren gelopen in het winkelcentrum.

Na een korte tijd zaten ze samen op de veranda met een kopje thee, uitkijkend over het nette gazon en de aangrenzende moestuin en fruitbomen. Een palissanderboom liet zijn klokvormige kelken vallen op het gazon. De geluiden van verschillende insecten klonken als een zomerkoor. Geen van tweeën leek te weten waar te moeten beginnen. Hoe konden ze een leven lang overbruggen?

"Je hebt geen idee hoelang ik al verlang naar deze dag", zei Naomi. "Waarschijnlijk zitten we beiden zo vol vragen dat we op knappen staan. Waarom stellen we ze niet gewoon? Ik begin. Ik weet natuurlijk hoe oud je bent, maar waar werk je?"

"Ik werk in het lokale ziekenhuis, als fysiotherapeut. Hoe weet u hoe oud ik ben?"

"Ik heb de geboorteaankondiging in de krant gezien." Naomi streek met haar hand langs Esthers wang. "Maar dit is de eerste keer dat ik je met mijn eigen ogen zie." Een traan liep langs haar gezicht. "Oh, ik wil niet huilen. Ik wil geen enkele kostbare minuut verspillen."

Esther nam haar hand. Het was onmogelijk om te geloven dat deze vrouw ooit een tiran was geweest. Ze zag alleen een eenzame oude vrouw, van wie haar gezin was ontnomen. Naomi kneep in haar hand.

"Ik ben bang om wakker te worden en erachter te komen dat het slechts een droom is. Hier zit een prachtige kleindochter op mijn veranda. Hoe is het mogelijk dat je me gevonden hebt?"

"Het zal wat ongeloofwaardig klinken, maar tot voor kort wist ik niet dat u nog leefde. Ik heb nooit een foto gezien van u en er werd nooit over u gesproken."

"Jammer genoeg kan ik dat wel geloven. Als je vader iemand uit zijn leven bant, dan doet hij dat zorgvuldig. Ik schreef hem eerst, maar elke brief kwam terug met daarop geschreven 'retour afzender'."

Er ging een steek door Esthers hart en de tranen sprongen in haar ogen. Wat was het verhaal achter al deze pijn?

"Ik weet natuurlijk wel waar William mee bezig is, want ik kan zijn boeken lezen of zijn programma's kijken, maar dat doe ik zelden."

Achter alles wat haar grootmoeder zei, schuilde een verhaal. De frustratie was dat ze niet wist welke verhaallijn er nu het meeste toe deed.

"Hoe ben je erachter gekomen dat ik bestond?"

Dat was een vraag waar ze antwoord op kon geven en het gaf misschien meteen de juiste start. "De ouders van mijn moeder zijn allebei gestorven en omdat er nooit over u gesproken werd, nam ik aan dat mijn vaders ouders ook gestorven waren. Afgelopen jaar ben ik verloofd."

"Gefeliciteerd schat. Wie is je verloofde?"

Dit zou toch nog een moeilijk gesprek worden. "Het spijt me dat mijn verhaal er wat onsamenhangend uitkomt. Ik zal zo terug-komen op Nick." Hoeveel tijd zouden ze nodig hebben om twee levens samen te vatten? "We werkten aan onze gastenlijst voor de bruiloft en Nick vroeg aan mijn vader of hij nog familie had. In eerste instantie negeerde mijn vader die vraag, maar uiteindelijk heeft hij u genoemd."

Naomi gromde. "Ik gok dat hij niet veel vriendelijke dingen over mij te zeggen had."

"Niet echt." Esther nam een slok thee. "Er is zoveel gebeurd in de afgelopen zes maanden dat ik niet weet waar ik moet beginnen." Ze nam nog een slokje. "Het leven is een beproeving geweest."

"Is er iets met je verloving gebeurd?"

"Nick heeft hem vorige week verbroken. Het is ingewikkeld. Ik moet teruggaan naar het begin." Ze zette het kopje op het tafeltje naast haar. "Het was de bedoeling dat Nick en ik het laatste weekend van augustus zouden trouwen."

"Oh nee", zei haar grootmoeder terwijl ze haar hand op Esthers linkerwang legde. "Wat is er gebeurd?"

"Ik moet u nog wat meer achtergrond geven. Nick is de jeugd-leider van Victory en hij is mijn vaders vertrouweling." Hij was veel meer dan dat, maar daar zou ze nu niet over uitweiden. "U vroeg wat er gebeurd is. Er is geen makkelijke manier om dit te zeggen. In juni heb ik ontdekt dat ik borstkanker heb."

Naomi's ogen vulden zich met tranen. Esther draaide haar hoofd en staarde naar de paarse boom. Als ze naar haar oma zou kijken, zou ze nooit meer in staat zijn haar verhaal af te maken. "Een maand later heb ik een mastectomie ondergaan. Ongeveer tien dagen voor onze geplande huwelijksdag ben ik begonnen met chemotherapie."

Naomi zat rechtop en hield haar handen tegen elkaar. Wat als deze lawine aan slecht nieuws haar grootmoeder een hartaanval zou bezorgen? Niet echt de beste manier om een relatie te beginnen.

"Iedereen ging ervanuit dat ik zou genezen, dat dacht ik zelf ook."

Haar grootmoeder ontspande haar schouders en ze pakte haar theekopje op. "Het klinkt alsof er iets veranderd is."

"Ja, dat klopt. Dingen veranderden nadat ik boos geworden was op God. Dat had natuurlijk niet zoveel zin, maar een vrouw had me gehoord en vroeg naar mijn kennis van het Woord. Ik was woedend op haar. Hoe durfde ze mij uit te dagen? Mij, de dochter van William Macdonald." Esther grinnikte. "Zoals je kunt zien was nederigheid niet één van mijn sterke punten. Toen ik afgekoeld was, begon ik een zoektocht om de waarheid over Gods Woord te achterhalen."

"Gods Woord verandert dingen, niet waar?"

Dat beantwoorde Esthers onuitgesproken vraag of haar grootmoeder Jezus kende.

Naomi nam de laatste slok thee. "Ik zie waar de problemen met je vader zijn begonnen."

"Tot twee dagen geleden realiseerde pa niet hoeveel Gods Woord mij veranderd heeft. Om te beginnen dring ik er niet meer op aan dat God mij geneest." Esther strekte haar benen voor zich uit. "Helaas pas ik door deze veranderingen niet meer bij Victory."

Naomi legde haar handen in haar schoot. "Wat is er met je vader gebeurd?"

Hmmm, interessante vraag en het betekende dat ze nog meer zou moeten vertellen. "Waarom neemt u aan dat er iets is gebeurd?"

"Nou, je bent hier." Naomi tikte op de leuning van de stoel. "Ik betwijfel of je hier zou zijn als er niet iets belangrijks is gebeurd."

"U heeft gelijk." Esther voelde een vlaag van eenzaamheid en verdriet. "Gisteren heb ik een andere kerk bezocht. Pa had dat opgemerkt en vroeg waar ik geweest was. Ik moest mijn zorgen wat betreft Victory wel noemen." Esther draaide aan haar rechteroorbel. "Daar werd hij niet blij van."

"Ja, je vader bevragen zal niet goed zijn gevallen."

"Inderdaad. Mijn vader werd woedend en zei dat ik net als u was. Dat intrigeerde mij, dus ik heb mijn moeder naar uw naam gevraagd. Dit adres was het dichtste bij mijn werk." Esther stak haar hand uit en greep die van haar oma. "Ik kan niet geloven dat ik u al bij mijn eerste poging heb gevonden."

Naomi kneep in Esthers hand. "Ik ben zo blij dat je dat gedaan hebt. Wat je ook doet, blijf mij bezoeken. Hoe kan ik in contact met je komen? Ik kan niet naar je huis bellen."

"Ik weet niet precies waar ik zal zijn. Ik ben op zoek naar woonruimte dichtbij mijn werk, omdat mijn vader me feitelijk het huis uit heeft gegooid."

"Waarom kom je niet hier wonen?" zei Naomi met een grijns en ze gebaarde naar achteren naar het huis.

"Hier? Dat kunt u niet menen. Ik moet nog chemotherapie ondergaan en daarna start de bestraling. Ik ben 's avonds gesloopt en soms moet ik overgeven. Ik ben een verschrikkelijke gast."

"Ik zou het geweldig vinden als je hier zou wonen." Naomi's stralende glimlach bevestigde dat.

"Ik denk nog steeds dat het teveel gevraagd is." En wat als ze door hier te wonen deze kostbare nieuwe vriendschap zou verpesten? "Waarom kom ik niet eerst een week op proef?"

"Ik denk niet dat ik van gedachten zal veranderen, maar als jij eerst een maand op proef wilt komen, dan doen we dat." Naomi stak haar hand uit en schudde die van Esther. "We hebben een deal."

"Ik heb nog een belangrijke vraag", zei Esther. "Hoe ga ik u noemen?"

"Wat denk je? Denk je dat 'oma' goed is? Ik vind het ook niet erg als je me 'Naomi' noemt. Ik vind mijn eigen naam wel mooi klinken."

"Aangezien ik al veel te lang zonder grootouders leef, ben ik ontzettend blij dat ik ontdekt heb dat ik een oma heb."

"Ik ben zo blij." Naomi duwde zichzelf omhoog en stond op. "Kom hier en geef me een knuffel."

Esther haastte zich om dat te doen. De knuffel voelde als thuiskomen.

Esther hielp haar grootmoeder om alle spulletjes van de thee naar binnen te brengen. Ze zag op de klok dat het kwart over zeven was. "Ik had niet door dat het al zo laat was. Als het zo lang licht blijft, ben ik altijd in de war. Ik kan maar beter mijn moeder bellen om te zeggen dat het goed met me gaat. Wat denkt u er van als ik morgen mijn auto, fiets en bagage voor één week kom brengen?"

"Wat zeg je tegen je moeder?"

"Ik zeg haar dat ik een plekje heb gevonden en dat ik het een week aankijk om te bepalen of het werkt. Ik kan haar later wel vertellen waar ik precies ben."

"Dat klinkt wijs", zei Naomi. "Ik zal de logeerkamer in orde maken."

Elke avond na haar werk oefende Esther in haar eentje in haar kamer verhalen die ze Anna de volgende dag kon vertellen. Daarna ging ze naar de woonkamer en vertelde het verhaal aan Naomi, waarna ze het samen bespraken. Door elke discussie werd hun relatie verdiept en kwam hij tot bloei, gevoed door liefde en lachen.

De bezoekjes aan Anna waren het hoogtepunt van de dag.

"Ga je er weer vandoor tijdens de lunch?" vroeg Sue op een ochtend aan Esther, voordat ze haar eerste cliënt had binnengeroepen. "Waar ga je eigenlijk naartoe?"

"Naar de palliatieve afdeling."

"Oh". Sue keek haar geschrokken aan. "Ik zou denken dat de palliatieve zorg de laatste plek op aarde is waar jij een bezoek aan wilt brengen."

"Het is confronterend", zei Esther. "Maar ik bezoek iemand die ik heb leren kennen tijdens de chemo."

"Het is altijd moeilijk om te weten waar je over moet praten in zulke omstandigheden."

Sinds Esther aan Joy had toegegeven dat ze het moeilijk vond om te praten met 'aardige' mensen, had ze gebeden voor Sue, Michelle en zuster O'Reilly. Zou dit het eerste stukje zijn van Gods antwoord?

"We praten vooral over dingen waar mijn vriendin met anderen niet over durft te praten. Ze is pas zesendertig." Esther leunde wat naar voren zodat iemand die voorbij liep haar niet kon horen. "We hebben een vast patroon ontwikkeld, waarbij ik haar elke dag een verhaal vertel." Zou dit Sue nieuwsgierig genoeg maken om door te vragen?

"Wat voor verhalen?" *Ja!* Esther hield een vreugdedansje binnen. De rimpel tussen Sue's wenkbrauwen werd duidelijk zichtbaar. "Sprookjes?"

"Aussies noemen ze misschien sprookjes, maar ik vertel haar historische verhalen uit de bijbel. Ze helpen mijn vriendin om de toekomst tegemoet te zien."

Sue wist dat Esther christen was, maar ze hadden er nog nooit over gesproken. "Oké, dat is bijzonder. Maar als het helpt, ga vooral door."

Esther wist niet hoe ze hierop moest reageren en Sue draaide zich om en ging haar kantoor binnen. Bij de deur draaide ze zich om, "Heb je ooit nog de prijs voor The Hydro Majestic hotel gebruikt?"

"Ik was het bijna vergeten. Als mijn behandeling is afgelopen moet ik het zeker gebruiken.

"Dat zou een passende manier zijn om te vieren dat je klaar bent."

Het gesprekje was voldoende om Esther te doen neuriën terwijl ze de behandelruimte binnenstapte. De eerste stap die ze kon zetten om met het issue 'aardige' mensen aan de slag te gaan, was de moed hebben om haar mond open te doen. God had dat gebed verhoord en ze kon Hem vertrouwen dat Hij dat zou blijven doen.

In de tussentijd kon ze haar gebeden voor Sue en al die anderen verdubbelen. Gebed was haar zuurstof geworden, die haar leven en kracht gaf. *Jezus, help hen allen om te zien dat U de antwoorden hebt, op zowel hun bewuste vragen als ook op de vragen waarvan ze nog niet weten dat ze die moeten stellen.*

Elke dag leek Anna's kamer huiselijker, haar dochters namen hun schoolwerkjes mee om de muren te versieren. Een enorme hoeveelheid aan bloemen vulde diverse vazen en door de open ramen stroomden een briesje en de geluiden van het buitenleven naar binnen.

Het ging slechter met Anna. Veel slechter. De kilte van het ophanden zijnde verlies nam steeds meer ruimte in, in Esthers hart. Ondanks Anna's zwakte, verslond ze elk verhaal uit het Oude en Nieuwe Testament, genietend van elk detail, voordat ze erop kauwde en het tot zich nam. Nu moesten alle losse verhalen nog samengebracht worden, om zeker te weten dat Anna volledig voorbereid was om de grootste uitdaging van het leven aan te gaan.

"Alle verhalen die ik je verteld heb leiden naar het centrale punt van de geschiedenis; Jezus' dood en opstanding." Esther schoof haar stoel dichter naar het bed. "Jezus bleef tegen Zijn discipelen zeggen; *'Ik ben gekomen om te sterven en op de derde dag zal Ik opstaan'*, maar ze negeerden Hem of vertelden Hem dat Hij het mis had."

"Mensen proberen altijd alles in hun hand te houden. Ik houd van dat voorbeeld dat wij als takken zijn, vastbesloten om onafhankelijk van God te zijn. Dood, droog en zonder vrucht is de beschrijving van hoe ik was, voordat ik naar deze verhalen begon te luisteren." Anna boog haar knieën onder de dekens. "Ik moet het einde van het verhaal horen, om zeker te weten dat ik het begrepen heb."

"Weet je zeker dat je dat nodig hebt?"

"Ik denk dat ik het al wel begrijp. Ik moet Jezus om Zijn genade vragen, dan kan ik naar huis gaan, naar Hem."

Anna's gezicht was doodsbleek en ze had zwarte wallen onder haar ogen. Ze moesten het verhaal vandaag eindigen. Esther ging op het voeteneinde zitten van Anna's bed, zodat ze op dezelfde ooghoogte waren.

"Ik zal samenvatten wat we al besproken hebben", zei Esther. "De discipelen begrepen Jezus niet. Ze interpreteerden Zijn wonderen verkeerd, ze zagen het niet als bewijs dat Jezus God was Die tot hen gekomen was, maar als bewijs dat Hij bezig was een aards koninkrijk te vestigen. Ze wilden hoge ministers worden in dat koninkrijk."

Toen vertelde Esther het verhaal van 'Het laatste avondmaal' tot aan Jezus' laatste ademteug. Anna's ogen waren de hele tijd gefixeerd op Esther.

"Jezus werd in het graf gelegd en een enorme steen werd voor de deur gerold." Esther was niet verbaasd geweest als het ziekenhuis geschud had door het gewicht van de steen.

"Ik heb gedeelten van deze verhalen mijn hele leven gehoord maar ik heb het nooit gezien als een compleet plaatje", zei Anna "Niet stoppen – doorgaan."

"Dat is het antwoord op mijn angsten", zei Anna tegen Esther toen ze het verhaal had afgerond van Jezus' opstanding. "Als Jezus uit de dood is opgestaan, dan zal Hij bij mij zijn, elke voetstap op de weg." Haar borst ging op neer. Ze had meer moeite met ademhalen dan gisteren. "Vertel me nog een keer hoe zijn Koninkrijk eruitziet."

Hoe kon Esther iets beschrijven wat ze nog nooit gezien had en het echt en concreet maken, in plaats van schimmig en vluchtig?

"Heb je je ooit voorgesteld hoe de wereld eruitzag op de dag dat hij geschapen werd?"

Anna staarde naar buiten naar de tuin.

"Gods Koninkrijk zal nog een miljoen keer mooier zijn. Jezus Zelf zal elke traan afwissen. Pijn en lijden zullen verdwenen zijn. Eeuwige vreugde. Eeuwige vrede. Voor eeuwig met Jezus."

"Dat klinkt te mooi om waar te zijn."

"Dat komt omdat het buiten ons voorstellingsvermogen is. Als ik twijfel, richt ik me op Jezus. Ik zal verheugd zijn om de eeuwigheid met Hem door te brengen. Al het andere is extra."

"Dat is wat ik wil", zei Anna met een hoorbaar verlangen. "Je hebt me voorgesteld aan je beste vriend en Hij is het waard om te kennen. Wat moet ik doen?"

"Waarom vertel je Jezus niet wat je voelt. Het hoeft niet bijzonder te zijn."

"Ik ben dit niet gewend."

"Vergeet gewoon dat ik hier ben."

Anna sloot haar ogen en vouwde haar handen samen. Iemand moest dit ooit aan haar voor hebben gedaan.

"Jezus, ik dacht dat ik U kende, maar het meeste dat ik wist, bleek niet te kloppen." Terwijl Anna bad ontspande ze, ze sprak vanuit haar hart.

"Dank U wel, dat U Esther naar mij gebracht hebt en dat zij het echte verhaal aan mij verteld heeft. Vergeef mij, geef mij het nieuwe leven dat U beloofd heeft. Help mij om de dagen die mij nog resten, in te zetten voor U. Laat me niet meer bang zijn."

Anna opende haar ogen en leunde naar achteren. "Zo. Ik heb het gedaan." Toen greep ze Esthers hand en schudde die op en neer. "Dank je, dank je, dank dat je gekomen bent. Ik kan je niet vertellen wat het voor mij betekent."

"Je bent niet de enige die enthousiast is," zei Esther stralend van vreugde. "Je bent de eerste persoon waarvan ik heb meegemaakt dat die Jezus aanneemt." Ze leunde voorover en gaf Anna een dikke knuffel. Ze hielden elkaar een lange tijd vast, voordat Esther opstond om weg te gaan. Ze pakten allebei een zakdoek om hun ogen te drogen en glimlachten naar elkaar, de glimlach van twee zussen, verenigd door iets groters dan DNA.

***

e volgende ochtend kreeg Esther een telefoontje van de afdeling palliatieve zorg.

"Tony Agosto heeft gevraagd of je kunt komen. Anna is in coma geraakt."

Twee van Esthers cliënten hadden op het laatste moment afgezegd, dus ze vroeg toestemming om naar de palliatieve afdeling te gaan.

"Dankjewel dat je gekomen bent, Anna had gewild dat je hier was." Hij keek het oudere echtpaar aan, dat aan de andere kant van het bed zat. Beiden hadden sporen van tranen over hun gezicht lopen. "Esther, laat me je aan Anna's ouders voorstellen, Markus en Nina. Mijn ouders passen op onze jongste dochter thuis."

Hij draaide zijn hoofd en keek naar zijn vrouw, die stil in het bed lag. "Gisteren hadden we zo'n goede tijd samen. Anna was vol goede moed en ik dacht dat ze misschien beter zou worden."

Tijdens Esthers opleiding tot fysiotherapeut hadden de docenten vaak gezegd dat een stoot energie gebruikelijk was voordat mensen stierven. "Wat heeft de dokter gezegd?"

"Ze denken dat dit het is." Zijn ogen glinsterden. Esther wist niet zo goed wat ze moest doen, dus ze pakte een hand van Anna vast. "Wat heeft Anna gisteren gezegd?"

"Oh, het was voornamelijk de meisjes die lachten en vertelden wat ze gisteren hadden gedaan. We hebben een gek liedje samen gezongen. Toen we weggingen, boog ik voorover om haar een kus te geven en toen zei ze; 'Dank je dat je mijn prins op het witte paard bent.' Toen zei ze; 'Ik ben niet meer bang. Ik weet waar ik naartoe ga.' Ik begreep niet wat ze bedoelde. Heeft het iets te maken met de verhalen die je haar hebt verteld?"

Esther werd nerveus van praten voor drie vreemde mensen. Maar ze hoefde nergens bang voor te zijn, want de Heilige Geest was bij haar.

"Ja, Anna heeft haar leven in Jezus' handen gelegd. Hij belooft ons dat Hij onze angsten wegneemt en ons naar huis brengt en dat is wat Hij nu doet."

"Wat denk je dat we moeten doen?"

"Volgens medisch onderzoek is het gehoor het laatste wat mensen verliezen. Waarom zeggen we niet allemaal wat? Een afscheid. Als de anderen wat gaan drinken, dan is het misschien makkelijker voor degene die aan het praten is."

Esther ging terug naar haar bureau en deed wat administratie. Dertig minuten later ging ze terug naar Anna's kamer. Het was duidelijk dat iedereen had gehuild, maar ze leken in vrede te zijn.

"Zou je iets uit de bijbel kunnen lezen?" vroeg Tony aan Esther.

"Ik zal Psalm 23 lezen. Anna heeft verteld dat ze die mooi vindt." Ze pakte haar bijbel uit haar tas en negeerde de anderen. Anna haalde raspend adem. Esther nam Anna's hand alsof die van porselein was.

"Dank je, Anna. We zijn maar een korte tijd vrienden geweest, maar je vriendschap is heel kostbaar geweest. Dit is geen afscheid. Ik zal je weer zien. Misschien volgende week of over jaren in de toekomst, maar voor jou zal het als morgen voelen." Esther leunde voorover en kuste Anna's voorhoofd. "Hier is jouw geliefde Psalm."

Ze vond de juiste pagina en begon te lezen.

"De Heere is mijn Herder, mij ontbreekt niets. Hij doet mij neerliggen in grazige weiden, Hij leidt mij zachtjes naar stille wateren." Esther paste de tekst iets aan terwijl ze verder ging, om het persoonlijk te maken voor Anna. *"Al ga ik door een dal vol schaduw van de dood, ik zal geen kwaad vrezen, want Jezus is met mij. Jezus heeft voor mij de tafel gereed gemaakt."* Anna's ademhaling was schokkerig en af ten toe miste ze een slag, maar het ritme van dit tijdloze gedicht omhulde haar als een donzen dekbed. *"Ja, goedheid en goedertierenheid zullen mij volgen*

tot het einde. Alle dagen van je nieuwe leven zul je in het huis van Jezus blijven, tot in eeuwigheid."

Esther legde haar hand op Anna's arm. "Ga met God, lieve zuster. Er zal een nieuwe morgen zijn op de meest prachtige plek en daar zullen we elkaar weer ontmoeten."

Vijf minuten later klonk er geratel vanuit Anna's keel, nog een laatste zuchtje lucht en daarna niets meer.

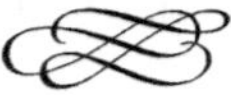

HOOFDSTUK 36

*E*sther kreeg op éénentwintig december haar laatste chemokuur. Vanwege de sluiting van de fysiotherapie afdeling tussen kerst en oud en nieuw, had ze had bijna twee weken vakantie voor de boeg. Elke vakantie, zelfs al was hij onbetaald, was welkom. De timing was perfect om zich goed voor te bereiden op haar volgende strijd: bestraling.

Op Eerste Kerstdag ging Esther naar huis, haar eerste bezoek nadat haar vader haar gevraagd had te vertrekken. Ze had haar moeder niet verwaarloosd, ze hadden elkaar wekelijks gezien in een cafeetje dicht bij het ziekenhuis. Misschien zou Blanche haar op een dag bezoeken bij Naomi.

Elke dag ging Esther laat slapen en deed ze in de middag een dutje. De avonden reserveerden zij en Naomi om samen te praten en samen te handwerken. Ze moesten nog jaren inhalen.

De zomerzon bleef tot acht uur in de avond schijnen. Vanavond blies een windje met de geur van droog gras en naar citroen ruikende eucalyptusbomen door de hordeur en gaf wat verkoeling. De breinaalden van Naomi tikten. Eigenlijk was het in de zomer te warm om te breien, maar Naomi zei dat dit het enige werkje was dat zij kon doen, zonder last van haar ogen te krijgen.

"Ik vind het nog steeds moeilijk om pa te vergeven dat hij me al die jaren bij u vandaan heeft gehouden", zei Esther.

"Ik heb daar tijdens de eenzame jaren ook mee geworsteld." Naomi nieste. "Maar ik heb geleerd dat wrok koesteren alleen degene vernietigt die de wrok koestert." Ze had haar rij afgemaakt en draaide het breiwerk om, om aan een nieuwe rij te beginnen. "Natuurlijk bleef het verdriet en de spijt, vooral als ik andere oma's met hun kleinkinderen zag."

"Oma, wat is er misgegaan?"

"Weet je zeker dat je genoeg energie hebt voor een lang verhaal?"

"Ik laat het u weten als ik het niet meer aan kan. Maar vindt u het goed als ik erbij ga liggen?" Esther pakte een kussen en stopte het onder haar hoofd, op zo'n manier dat ze nog steeds het gezicht van haar grootmoeder kon zien.

Naomi wachtte tot ze zich goed had geïnstalleerd. "Om eerlijk te zijn tegenover je vader, hij heeft mij nooit gezien zoals jij mij nu ziet. We worden wie we zijn door de keuzes die we maken en hij is niet bij al mijn keuzes geweest." Ze maakte haar rij af en legde haar breiwerk aan de kant. "Mijn vader was een succesvol zakenman. Mijn ouders' opvattingen over onderwijs waren vooruitstrevend en mijn zus en ik kregen dezelfde scholingsmogelijkheden als mijn twee broers."

Het was Esther al vanaf de eerste dag dat ze haar grootmoeder had ontmoet, duidelijk geweest dat ze hoogopgeleid was in vergelijking met andere vrouwen van haar generatie.

"Toen ik zestien was, werd ik onderwijzeres en een jaar later trouwde ik met je grootvader. Hoewel we trouwden tijdens de Grote Depressie, werden we er niet zo hard door getroffen omdat de rijkdom van onze families in grond zat en niet in banken en aandelen."

"Waren jullie christenen?"

"In die tijd ging bijna iedereen naar de kerk, maar we wisten niet wat het betekende om 'christen' te zijn, behalve een vage definitie van aardig zijn en elkaar geen pijn doen. Norman en ik dachten dat onze financiële zekerheid bewees dat God aan onze kant stond en we Hem op de één of andere manier behaagden." Esther trok haar benen op, terwijl de hitte uit de dag trok.

"Al snel hadden we twee zonen. Ian, de oudste en jouw vader een jaar later."

Nog meer openbaringen. "Pa heeft nooit gesproken over een broer."

"Geef mij even, dan zal ik je uitleggen waarom. Als we al iets geloofden in die tijd, dan geloofden we dat we het verdienden om gezegend te worden. We hadden geld om onze zonen te verwennen. Als ik er nu op terugkijk, zie ik dat we ze te veel verwend hebben." Naomi fronste. "Ze hadden stapels kleren en speelgoed. We hadden een au pair, een hulp en een tuinman, zodat we er zeker van waren dat ze nooit een vinger hoefden uit te steken. We schreven ze in op 'The King's School', de Koningsschool." Naomi grimaste. "Niets dan het beste voor mijn echtgenoot."

"Van het ene op het andere moment veranderde alles." Ze haalde diep adem. "Ian ging uit met vrienden en verdronk."

Esther ademde te snel in en kuchte. Hoe kwam het dat ze nooit iets van dit familieverhaal gehoord had?

"Toen de politieagent aan de deur stond en het nieuws vertelde, ben ik flauwgevallen." Naomi keek naar haar schoot. "Het jaar dat daarop volgde en misschien nog wel langer, trok ik me terug en ging het leven langs mij heen. De reactie van Norman was niet veel gezonder. Hij koos niet voor vermijding, hij werd boos. Hij schold tegen iedereen en vooral tegen God. We gingen niet meer naar de kerk en hij weigerde vrienden en familie te bezoeken."

"Wat erg, oma." Esther stak haar hand uit en legde die op haar grootmoeders knie.

"Door mijn vermijding en Normans boosheid waren we beiden niet in staat om voor William te zorgen. Dus stuurden we hem naar kostschool en zagen hem alleen nog bij speciale gelegenheden en tijdens de vakanties. Ik bouwde een muur tussen ons op." Ze nam een slok water. "En we waren emotioneel niet in staat om die muur af te breken. We worstelden allemaal om antwoorden te vinden op de vragen waar geen antwoord op was. Waarom? Waarom Ian? Waarom onze familie?"

Naomi depte een aantal tranen weg met een kanten zakdoekje. "William uitte zijn verdriet door keihard te gaan werken en stond al snel aan de top van zijn klas. Hij leerde debatteren en perfectioneerde zijn leiderschapsvaardigheden. Hij sneed iedereen uit zijn leven die hem mogelijkerwijs tegen kon houden op weg naar zijn doel."

Het verhaal van Naomi schetste een heel duidelijk plaatje van haar vader. "Arme pa. Arme, eenzame, lege jongen."

"Ja, er is altijd een reden waarom iemand wordt wie hij is. Norman kwam nooit over het verlies van Ian heen en zijn boosheid vrat aan ons huwelijk." Naomi droogde opnieuw haar tranen. "Ik dacht dat mijn leven niet erger kon worden, maar ik had het mis. Norman stierf door een hartaanval. In minder dan een minuut was hij er niet meer."

Esthers vader had zowel zijn broer als zijn vader verloren, terwijl hij nog op de middelbare school zat. "Zoveel pijn. Hoe bent u Jezus gaan volgen?"

"Na Normans dood gleed ik langzaam af in een depressie. De maatschappij had geen idee hoe ze mentale ziektes moest behandelen. Ik eindigde liggend in het donker, ernaar verlangend om alles te eindigen maar te bang om dat te doen."

Esther balde haar vuisten. Hoe hadden haar ouders haar bij Naomi weg kunnen houden? Deze vrouw die door zoveel verdriet en angst was gegaan. Esther ging overeind zitten en ging dichter bij haar grootmoeder zitten.

"Ik voelde me in de steek gelaten door het leven en – als er een God was – ook door Hem. Niets uit mijn overbeschermde jeugd had me voorbereid op moeilijke tijden."

Nu straalde haar grootmoeder vrede en vreugde uit. Hoe had God haar veranderd?

"De depressie was Gods schuurpapier. Het verwijderde al mijn zelfgerichtheid en trots. Soms is Gods genade verborgen en is het moeilijk te herkennen. Toen ik helemaal aan de grond zat, stuurde God iemand die mij hoop kwam brengen."

"God verlaat ons nooit, ook al voelt het misschien alsof Hij dat wel gedaan heeft. Wat gebeurde er?"

"De secretaresse van Norman was een echte christen. Op een zaterdagochtend klopte ze onaangekondigd op de deur. De hulp was zo verrast dat er iemand was en waarschijnlijk was ze de hele situatie zo zat, dat ze haar binnen liet. Op de één of andere manier lukte het Louisa om mij over te halen om me aan te kleden en buiten in de tuin te gaan zitten. Veel later zei ze dat ze geen idee had hoe ze mij moest helpen. Ze kon alleen vol overgave bidden."

"Ze deed wat het allerbelangrijkste is."

"Ja, ze vertelde me niets over haar gebeden voor mij. Ik zag alleen de liefde en zorg door haar dagelijkse bezoekjes."

"Wijze vrouw."

"Af en toe vertelde ze wel dat ze bad en welk verschil Jezus had gemaakt in haar leven, maar haar opmerkingen irriteerden me, in ieder geval in het begin. Het duurde drie maanden voordat ik zei;. 'De manier waarop jij over Jezus praat is anders dan de manier waarop anderen over Hem praten. Het klinkt alsof Hij je beste Vriend is. Ik wou dat ik zo'n vriend had.'"

Esther knuffelde haar oma. "Ik ben zo blij dat u iemand had die u op Jezus wees."

"Daarna veranderde mijn leven radicaal. Als Gods Geest aan het werk gaat, is Hij de perfecte vakman. Ik vereenvoudigde mijn leven en leerde zelfs te koken en schoon te maken." Plots leek Naomi oud en moe. "Maar mijn levensverandering kwam te laat voor William. Hij was naar de universiteit gegaan, vastbesloten om succesvol te worden. Ik probeerde hem te waarschuwen, ik vertelde hem dat hij de verkeerde dingen najaagde, maar hij bespotte me en kwam zelden thuis."

Er was tenminste één familielid die de moed had gehad die de anderen niet hadden. Goed gedaan, oma.

"Toen ik hoorde dat William weer naar de kerk ging, prijsde ik God. Ik snelde naar de kerk, maar ik kwam ernstig bezorgd weer thuis. Ze leerden alleen maar wat de mensen graag wilden horen."

"Ja, Victory is hetzelfde."

"Dat is waarom ik Williams boeken niet koop of luister naar zijn radioprogramma's. Zijn onderwijs breekt mijn hart."

"Heeft u mijn moeder ooit ontmoet?"

"Slechts een paar keer. Ik wist pas van haar bestaan af nadat ze verloofd waren. Je vader heeft haar mee naar huis genomen, zodat ze me kon ontmoeten, maar ik heb haar nooit persoonlijk kunnen spreken. William domineerde het gesprek. Ze leek niet de vrouw die tegen hem in opstand zou komen."

"Dat klopt, dat heeft ze nooit gedaan. Maar dat is ook niet gemakkelijk – weet ik uit eigen ervaring."

"Denk je dat je moeder misschien wel is gekozen juist vanwege deze kwaliteiten?"

"Zo heb ik er nog nooit over nagedacht. Dat klinkt wel een beetje naar." Esther floot zachtjes.

"Ik zeg niet dat hij dat bewust heeft gedaan", zei Naomi. "Maar je moeders modebewustheid, uiterlijk en gastvrijheid hebben zijn imago goed gedaan."

Ze parkeerde deze gedachte om er later verder over na te denken. "En hoe is het tot de definitieve breuk gekomen?"

"Ik kreeg een uitnodiging voor de bruiloft. Je vader gaf teveel om zijn reputatie om mij niet uit te nodigen. Een jaar later begonnen je ouders met Victory, hoewel het toen nog niet zo heette. Het was een kerk van zo'n vijftig mensen, die aan het uitsterven was. Je vader koos de nieuwe naam en de kerk begon te groeien. De meesten van de kerkgemeenschap hielden van Jezus en waren dolblij dat een jong, dynamisch echtpaar hun voorgangers-echtpaar was geworden." Naomi klemde haar lippen op elkaar tot een dunne streep. "De godvrezende mensen bleven niet lang. Elke keer dat ze het niet eens met je vader waren, had hij manieren om van hem af te komen."

"Ik heb een vrouw ontmoet die weggegaan is en heb hetzelfde ook van anderen gehoord."

"Toen ik zag hoe William conflicten hanteerde, wist ik dat ik nog een laatste poging moest wagen om hem te waarschuwen. Ik nodigde hem uit voor een maaltijd en probeerde via een omweg om er met hem over te praten. Ik vertelde over de dingen die ik fout had gedaan en waar ik spijt van had. Hij besteedde er geen enkele aandacht aan. Dus ik sprak hem directer aan."

Esther kreunde. "Dat kon hij vast niet waarderen."

"Ik heb onze confrontatie steeds weer opnieuw in mijn hoofd afgespeeld. Had ik het anders kunnen doen? Misschien. Maar ik denk dat het niet veel had uitgemaakt, wat ik ook gezegd zou hebben. Hij wilde niet luisteren." Naomi snoot welgemanierd haar neus. "Hij ontplofte en zwoer dat hij nooit meer iets met me te maken wilde hebben – een belofte waaraan hij zich gehouden heeft."

"Onze familie is een puinhoop. Vanbuiten lijkt alles perfect, maar het is slechts een laagje vernis. Heeft u mijn ouders nog een keer gezien nadat pa die dag vertrokken is?"

"Je moeder is een keer op bezoek geweest, ongeveer drie jaar nadat ze getrouwd waren. Ze hadden problemen met zwanger worden. Ze had de indruk dat je vader haar dat kwalijk nam en dat hij suggereerde dat ze gezondigd had of een zwak geloof had."

Esther huiverde. "Ik weet precies hoe ze zich gevoeld moet hebben."

"Ik deed niet veel, ik luisterde en bad voor haar. Kort daarna werd ze zwanger."

Haar grootmoeder leek nog scherp van geest voor iemand in de tachtig, maar nu haalde ze de data door elkaar. Of had haar moeder een miskraam gehad? "Dan heeft ze zeker een miskraam gehad, want het duurde nog tien jaar voordat ik geboren werd."

"Ja, ze raakte de baby kwijt."

Dus tenminste één miskraam. Ma had er nooit over gesproken. Misschien deed het te veel pijn. "Arme ma. Het leven is niet makkelijk voor haar geweest. Wat gebeurde er toen?"

"Ik heb haar nooit meer gezien. Misschien dat je vader erachtergekomen is waar ze was geweest of ze was te bang om tegen zijn wensen in te gaan."

"Ik ben zo blij dat ik u gevonden heb." Esther knuffelde Naomi opnieuw.

"Je bent een cadeautje dat ik niet verwachtte. Ik heb jaar na jaar gebeden. In moeilijke tijden heb ik soms getwijfeld aan Gods macht of Zijn interesse in mijn verzoeken. Jouw verschijnen heeft me geïnspireerd om God te vertrouwen dat we op een dag allemaal herenigd zullen worden."

Esther knielde op de vloer en legde haar hoofd in de schoot van haar grootmoeder. Tijdens Naomi's verhaal hadden de tranen vele keren in haar ogen gestaan. In haar verbeelding waren Norman en William als vliegen die gevangen zaten in een kleverig spinnenweb, niet in staat om zichzelf te bevrijden omdat ze de Bevrijder niet kenden.

Esther bestudeerde haar grootmoeders gezicht. Deze oudere vrouw was haar zo dierbaar geworden dat het bijna pijn deed. Hoeveel jaren zouden ze nog samen hebben, nu ze herenigd waren?

Naomi streek over de zorgelijke rimpels op Esthers voorhoofd. "Lieverd, mijn verhaal is verdrietig, maar mijn leven is geen ramp.

Louisa is dertig jaar lang mijn cadeautje van God geweest, totdat ze naar huis ging om bij Jezus te zijn. Door haar heb ik mijn kerkfamilie ontmoet. Elke week word ik gezegend omdat ik nieuwe mensen bij Jezus mag brengen." Ze klopte op Esthers schouder. "Jezus laat ons nooit alleen, Hij maakt het leven waard om te leven."

HOOFDSTUK 37

*E*sther lag op de smalle behandeltafel onder het bestralingsapparaat. De voorgaande week had ze langs moeten komen voor nauwkeurige metingen. Elke millimeter telde. Vandaag had de dokter onuitwisbare markeringen gemaakt op haar huid, zodat ook de toekomstige behandelingen op precies hetzelfde gebied gericht zouden zijn.

"Blijf alstublieft volkomen stilliggen", zei de radioloog. "Als er een probleem is, steek dan uw hand op, ik kan u zien door de camera's. Het duurt maar een paar minuten."

De machine schoof over haar heen. Zonder er iets van te voelen, deden onzichtbare stralen hun magische werking. De harde randen van de behandeltafel drukten in haar billen. Dit was niet een plek om te slapen.

De radioloog kwam weer terug. "Dat is alles, vijf dagen per week. Heeft u het instructieblaadje gelezen?"

"Ja, ik mag mijn oksels niet scheren. En ik moet poeder, smeerseltjes en deodorant vermijden." Esther vinkte ze af met haar vingers.

"Precies."

Op weg naar buiten ging Esther bij Michelle langs, de receptioniste van de chemo-afdeling. Ze bad regelmatig voor haar, maar tot nu toe had ze niet echt een noemenswaardig gesprek met haar gevoerd. Misschien zou het een verschil maken dat ze er de komende zes weken, vijf dagen per week zou zijn.

"Makkelijker dan chemo."

"Dat zegt iedereen", zei Michelle. "Tot de volgende keer."

De bestraling werd al snel een routine en Esther bleef Joy wekelijks zien. Ze deelden nu vooral bemoedigingen en gebed voor hun vrienden die Jezus nog niet kenden.

Aan het eind van de vierde week werd ze geplaagd door een bestralingswond.

*H*oe gaat het met één van onze favoriete cliënten?" zei dokter Webster.

Esther viel bijna achterover van verbazing. "Zegt u dat tegen iedereen?"

Dokter Webster inspecteerde zijn nagels. "Zeker niet tegen iedereen. Heb je last van de bestralingswond?"

"Ja en het wordt elke dag erger. Ik probeer alleen soepele kleding te dragen, maar het probleem is dat mijn werkuniform zo stijf is." Ze trok aan de mouw van haar shirt.

"Zuster O'Reilly zal je een crème geven. Je zult er waarschijnlijk slechts een paar weken last van hebben."

Esther hield haar hand voor haar mond. "Zegt u nu dat ik mijn tanden op elkaar moet zetten en moet doorbijten?

"Ja eigenlijk wel." Hij grinnikte. "Zijn er nog andere problemen?"

"Alleen vermoeidheid." Dit hele proces leek eindeloos te duren. "Mijn oma woont op slechts vijf kilometer afstand van mijn werk, dus het lukt me nog om te fietsen."

"Ik kan me niet herinneren dat je gezegd hebt dat je bij je oma woont."

"Mijn vader heeft me na de vijfde chemobehandeling gevraagd het huis te verlaten." Ze trok haar schouders op en blikte naar beneden. *Alstublieft Heer, laat me iets zeggen dat hem helpt om U beter te leren kennen.*

"Dat klinkt nogal drastisch. Is het zo ingewikkeld om met jou samen te leven?"

Esther gaf hem een scheve grijns. "Ik hoop van niet. Het is nogal een lang verhaal. Ik denk dat de voornaamste reden was dat ik een herinnering was aan een mislukking."

Dokter Webster krabde aan zijn oor. "Ik begrijp het niet."

"Mijn vader is de voorganger van Victory."

Dokter Webster keek haar verbaasd aan. "Dat is een kerk die zelfs ik ken."

"Mijn vader preekt dat als we genoeg geloof hebben, we zullen genezen. Ik genas niet, ondanks alles wat ze deden en ik ben de dochter van de voorganger. Mijn aanwezigheid was een continue irritatie."

"Dat herinnert mij eraan waarom ik niet van christenen houd."

Ha, dat gaf haar een mogelijkheid om iets te zeggen.

"Dokter Webster, als ik één of twee incompetente of onbeschofte artsen zou ontmoeten, moet ik dan alle dokters afschrijven?"

Hij werd rood. "Nee, dat denk ik niet."

Stond de deur nog open? "Jezus heeft ooit gezegd dat je bomen kunt herkennen aan hun vruchten. Als een boom slechte vrucht draagt, is het een slechte boom. Als iemand zegt een christen te zijn, maar hij lijkt niet op Jezus, dan kun je wat hij zegt betwijfelen. Alstublieft, schrijf Jezus niet af vanwege iemand die zegt Hem te volgen." Ze lette er op om haar stem relaxt te laten klinken, alsof het haar niet uitmaakte wat hier uit voort zou komen. "Ontdek zelf hoe Hij is."

Dokter Webster sloeg dezelfde toon aan. "Het probleem is dat Hij hier niet is om dat te kunnen doen."

"Er is een aantal goede biografieën geschreven die Hem kunnen introduceren."

"Je hebt het over de bijbel."

"Ja", zei Esther. "Vier van zijn volgelingen schreven een biografie – Mattheüs, Markus, Lukas en Johannes."

"Waren zij niet een beetje vooringenomen?"

Heer, laat me hem niet afschrikken. "Op een bepaalde manier wel. We zijn allemaal vooringenomen, maar wat ik mooi vind aan de bijbel is dat er ook geschreven is wat zijn vijanden dachten." Zou dokter Webster ooit bereid zijn om zijn aannames te onderzoeken, net zoals hij voorlopige diagnoses toetste?

"Het zal u geen kwaad doen als u Lukas zou lezen en het kost u maar een paar uur."

"Ik zou wat van mijn TV-tijd moeten opgeven."

Waarom schuilden Australische mannen altijd achter humor? Zij kon hetzelfde doen. "Als het waar is, kan het wel eens de beste tijdsinvestering zijn die u ooit gemaakt heeft."

"Ik krijg zuster O'Reilly op mijn dak als ik nog verder ga achterlopen met mijn afspraken."

Een duidelijke verandering van onderwerp. Esther speelde mee en liep de deur uit om haar crème op te halen. Er was hoop voor dokter Webster.

---

*W*at vervelend dat je last hebt van de bestralingswond", zei zuster O'Reilly. Een gevoelige huid is de meest gehoorde bijwerking van de bestraling. "Zoals dokter Webster zo vriendelijk zei, ik moet mijn tanden op elkaar zetten en doorbijten."

"Zei hij dat echt? Excuses!"

"Geen zorgen", zei Esther. "Het is niet nodig om excuses namens hem te maken. Hij is een grote zegen." Ze wilde wel op haar torg bijten. Het religieuze jargon was haar ontglipt.

Zuster O'Reilly fronste haar gemanicuurde wenkbrauwen. "Ik denk niet dat hij ooit eerder een zegen is genoemd."

"Het is inderdaad misschien een wat grappige benaming, maar ik zie jullie allemaal als een zegen voor mijn leven."

Zou zuster O'Reilly denken dat ze drugs gebruikte? Wat had deze vrouw, waardoor Esther in elkaar wilde kruipen en haar mond houden? Waarom hengelde ze, al veel te lang, naar goedkeuring van haar vader en anderen die ze ontmoette? Was het omdat ze hun goedkeuring belangrijker vond dan de goedkeuring van Jezus? Jezus had Nicodemus niet naar huis willen laten gaan met de illusie dat God tevreden was met zijn goede daden. En zo kon ze zuster O'Reilly, na al die maanden dat ze haar nu kende, niet laten gaan zonder haar aan Jezus te introduceren. Zelfs één zin zou beter zijn dan niets.

"Ik weet dat het wat gek klinkt om iemand een zegen te noemen", zei Esther. "Je bent er vast aan gewend dat mensen hier zo snel mogelijk weg willen."

"Ja, hier zijn voelt niet bepaald als een dagje uit voor mensen."

"Mijn grootmoeder zei laatst iets tegen me. Ze keek terug op alle moeilijke tijden die ze had doorstaan in de ruim tachtig jaar die achter haar ligt en ze zei dat het 'verborgen genade' was."

Zuster O'Reilly fronste nog dieper.

"Oma bedoelde dat vanwege alle moeilijkheden die ze moest doorstaan, het leek alsof ze leefde onder een vloek van God, maar in feite was het Gods liefde en onverdiende gunst voor haar."

"Je grootmoeder klinkt als een ongewone vrouw." Bedoelde zuster O'Reilly dat als een compliment? Esther besloot het als een compliment te beschouwen.

"Ze is een speciaal iemand en ik voel me gezegend dat ik haar ken." Tjonge, waarom bleef ze het woord 'gezegend' gebruiken. Stomme woorden om in een gewoon gesprekje te gebruiken.

"Daar heb je je favoriete woord weer."

"Ja, dat is het vandaag zeker. Misschien is dat zo, omdat sinds mijn oma sprak over 'verborgen genade', dat in mijn hoofd is blijven hangen. Het heeft maanden van worstelen gekost, maar ik kan nu zeggen dat de kanker Gods genade geweest is."

"Jullie christenen zien de wereld echt anders. Maar dankbaarheid, hoe vreemd ook, is beter dan geklaag. Ik word er een beetje moe van om als de vijand gezien te worden." Zuster O'Reilly keek naar de tube crème in haar hand. "Ik zou niet zo moeten kletsen. De meeste mensen zijn zo slecht niet, maar zelfs één moeilijk persoon per dag laat een nare smaak achter."

"Je verdient er zelfs geen één per jaar. Je bent alleen maar hulpvaardig geweest." Zuster O'Reilly glimlachte kort en gaf haar de crème.

Dank U Heer, dat u me geholpen heeft door deze 'ze is te aardig'-blokkade te komen. Vergeet alstublieft niet dat Sue en Michelle U ook nodig hebben.

Esther stond op. "Geef me maar een schop als ik begin te klagen."

Statige zuster O'Reilly gniffelde. "Met plezier."

In haar laatste week van bestraling zag Esther Rob Boyle binnenkomen voor zijn eerste controle na de chemotherapie. Ze zwaaide en hij liep naar haar toe.

"Je bent bijna klaar met de bestraling toch?" vroeg hij.

"Ja, het is mijn laatste week. Ik zie ernaar uit om hier niet meer elke dag te hoeven komen voor een behandeling." Esther keek de kamer rond. "Alhoewel ik wel wat mensen zal missen."

Robs gezicht lichtte op door een ondeugende glimlach. "Ik heb wel eens gehoord dat sommige mensen depressief worden als hun behandeling is afgelopen, omdat ze zo afhankelijk zijn geworden van het medische team."

"Alsof de navelstreng wordt doorgeknipt?"

"Mooie analogie. Ik heb daar geen last van gehad. Ik wil deze hele ervaring vergeten."

"Dat wilde ik ook, maar ik ben veranderd. Ik wil het niet meer vergeten. Kanker overleven zou ons moeten veranderen."

Rob keek een paar seconden naar de voorbijgangers in de wachtkamer. "Je hebt gelijk. Eén ding dat ik geleerd heb, is genieten van de simpele dingen. Zoals weer eten te kunnen proeven en tijd kunnen doorbrengen met mijn gezin."

Zou ze moeite doen om nog meer te zeggen? Waarom ook niet? Het ergste dat kon gebeuren was dat hij zou schuilen achter een grapje. "Ik hoopte dat je je een paar van onze gesprekken zult herinneren."

"Mensen zijn meer geneigd om na te denken over de dood als ze hem in de ogen staren."

De deur was nog een kiertje open. Ze gaf teveel om Rob om het niet te proberen. "Jezus is er niet alleen voor crisissituaties. Hoe zou je het vinden als je kinderen alleen maar zouden komen als ze iets nodig hadden?"

Rob hield een hand omhoog. "Ja, ja. Voor jou lijkt het allemaal te werken, maar het is niets voor mij. Ik ga gewoon verder met het leven."

Esther knipoogde. "Weet je wat ik voor jou zal bidden?"

"Ik zou het vervelend vinden als je je tijd verspilt aan gebed voor mij."

"Oh, de tijd zal niet verspild zijn." Esther probeerde niet te grinniken. "Jouw humor maakt je een perfecte volgeling van Jezus. Per slot van rekening heeft Hij het gevoel voor humor geschapen."

Rob trok zijn wenkbrauwen op. Was dit een nieuwe gedachte voor hem? Ze moest ervoor zorgen dat haar controleafspraken gelijkvielen met die van Rob. Hij zou het niet erg vinden. Hij zou het, net als zij, prettig vinden om iemand te zien die hij kende.

"Je hebt me nog steeds niet verteld waar je dan voor gaat bidden", zei Rob. Aha, de vogel was nog niet gevlogen. "Ik bid dat je van gedachten zult veranderen. Dat je leven leeg zal lijken."

Hij lachte. "Wat een vriend ben jij. Ga je gang en bid maar. Ik betwijfel of ik zal veranderen."

HOOFDSTUK 38

"Goedemorgen Esther", zei dokter Webster vanachter zijn bureau. "Hoe voelt het om helemaal klaar te zijn met de behandelingen?"

"Wat een enorme opluchting." Esther had zich pas gerealiseerd hoezeer ze het normale leven gemist had nadat de behandeling was afgerond. "Ik ben moe, maar dat kwam deels omdat het lastig was om goed te slapen door de bestralingswond."

"De vermoeidheid kan tot zo'n twaalf maanden blijven, dat is normaal."

"Ik hoop dat ik niet nog meer dagen op mijn werk hoef te missen. Het is me gelukt om geen enkele dag te missen tijdens de bestralingen."

Vorige week had ze weer een ronde bloedtesten en scans gehad en vandaag zou ze de uitslagen horen. Ze kende dokter Webster nu acht maanden en ze had hem aardig goed leren kennen. Hij was ontspannen en opgewekt, een goed teken. Maar er zaten nog steeds knopen in haar maag en ze voelde de spanning in haar rug.

"Ik heb goed nieuws voor je." Dokter Webster lachte en stak zijn duimen op. "Tot nu toe ziet alles er goed uit. De uitslagen zijn positief."

"Wat een opluchting." De knopen losten zo snel op dat ze haast smolt op de vloer. Hoe lang geleden was het geweest dat ze zich werkelijk had kunnen ontspannen? Door de ontlading voelde ze opeens hoe moe ze werkelijk was. Voorlopig zou ze vroeg naar bed gaan en rustige weekenden hebben. Met Naomi leven was perfect, zij ging om negen uur slapen.

"Zal ik hier mijn opvolggesprekken hebben?"

"Ja, dit jaar om de drie maanden. Zo makkelijk kom je niet van ons af."

Hij wist niet dat ze dat ook helemaal niet wilde. Niet zolang er gesprekken, die de mogelijkheid hadden om de eeuwigheid te veranderen, op het programma stonden. Haar gesprekje met zuster O'Reilly had haar gesterkt in haar geloof dat God haar gebeden voor Michelle en Sue ook zou verhoren.

Esther pakte haar tas en nam er een tasje met cadeautjes voor diverse mensen uit. Het cadeau van dokter Webster lag onderop. "Ik wilde u graag bedanken voor uw steun."

"Dank je, maar een cadeau is echt niet nodig."

"Ik hoop dat u het niet weer aan me teruggeeft."

"Ik kan misschien wat bot zijn, maar cadeautjes zal ik niet weigeren."

Esther overhandigde het cadeau. Dokter Webster draaide het om in zijn handen. "Het voelt als boeken aan. Heeft het te maken met het onderwerp waar we over gesproken hebben?"

"Goed gegokt." Wat kon ze zeggen waardoor hij nieuwsgierig zou worden naar de inhoud? "We hebben in januari over de bijbel gepraat, dus ik dacht dat u een boek dat gaat over de historische waarheid van de bijbel wel kon waarderen. Het is geschreven door iemand uit Sydney die colleges geeft over de oudheid aan de Macquarie Universiteit. Zoals hij het zegt; "De bijbel claimt geschiedenis te zijn. Als dat niet klopt, dan heeft het geen zin om het te lezen en Jezus volgen zou tijdverspilling zijn."

"En het tweede boek?"

"Dat is een oudje maar goed geschreven door een Britse auteur, Frank Morison. Zijn naam is een pseudoniem. Volgens mij in zijn echte naam Albert nog iets. Het boek heet 'Who Moved the Stone?', Wie rolde de steen weg? Frank schrijft vanuit een sceptisch oogpunt. Hij wist dat als hij kon ontkrachten dat Jezus uit de dood was opgestaan, dat dan alle bijbelse waarheden ongegrond zouden blijken."

"Dat klinkt als iemand die ik mag."

Esther lachte. Het zou leuk zijn als deze man op een dag Jezus ook zou aannemen, net als Morison genoodzaakt was om te doen. "Morison graaft in het bewijs zoals een moderne onderzoeksjournalist zou doen. Ik waarschuw je wel dat zijn taal wat oubollig is. Het boek is een beetje zwaar."

Dokter Webster snoof. "Het klinkt alsof iemand een moderne versie zou moeten schrijven. Misschien kan ik dat doen in mijn vrije tijd."

"Ik nodig u uit om dat te doen – als u natuurlijk werkelijk de diepte in wilt gaan en niet alleen oppervlakkig onderzoek doet."

"Heel geschikt voor een film."

"Misschien maakt iemand nog wel eens zo'n film."

---

*H*et was haast onmogelijk voor Esther om zich te concentreren op het eten. Dat was jammer, want eten als dit verdiende om met smaak gegeten te worden, genietend van elke hap. Ze dineerde met haar ouders en Gina in een draaiend restaurant op de top van de 'Centrepoint Tower', Sydney's hoogste gebouw.

Haar vader had hen uitgenodigd om de afronding van Esthers bestraling en de verklaring dat ze 'schoon' was, te vieren. Hij had haar gevraagd om ook een vriend mee te nemen. Had hij gehoopt dat ze Nick zou uitnodigen en dat ze hun relatie weer zouden oppakken? Als dat zo was, zou hij zeker teleurgesteld zijn.

Ze had getwijfeld over wie ze mee zou nemen. Sue, omdat ze de beste baas was geweest tijdens de acht maanden durende behandelingen. Of Gina, omdat was gebleken dat zij een echte vriend was. Uiteindelijk had ze voor Gina gekozen omdat Esther niet zeker wist of ze er op kon vertrouwen dat haar vader niets schokkends zou zeggen; Gina zou nergens van op kijken.

Het eten was heerlijk, maar het uitzicht leidde af. De lichten van het restaurant waren gedimd, zodat de aandacht gevestigd werd op het uitzicht over de haven van Sydney, honderden meters lager. Strepen licht doorbraken het inktzwarte water door de boten die van de ene kant van de haven naar de andere kant tuften. De witte zeilen van het Opera House glinsterden alsof ze gemaakt waren van parels. Het leek alsof ze elk moment los konden raken en de wind zouden volgen op een magische muziekreis. Elk gebouw sprankelde. Als een piratenschatkist vol met juwelen.

Het restaurant had, volgens Esther, één groot gebrek. Het was vol mensen die iets te vieren hadden – speciale aangelegenheden of, afgaand op de nerveuze handelingen van een aantal mannen, op handen zijnde aanzoeken. Teveel koppeltjes die sentimenteel in elkaars ogen staarden.

Esther concentreerde zich op het uitzicht buiten in plaats van binnen. Binnen werd ze steeds herinnerd aan wat ze kwijt was geraakt. Ze had nu zes maanden getrouwd moeten zijn. Niet dat ze nog met Nick getrouwd wilde zijn, maar ze zou heel graag met iemand getrouwd zijn, in plaats van dat ze negenentwintig was en herstellende van kanker. Haar haar groeide in ieder geval weer. Er zat meer slag in dan vroeger. Vreemd.

De ober kuchte discreet. Hij was vast gewend aan mensen die

naar buiten staarden, niemand wilde de spectaculaire uitzichten missen. Ester betwijfelde of iemand hier ooit klaagde dat de bediening te langzaam was. Ze leunden allemaal naar achteren terwijl hun hoofdmenu keurig opgediend werd. Gina en Esther hadden de 'vis-van-de-dag' besteld, Barramundi en haar ouders kangoerœ. Esther proefde wat van haar moeder. Heerlijk. Als ze hier ooit nog een keer zou eten, zou ze dat bestellen.

Het gekling van hoge kwaliteit kristal en ingehouden geklets vulde de kamer. Wat kostte deze driegangenmaaltijd? Maakte het uit? Dit was de gelukkigste tijd die ze als familie hadden gehad sinds haar diagnose. Pa probeerde het charmeoffensief. Hij vertelde grapjes tijdens het voorgerecht, verhaaltjes tijdens het hoofdgerecht en gedichten tijdens het nagerecht.

Zij en Gina hadden zoveel gegiecheld dat ze hun servetten voor hun mond hadden moeten houden om het geluid te dempen. Esther kreeg de hik. Het enige wat dit moment perfect zou hebben gemaakt was de aanwezigheid van Naomi. Maar haar vader wist het nog niet van Naomi en dit was niet het moment om dat ter sprake te brengen. Waarom zou ze een heerlijke avond verpesten?

Haar vader schonk hen allen een glas sprankelende appelcider in. Hij hief zijn glas.

"We zijn hier vanavond om Esthers gezondheid te vieren." Hij keek hen allen aan. "Laten we drinken op Esther en een nieuwe start."

Esther dronk en vermeed het Gina aan te kijken. Ze kon zichzelf niet vertrouwen dat ze niet weer in lachen uit zou barsten. De dag daarvoor hadden ze gespeculeerd wie haar vader haar genezing zou toeschrijven. Esther had gedacht dat hij het op het medische systeem zou gooien, maar Gina had gezegd 'Nee, dat laat hem teveel op een heiden lijken. Hij moet zijn theologie aanpassen, zodat hij nog steeds God het wonder kan toeschrijven, ook al werd het wonder erg uitgesteld'.

Maar hij bleek slimmer dan hen beiden. Zoals het een politicus betaamd, had hij het hele punt vermeden.

Een nieuwe start. Dat was iets waar ze op kon toosten. Een nieuwe start voor haarzelf en haar ouders en op de één of andere manier, een nieuwe start voor hun gezin en Naomi. Haar grootmoeder bad al veel te lang voor een wonder. Verdiende ze het niet om het antwoord te zien op haar trouwe gebeden?

Esther keek weer naar buiten. De haven lag nu buiten het gezichtsveld. Op verschillende sportvelden lieten de spotlights het gras glimmen en vormden ze zo een jadegroene plas aan licht. Kleine robijnrode achterlichtjes snelden over de gouden aderen van de hoofdwegen. Het werkte hypnotiserend.

Haar vaders stem verbrak de hypnose.

"Dus wanneer kom je weer terug naar Victory? Ik weet dat je altijd al een groep voor jonge werkende mensen hebt willen leiden. Ik zou je graag de leiding geven als je dat wilt en je kunt zelf kiezen welke andere leiders je daarbij gaan helpen."

Esther knipperde en voelde zuur opkomen. Haar moeder legde een hand op haar vaders arm, maar het was te laat. De woorden waren uitgesproken. Waarom had haar vader hen niet één perfecte avond kunnen geven. Hij hield ervan om het gelukkige gezin te spelen. Maar de tijd van toneelspelen om zijn imago op te poetsen, was voorbij. De schijn van harmonie bracht geen werkelijke vrede.

Op een dag – snel hoopte ze – zou er misschien weer eenheid zijn. Maar eerst zou er diep berouw moeten zijn, zodat levens konden veranderen. Wat kon ze in de tussentijd zeggen, zonder hem te veel te provoceren?

Ze had kunnen weten dat haar vader zou proberen om hun conflicten glad te strijken. Hij had levenslange ervaring in het krijgen van zijn zin en hij kon geen enkele situatie bedenken waarin hij dat door charme niet kon bereiken. Zijn aanbod zou voor haar diagnose een serieuze verleiding zijn geweest. Misschien klonk het voor anderen niet zo bijzonder, maar de kans om van invloed te kunnen zijn op een groep jonge werkende mensen was een droom die uitkwam.

Maar ze was nu een ander persoon dan de persoon die ze acht maanden geleden was geweest. In de woorden van de apostel Paulus; ze was een nieuwe schepping. Haar leven draaide niet langer om zichzelf, of om haar dromen en ambities. Vanaf het moment dat ze werkelijk had geaccepteerd dat Jezus voor haar was gestorven, behoorde ze bij Hem. Hij was de Koning. Zoals Abraham was ze op weg gegaan en ze zou de voetstappen van haar Redder volgen, waar die haar ook naartoe zouden leiden.

Haar vader schraapte zijn keel. Ze zou iets moeten zeggen. *Heer, geef me wijsheid.*

"Pa, bedankt voor uw aanbod en uw warme welkom. Er is een deel van mij dat het graag zou willen aannemen, maar de kerk waar ik nu naartoe ga is klein en heeft minder middelen dan Victory. Ze hebben me nodig."

Haar vader was niet de enige politicus in het gezin.

Hij haalde zijn schouders op. "Je kunt je altijd nog bedenken."

Ze wist dat hij heel graag meer had willen zeggen, maar hij was teveel op zijn reputatie gesteld en zou in deze ruimte met schemerig licht en gedempte stemmen niet met haar in discussie gaan. Een boze stem hier zou morgen voorpaginanieuws zijn. Australiërs hielden niet van mensen die hun kop boven het maaiveld uitstaken en dat deed haar vader met zijn boeken en radio uitzendingen wel. En veel Australiërs waren tegen de kerk. Ze zouden met genoegen een dominee met status vernederen.

Wanneer en als haar vader in de toekomst het onderwerp ter sprake zou brengen, dan zou God haar de kracht en de wijsheid geven om te reageren op dat wat hij haar zou verwijten.

Esther keek uit het raam naar de glimmende lichtjes. Elke lichtje op zichzelf was niets bijzonders, maar samen vormden ze een glinsterende ketting. Als haar leven een minuscuul onderdeel kon zijn van Gods wereldwijde kunstwerk, dan zou ze tevreden zijn.

Op dit moment keek ze uit naar een nieuw begin. Ze zou niet terugkeren.

Voorwaarts en opwaarts, gedreven door genade.

ALS JE MEER WILT WETEN...

- Over Christines werk - www.storytellerchristine.com
- Over de serie, het laatste nieuws en aanbiedingen? Meld je aan als **'Vriend' https://subscribe. storytellerchristine.com** Houd je spamfolder in de gaten voor een bevestigingsmail zodra je je aangemeld hebt. Deze aanmelding in twee stappen zorgt ervoor dat alleen echte vrienden zich kunnen aanmelden.
- Over Storytelling op Facebook: naast een openbare schrijverspagina heeft Christine ook een VIP groep. Hiervoor moet je je persoonlijk aanmelden.

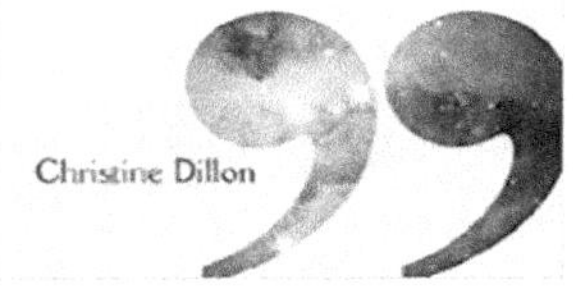

IVP, Downer's Grove, Illinois, 2012

2017

Christian Focus, Ross-shire, Scotland, 2009

2020

GENOTEN VAN VERBORGEN GENADE?

In de moderne wereld van het uitgeven van een boek kijken veel lezers eerst naar de reviews, voordat ze een boek kopen. Dit boek is onafhankelijk uitgegeven en de enige manier waarop lezers het zullen 'ontdekken', is als jij er enthousiast over bent en dat laat blijken. Eén manier om dat te doen, is het schrijven van een online review.

Hoe schrijf je een review:

1. Een paar zinnen waarin je beschrijft waarom je mijn boek leuk vond.

2. Wat voor soort mensen zullen dit boek leuk vinden?

3. Zet je review online - je kunt dezelfde review op diverse sites plaatsen. Bol.com, Goodreads, Amazon …

BIJBELVERHALEN VERTELLEN

Dit boek laat zien hoe je bijbelverhalen kunt vertellen aan volwassen. Is dit een methode die ik bedacht heb? Nee, zeker niet.

In 2004 kwam ik in aanraking met deze methode om te communiceren over het goede nieuws van Jezus. In eerste instantie had ik veel vooroordelen. Toen ik begon met het gebruiken van verhalen, dacht ik dat ik het alleen zou gebruiken om Jezus te introduceren bij mensen. Later ontdekte ik dat het een heel bruikbare methode is om mensen van alle leeftijden te leren en te onderwijzen. Inmiddels is het zeldzaam geworden dat er een dag voorbij gaat zonder dat ik een bijbelverhaal vertel.

• Voor meer informatie (in steeds meer talen, alleen helaas nog niet in het Nederlands) www.storyingthescriptures.com

• Facebookpagina 'storyingthescriptures'

DISCUSSIEVRAGEN

Toelichting

Hieronder vind je een lange lijst met vragen die gebruikt kunnen worden ter bespreking op bijvoorbeeld een boekenclub. Je kunt dit boek ook meer informeel bespreken met een vriend of een groepje vrienden.

Voel je vrij om een paar vragen te kiezen, ze aan te passen of je eigen vragen toe te voegen.

Genezing & Lijden

- Welke methodes gebruikte de familie MacDonald om genezing te ontvangen (hoofdstuk 11) – Noem in ieder geval 3-5 methodes. Wat is hun gedachte achter elke methode? Is hun gedachtegang correct? Ondersteun je antwoorden met verwijzingen naar de bijbel (houd rekening met de context van de bijbelverzen)
- Wat is het gevaar van het leggen van een grote nadruk op Gods genezing?
- Waarom geloven sommige mensen dat God er is om te

zegenen en het leven makkelijk te maken? Welke gedeeltes in de bijbel spreken deze gedachtegang tegen?

- Waarom herkende Esther de eerste keer dat zij Joy ontmoette, niet dat Joy de waarheid sprak? Welke factoren 'blokkeerden haar oren'?
- Hoe keek Esther tegen het onderwerp lijden / moeilijke tijden aan – voordat zij Joy ontmoette? Hoe zag zij God? Welke impact hadden haar standpunten op haar leven?
- Hoe veranderen haar standpunten tegen het eind van het boek? Hoe is haar kijk op God veranderd? Welke impact heeft dit op haar leven?
- Welke dingen heb jij van God geleerd door het lijden heen?

Omgaan met pijn en conflict

Elk karakter heeft een andere manier om te reageren op pijn en conflict.

- William — je kunt ook kijken naar zijn reactie als tiener op de dood van zijn broer
- Esther
- Nick
- Blanche
- Naomi — haar reactie op de dood van haar zoon en echtgenoot
- Wat zijn de gevolgen van de verschillende manieren van omgaan met pijn en conflict? Hoe hadden de personages op een gezondere manier kunnen reageren?

Relaties / Vriendschappen

- Waarom hadden Esther en Nick verkering en verloofden ze zich?

- Wat waren signalen dat hun relatie in de problemen zat?
- Hoe kan iemand herkennen dat hij of zij verliefd is op de liefde en niet op een persoon?
- Hoe had de relatie van Nick en Esther gered kunnen worden? Wat was er nodig geweest?
- Gina was niet gekozen als bruidsmeisje – hoe liet ze zien dat ze een echte vriendin was? Wat zou jij van haar kunnen leren?

Keuzes

- Naomi zegt: "We worden wie we zijn door de keuzes die we maken." Volg de keuzes van iemand in het boek.
- Welke keuzes hebben jou gemaakt tot de persoon die je nu bent?
- Waar had je nu kunnen zijn als je andere keuzes had gemaakt?

Het goede nieuws van Jezus delen met anderen

- Hoe deelt Joy het goede nieuws met Esther?
- Wat houdt jou tegen om Jezus te delen met anderen? Wat zou je kunnen leren van Esther?
- God gebruikte een schoonmaakster in het ziekenhuis om Jezus met Esther te delen. Maak het effect inzichtelijk, dat wil zeggen; de andere mensen die aangeraakt werden door het evangelie, omdat Joy met Esther deelde.

Bijbelverhalen vertellen (storytelling)

- Welk bijbelverhaal dat in het boek verteld is raakt/daagt uit/ inspireert jou het meeste?
- Heb je het vertellen van bijbelverhalen wel eens eerder

meegemaakt? Wat zouden de voordelen kunnen zijn om verhalen als communicatiemiddel te gebruiken?
- Joy gebruikte verhalen om het goede nieuws te delen, maar niet alleen om te evangeliseren. Op welke andere manieren gebruikte Joy verhalen?

Andere vragen

- De titel van het boek is "Verborgen Genade". Voor welke personen in dit boek geldt dit, op welke manier?
- Als je terugkijkt op jouw leven, zijn er momenten geweest dat je teleurgesteld in God was? Hoe zou dit "verborgen genade" kunnen zijn?
- Op welke manier maakt Joy indruk op jou? Welke factoren hebben tot haar karakter geleid?
- Op welke manier is Joy 'Gods genade' voor Esther? Hoe kun jij andere gelovigen bemoedigen in hun wandel met Jezus?
- Wie is jouw favoriete karakter? Waarom? Met welk karakter kun jij je identificeren?
- Wat heb je geleerd van dit boek dat je in je dagelijks leven zou kunnen toepassen?

DANKBETUIGINGEN

Ik was nooit zo iemand die ervan droomde om fictie te schrijven.

Ongeveer tien jaar geleden was ik aan het bidden over mijn werk, toen het idee voor twee boeken zich in mijn hoofd ontpopte.

"Dat kan toch niet van U zijn Heer", zei ik.

Stilte. "Heer, als dit Uw idee is, dan moet U me vooruit helpen en me de mogelijkheid geven om dit te doen."

De volgende vijf, zes jaar nam de interne druk langzaam toe. Op een dag in 2012 was ik een christelijk boek aan het lezen en ik dacht; 'Je bent een verteller van bijbelverhalen, dus schrijf een bijbels verhaal om te oefenen'. Dus dat deed ik. Die twee 'oefenboeken' leerden mij gevoel voor dialoog en beschrijving.

Het duurde nog tot 2013 voordat ik begon met het plannen en schrijven van een concept van *Grace in Strange Disguise*, Verborgen Genade. De eerste drie jaren waren moeilijk. Ik moest het vaak naar God uitschreeuwen voor hulp.

Veel van deze hulp kwam via andere mensen.

Dus grote dank voor mijn team. Zelfs als ik iemand vergeet, weet dan dat Degene die er toe doet jou gezien heeft. U bent één van de beste onderdelen geweest van deze 'niet langer onwillige' reis.

Ten eerste, degenen die me geholpen hebben bij het onderzoek. Mijn buur in 2013, Philippa Crossan. Je zult een aantal opmerkingen uit het interview met jou terugvinden door het boek heen.

John Boyages was mijn medische adviseur en kon goed omgaan met vreemde kanker-gerelateerde vragen, waaronder vragen naar de behandelingen in 1995. Alle fouten komen door mijzelf, op sommige plekken heb ik medische details aangepast zodat het beter aansloot op het verhaal.

Midden in het proces van schrijven, worstelde ik er mee hoe het schrijven van fictie paste in het leven van een zendeling. Dank je Marilyn Schlitt, dat je me liet zien dat 'het allemaal gerelateerd is aan discipelschap'. Een gevolg van haar opmerking is dat de slogan van mijn website werd 'multiplying disciples one story at the time', discipelen vermenigvuldigen, één verhaal per keer.

Er zijn verschillende leesrondes geweest van eerdere concepten waarbij mensen voorstellen deden om het verhaal te verbeteren. Dank je Kathy Smail, Alan en Sue Boddy, Claire Urbach en Debbie Farr. Graag wil ik Leslie Hicks in het bijzonder noemen, wiens opmerkingen leidden tot de creatie van 'Gina'. Bethany Higgerson, die bleef zeggen: "Een Australiër zou zoiets nooit zeggen of dat medische detail klopt niet'. Kate Blackwell, die suggesties heeft gedaan voor de grote lijn maar ook de tekst in detail heeft gelezen en een aantal inconsequenties en kleine details opgemerkt heeft. En dank aan Lizzie Reid, die als zeventienjarige het team heeft uitgebreid en het hele boek drie keer heeft gelezen voor de grote lijnen en de details. Ik ben gaan vertrouwen op jouw ogen en jouw instinct voor wat klopt voor een karakter. Het zou me niets verbazen als ik jou in de toekomst kom aanmoedigen.

Het grootste deel van deze eerste drie jaren was een eenzaam proces met veel geploeter. In 2015 ontdekte ik, aan het eind van het jaar, diverse Christelijke schrijversgroepen op Facebook. 'Australasian Christian Writers' en 'Christian Writers Downunder' maakten al snel onderdeel uit van mijn schrijversgemeenschap. Dank voor de artikelen en het naslagwerk. Dank voor de vele auteurs die genereus zijn geweest met hun tijd en advies. Nu de publicatiedatum nadert, hebben ze antwoord gegeven op talloze kleine details.

Via de Facebook groepen heb ik mijn redacteuren gevonden, Cecily Paterson en Iola Goulton. Ik heb niet genoeg woorden om hen te bedanken. Ze zijn beiden moedige vrouwen die in de eerste plaats wilden dat het boek God zou eren. Het was een genoegen om met jullie te werken. Jullie zijn niet alleen competent, maar ook genadig en vriendelijk in het redigeren van het verhaal, zodat het schijnt. Dank jullie dat jullie me niet alleen verteld hebben wat er veranderd moest worden, maar ook waarom. Iola is de reden dat dit, op zichzelf staande, boek nu onderdeel is van tenminste een triologie; er komt dus nog meer werk aan.

Laura Tharion en Kristen Young, we zijn snel vrienden geworden door het ondersteunen van elkaar bij het schrijven van fictie. Zij zijn ook bezig met het schrijven van een boek en er staat je wat te wachten als hun boeken uitkomen.

Joy Lankshear is de koningin van het design. Zelfs op de basisschool was het al duidelijk dat kunst jouw beroep zou worden. Dit is onze vijfde officiële samenwerking (drie gedichtenbundels en een Chinees boek over het leiden van bijbelstudies), maar je hebt je mening met mij gedeeld over alle boekkaften. Bedankt voor het prachtige ontwerp voor de kaft van Verborgen Genade en je geduld met de vele 'storyteller vrienden' die hun commentaar erop geleverd hebben. Zonder jou zou ik vast bezweken zijn, want computers en opmaak zijn niet mijn ding.

Kath Henderson, jij bent een belangrijke partner van mijn bediening. Je hebt sinds 2011 de website www.storyingthescriptures.com ontworpen en gemanaged. Daarna heb je enorme moeite gedaan om de website www.storytellerchristine.com online te krijgen. Jouw student lijkt het prima aan te kunnen, maar het is fijn om te weten dat jij er ook bent, mocht dat nodig zijn. Dank dat je deze ezel op het gebied van technologie vooruit hebt geholpen.

En toen, helemaal op het eind, waren er dertig mensen die zich vrijwillig opgaven om het boek grondig te lezen. Ze hebben samen het hele boek gecorrigeerd en een review geschreven. Dank voor jullie arendsogen, behulpzame suggesties en het kunnen werken onder tijdsdruk.

Er zijn verschillende mensen geweest die gevraagd hebben of William gebaseerd is op mijn vader? Gelukkig niet. Bedankt pap en mam, voor jullie oneindige steun en gebed, nu jullie dochter een onverwachte kant is opgegaan.

Vele anderen hebben gebeden. Jullie gebeden hebben voorkomen dat ik het opgegeven heb toen de taak te groot voor mij leek. In het bijzonder wil ik Anne Bruning bedanken (die geluisterd heeft naar vele hoofdstukken die aan haar zijn voorgelezen), mijn broer en schoonzus, Molly Whitelaw en Betty Hindley. En tot slot, aan jullie die 'storyteller vrienden' zijn en mijn updates ontvangen. Bedankt! Jullie zijn een enorme bemoediging geweest.

Alvast bedankt voor jullie gebeden voor het vervolg.

Tamara las mijn boeken in het Engels en geloofde dat ze belangrijk waren voor de kerk in Nederland. Ik had nooit nagedacht over een Nederlandse vertaling. Bedankt voor al je harde werken en voor de anderen die suggesties hebben aangedragen, geholpen hebben bij de vertaling en proefgelezen hebben - in het bijzonder Dineke en Wil in de eerste ronde en dank aan Marike, Jacoline, Ritha, Kees en Thelma voor de tweede ronde van proeflezen.

Christine werkt sinds 1999 in Taiwan voor OMF International.

De vraag "Waar kom je vandaan?" is moeilijk te beantwoorden voor haar. Ze is een kind van zendelingen dat niet zeker weet of ze uit Australië (wat in haar paspoort staat), uit Nieuw - Zeeland (waar haar vader vandaan komt), of uit Azië (Taiwan, Maleisië, Filippijnen - waar ze het grootste deel van haar leven woonde) komt.

Christine was vroeger fysiotherapeut, maar schrijft nu 'verhalenverteller' op als ze haar beroep moet invullen. Ze brengt het grootste deel van haar tijd door met het vertellen van bijbelverhalen of het trainen van anderen in het vertellen van bijbelverhalen.

In haar vrije tijd houdt Christine ervan om actief bezig te zijn - wandelen, fietsen, zwemmen, snorkelen. Maar ze houdt ook van lezen en genealogisch onderzoek.

Kom in contact met Christine.

facebook.com/storytellerchristine
bookbub.com/profile/christine-dillon
pinterest.com/storytellerchristine